Miss Read
Lästermäuler und Klatschbasen

Zu diesem Buch

Im idyllischen Dörfchen Thrush Green bahnt sich eine Tragödie an: Pfarrer Henstock und seine Frau Dimity fahren in Urlaub. Bereits in der ersten Nacht brennt das Pfarrhaus völlig ab. Was tun? Auch andere einschneidende Vorfälle verändern das bislang stille und friedliche Dorf nicht gerade zum besten. Dotty Harmer, die betagte Besitzerin einer ganzen Tiermenagerie, macht ihren Freundinnen große Sorgen: Muß die alte, etwas wunderliche Dame wirklich ins Altersheim? Diese Ereignisse sind Wasser auf die Mühlen der Klatschbasen und Lästermäuler in Thrush Green. Allen voran hat Betty Bell, die dem frisch verheirateten Harold Shoosmith noch immer den Haushalt macht, ausreichend Stoff zum Klatschen. Als dann auch noch merkwürdige junge Leute im Dorf auftauchen, spielt sich fast ein Krimi ab.

Miss Read war Lehrerin und arbeitete als Rundfunkautorin für die BBC, ehe sie ihre schriftstellerische Karriere begann. Seit vierzig Jahren schreibt die inzwischen über achtzigjährige Dame in England einen Bestseller nach dem anderen, darunter elf Romane über Thrush Green, von denen bislang zwei Bände auf deutsch vorliegen: »Winter auf dem Lande« (1996) und »Harold auf Freiersfüßen« (1997).

Miss Read

Lästermäuler und Klatschbasen

Roman

Aus dem Englischen von
Dorothee Asendorf

Piper München Zürich

Von Miss Read liegen in der Serie Piper außerdem vor:
Winter auf dem Lande (2075)
Harold auf Freiersfüßen (2474)

Deutsche Erstausgabe
November 1997
© 1981 Miss Read
Titel der englischen Originalausgabe:
»Gossip from Thrush Green«, Michael Joseph, London 1981
© der deutschsprachigen Ausgabe:
1997 Piper Verlag GmbH, München
Umschlag: Büro Hamburg
Simone Leitenberger, Susanne Schmitt, Annette Hartwig
Umschlagabbildung: John Falter
Gesamtherstellung: Clausen & Bosse, Leck
Printed in Germany   ISBN 3-492-22487-3

Inhalt

FÜR JANET
IN LIEBE UND DANKBARKEIT

1. Nachmittagstee

Leider hält man in England vielerorts nichts mehr von der guten, alten Sitte, nachmittags Tee zu trinken.

»Eine furchtbare Zeitverschwendung«, sagen die einen.

»Zuviel Fett und Kohlehydrate«, sagen die anderen.

»Völlig unnötig, wenn man mittags gegessen hat und abends noch mal essen will«, sagen die dritten.

O wie wahr! Dennoch, welch unschuldige Freuden entgehen diesen willensstarken Menschen! Allein schon das Ritual der Teezubereitung: Man wärmt die Kanne, überzeugt sich, daß das Wasser den Siedepunkt erreicht hat, atmet den duftenden Dampf ein und zieht den Teewärmer über die Kanne, damit er das kostbare Gefäß gut schützt. Und das sind erst die Vorfreuden, die Einstimmung auf einen erlesenen Genuß. Man trinkt aus zarten Porzellantassen und labt sich an warmen, gebutterten Teeküchlein mit Erdbeermarmelade, einem Stück federleichten Biskuitkuchen oder selbstgebackenen Mürbeteigplätzchen.

Teetrinken ist ein höchst kultivierter Zeitvertreib, der in Thrush Green Gott sei Dank noch gepflegt wird und zu einer Kulthandlung stilisiert worden ist. In diesem netten Örtchen ist es generell Sitte, Freunde lieber zum Tee als zum Abendessen einzuladen. Wie Winnie Bailey, die Witwe des Dorfarztes, einmal zu ihrer guten Freundin Ella Bembridge sagte, können die Gäste das Haus bei Tage verlassen und vor dem Dunkelwerden zurück sein, abgesehen von ein paar wirklich scheußlichen Wochen mitten im Winter, wenn man sowieso lieber zu Hause bleibt.

»Und«, so sagte Ella, die beileibe keine Kostverächterin war, »wann bekommt man sonst noch selbstgebackenen Ingwerkuchen, der nur so von Sirup trieft? Oder holt pfundweise Marmelade aus den Speisekammerregalen?«

»Man könnte eine Obstcharlotte auch mit Marmelade machen«, erwiderte Winnie nachdenklich, »aber Jenny und ich nehmen lieber frische Früchte.«

»Jenny sieht aus, als könnte sie eine Charlotte gebrauchen«, äußerte Ella zu Winnies Haushaltshilfe und Freundin. »Scheint mir in letzter Zeit tüchtig abgenommen zu haben. Sie macht doch wohl keine Hungerkur?«

Winnie bot ihr von den Mürbeteigkeksen an, und Ella, die eindeutig keine Hungerkur machte, griff zu.

»Das ist mir auch schon aufgefallen«, gestand Winnie. »Hoffentlich wird ihr die Arbeit hier im Haus nicht zuviel. Wir haben nämlich angeboten, uns um Tullivers zu kümmern, solange Frank und Phil fort sind, und Jeremy wird dann bei uns wohnen. Daher muß ich dafür sorgen, daß sich Jenny bis dahin nicht übernimmt.«

Tullivers war das reizende Haus neben Winnie Baileys Haus. Es war aus heimischem Cotswold-Stein erbaut, ging nach Süden und stand in rechtem Winkel zu ihrem Haus, so daß die Gärten aneinandergrenzten. Seit dem Tod ihres Ehemanns, des Dorfarztes, wußte sie solch gute Nachbarn wie die Hursts noch mehr zu schätzen als vorher.

Frank Hurst war Verleger und seine Frau Phyllida freiberufliche Schriftstellerin. Sie hatten sich kennengelernt, als Phil ihm vor ein paar Jahren ihre Arbeiten vorgelegt hatte. Ihr erster Mann war bei einem Autounfall ums Leben gekommen, und sie hatte sich und ihren Sohn Jeremy mit ganz wenig Geld durchbringen müssen.

Ihre zweite Ehe war sehr glücklich, und bei den Einwohnern von Thrush Green waren die Hursts gern gesehen, denn sie beteiligten sich am Dorfleben, trugen mit Preisen zu Tombolas und mit Kleinigkeiten zu Basaren bei und waren anscheinend freudig Mitglied in mindestens einem halben Dutzend örtlichen Komitees. Jeremy war ein fröhliches Kind, ging zur Zeit bei Miss Watson in die Dorfschule und sollte kommenden September in eine andere Schule im nahegelegenen Lulling eingeschult werden.

Im April wollten Frank und seine Frau nach Amerika, wo er zu einer sechswöchigen Vortragstour eingeladen worden war. Das war eine zu lange Zeit, um Jeremy aus der Schule zu nehmen, daher hatte Winnie angeboten, sich um ihn zu kümmern.

»Es wäre mir ein großes Vergnügen«, versicherte sie den Hursts, »der Junge ist überhaupt keine Last. Ganz im Gegenteil. Mir wäre es wirklich ein Trost, wieder mal einen Mann im Haus zu haben.«

Und so war es denn beschlossene Sache.

An ebendiesem Februarnachmittag, als sich Winnie und Ella an ihrer bescheidenen Teemahlzeit erfreuten, war das Wetter so trostlos und trübe, wie es in diesem gräßlichen Monat nur sein kann.

Ein paar tapfere Schneeglöckchen hatten sich im Schutz von Winnies Hecke im Vorgarten hervorgewagt, und der Winterjasmin an der Mauer schlug sich auch wacker, doch die Bäume waren dürr und kahl, und die vorherrschende Farbe, von den dicken Wolken oben bis zu den vernebelten Feldern unten, war Grau in Grau.

»Die Winter werden immer länger«, meinte Ella und verrenkte sich den Hals, weil sie aus dem Fenster sehen wollte, »und die Sommer kürzer, Dimity und Charles sind da nicht meiner Meinung, aber im nächsten Jahr fange ich mit einem Wettertagebuch an, dann kann ich es beweisen.«

Charles Henstock war Pfarrer in Thrush Green und hatte vor ein paar Jahren Dimity, Ellas langjährige Freundin, geheiratet. Sie lebten glücklich und zufrieden im häßlichsten Haus am Dorfplatz, einer hohen, schlecht proportionierten, viktorianischen Scheußlichkeit, deren Putz abblätterte und deren Häßlichkeit von der sanften Schönheit der Cotswold-Architektur ringsum nur noch mehr betont wurde.

Die meisten Dorfbewohner hatten sich mit diesem Greuel abgefunden, nur Edward Young, der ortsansässige Architekt und Bewohner des prächtigsten Hauses von ganz Thrush Green, behauptete, ein Blick auf das Pfarrhaus, und schon krümme er sich vor Magenschmerzen. Seine Frau Joan, eine muntere, handfeste Person, tat das als Marotte ab und sagte, sie hoffe nur, er würde sich nicht zu einem dieser unleidlichen

9

Menschen entwickeln, die sich etepetete gaben, nur um anderen zu imponieren.

Diese bissige Bemerkung bewirkte, daß Edward die Sache wieder humorvoll nahm, aber er blieb felsenfest bei seiner Meinung und machte allen voran den unbekannten und längst verstorbenen Architekten madig, der das schlimmste Monstrum von Thrush Green entworfen hatte.

»Dimity«, so fuhr Ella fort, »überlegt, wie sie Charles rumbekommt, daß er sein Arbeitszimmer nach oben verlegt. Im Augenblick ist es in seinem so dunkel und kalt, und aus dem kleinen Schlafzimmer über der Küche ließe sich leicht ein behagliches Zimmerchen machen, in dem er seine Predigten schreiben kann. Ich glaube, in dem ganzen Schuppen gibt es nur zwei Zimmer, die überhaupt Sonne bekommen.«

»Dann hält er also nichts von der Idee?« bemerkte Winnie.

»Na ja, er sperrt sich nicht direkt, meint aber, sie soll damit bis nach dem Urlaub warten.«

»Und damit ist es elegant vom Tisch«, meinte auch Winnie und schenkte ihrem Gast eine zweite Tasse Darjeeling-Tee ein. »Und jetzt schieß los, was gibt es sonst noch Neues?«

Ella kräuselte nachdenklich die Stirn.

»Dotty spielt mit dem Gedanken, ein kleines Mädchen zu adoptieren.«

Winnie stellte die Tasse ab, daß es nur so schepperte.

»Das darf nicht wahr sein! So, wie sie lebt? Damit hätte sie bei keiner Adoptionsvermittlung Erfolg!«

Dotty Harmer, eine betagte, exzentrische und von beiden heiß geliebte Freundin, wohnte ungefähr eine halbe Meile von Thrush Green entfernt in einem baufälligen Häuschen umgeben von Hühnern, Enten, Gänsen, Ziegen und sonstigen verirrten Tieren, die Hilfe brauchten. Im Haus lebten diverse Katzen, Kätzchen, Hunde und Welpen. Gelegentlich pflegte sie in einem großen Käfig in der Küche einen verletzten Vogel gesund, und einmal hatte auch ein Wiesel dort sein Krankenlager aufgeschlagen.

»Es riecht ziemlich durchdringend«, hatte Dotty zugegeben, »aber der Platz ist praktisch, weil man ihm beim Kochen die ganzen Abfälle geben kann.« Selbst ihre engsten Freunde hatten sich geschwind Ausreden einfallen lassen, damit sie nicht zusammen mit dem Wiesel bei ihr essen mußten. Bestenfalls wurde Dottys Essen mit Argwohn betrachtet, und die einheimische Krankheit, ›Dottys Flotter‹ genannt, machte stets von neuem die Runde.

»Ich glaube nicht, daß Dotty diesen Aspekt bedacht hat. Sie hat mir gesagt, da sie nicht mehr die Jüngste ist, wäre es doch ein guter Gedanke, sich jemanden heranzuziehen, der nach ihr Tiere und Haus übernimmt.«

»Das hält man ja im Kopf nicht aus«, sagte Winnie. »Die gute Dotty und ein Kind großziehen!«

»Sie hat gesagt, es wäre jammerschade, daß sie niemanden hat, dem sie nach ihrem Tod alles hinterlassen kann, und daß man bei ihr ein schönes Leben haben könne.«

»Ich bin bis ins Mark erschüttert«, gestand Winnie. »Andererseits kennen wir unsere Dotty. Wahrscheinlich hat sie es bereits vergessen und brütet den nächsten verrückten Plan aus.«

»Na hoffentlich«, sagte Ella und griff nach Handtasche und Handschuhen. »Dabei fällt mir ein, ich muß los und meine Ziegenmilch in Empfang nehmen. Sie hat versprochen, sie bringt sie mir gegen halb sechs, und ich möchte, daß sie sich Wolle für einen Schal aussucht. Ich habe meinen alten Handwebrahmen ausgegraben, und sei gewarnt, liebe Winnie, sämtliche Freundinnen kriegen zu diesem Weihnachten einen handgewebten Schal.«

»Wie lieb von dir«, sagte Winnie matt und versuchte sich zu erinnern, wie viele knubbelige, kratzige Schals aus Ellas Werkstatt ungetragen in ihren Schubladen ruhten. Manchmal fragte sie sich, ob in der Wolle noch immer Reste von Heide oder Disteln waren. Leider konnte man sie nicht auf einen heimischen Flohmarkt geben, weil Ella sie in einer solch kleinen Gemeinde entdecken würde, und Winnie hatte ein zu weiches Herz, als daß sie diese so fernen Organisationen wie Lungen- oder Herzstiftungen angedreht hätte. Sie fand, deren Mitglieder müßten sich ohnehin schon genug gefallen lassen.

»Übrigens«, sagte Ella im Hinausgehen, »kommst du auch zu Violets Morgenkaffee? Sie sammeln für in Not geratene feine Leute.«

»Wenn du mich fragst, kommen die drei Lovelock-Schwestern dafür selbst in Frage«, meinte Winnie.

»Die doch nicht«, sagte Ella unverblümt. »Die wohnen in einer wahren Schatzkammer. Eines Tages werden sie noch ausgeraubt, und dann sind sie wirklich in Not, obwohl sie zweifellos gut versichert sind. Dafür dürfte Justin Venables gesorgt haben.«

Sie marschierte den Gartenweg entlang, eine vierschrötige, stämmige Gestalt, die in festen Halbschuhen kräftig auftrat und den handgewebten Schal auf dem üppigen Busen baumeln ließ.

Winnie sah ihr liebevoll nach.

»Ich bin auch da«, rief sie ihr nach und schloß die Tür vor dem trostlosen Anblick draußen.

Die Misses Lovelock, Violet, Ada und Bertha, bewohnten ein schönes, altes Haus an der High Street von Lulling, knapp eine Meile hügelabwärts von Thrush Green.

Dort waren die drei jungfräulichen Schwestern zu Anfang dieses Jahrhunderts geboren worden, und dort würden sie voraussichtlich auch eines Tages sterben, es sei denn, ein besonders beredter Arzt konnte sie überreden, ihr Leben in einem der Krankenhäuser am Ort zu beschließen.

Ihr Vater hatte sie in gesicherten Verhältnissen zurückgelassen, und das war auch gut so, denn das Haus war groß, also kamen Heizung und Unterhalt sehr teuer. Doch nicht, daß sie für beides viel ausgegeben hätten! Und so zogen sich umsichtige Besucher warm an, wenn sie zu ihnen eingeladen wurden, und konnten nicht umhin festzustellen, daß Wände und Holz dringend gestrichen werden mußten.

Für Essen gaben sie noch weniger aus. Die Schwestern schienen von dünnen Butterbroten, Salat der Saison und einem gelegentlichen Ei leben zu können. Gäste konnten von Glück sagen, wenn sie Fleisch auftischten, und dabei waren die Lovelocks durchaus keine Vegetarierinnen, Fleisch war ihnen nur schlicht zu teuer und erforderte bei der Zubereitung viel Elektrizität und Zeit. Die meisten ihrer Freundinnen sorgten mit einem nahrhaften Sandwich vor, wenn sie bei den Lovelocks zum Essen geladen waren, sonst drohte ihnen ein Abend mit Magenknurren bei Blümchenkaffee.

Und dabei war das Haus mit wertvollen Möbeln vollgestopft, die Vitrinen barsten von antikem Silber und unbezahlbarem Porzellan. Alle drei Schwestern hatten ein Auge für diese Dinge und feilschten gnadenlos. Und sie schämten sich auch nicht, anderen Leuten in deren eigenem Haus ein reizvolles Objekt abzuschwatzen, das ihnen ins Auge stach, und diese Dreistigkeit war ihnen gut zustatten gekommen, was eine Anzahl erlesener Stücke in ihrer Sammlung belegte. Es gab in Thrush Green und Lulling einige Leute, die ihren vorübergehenden schwachen Moment verfluchten, in dem sie den Schmeichelreden von Miss Ada oder Miss Violet erlegen waren, während diese einen Schatz, der ihnen ins Auge gestochen hatte, schon in den Fingern hatten.

An diesem Nachmittag – Winnie räumte das Teegeschirr ab und Ella schloß ihre Haustür auf – gingen die drei Schwestern eine Reihe von Gegenständen durch, die für den Basar ihrer anstehenden Morgeneinladung gebracht worden waren.

»Was meint ihr«, sagte Violet nachdenklich, »ob wir das hier erstehen sollten, meine Lieben?«

›Etwas erstehen‹ war eine weitere wohlbekannte Methode, einen erwünschten Gegenstand in ihren Besitz zu bringen. In Wahrheit bedeutete es, bei der Vorschau als erste wählen zu dürfen, und schon so manch edler Spender hatte beim Basar vergeblich nach einem hübschen Kinkerlitzchen Ausschau gehalten, wenn eine oder mehrere von den Lovelocks bei den Vorbereitungen geholfen hatten.

Violet hielt eine kleine, versilberte Butterschale in Muschelform hoch.

Ada prüfte sie mit Kennerblick.

»Die hat, glaube ich, Joan Young geschickt. Lieber nicht. Ist sowieso nur versilbert.«

Zögernd stellte Violet sie zurück.

»Was meint ihr, fünfzig Pence für die gräßlichen Teewärmer hier?« fragte Bertha.

»Die hat Mrs. Venables gehäkelt«, mahnte Ada, »und du weißt, daß sie von ihrer Arthritis ganz verkrüppelte Hände hat. Auf alle Fälle siebzig Pence, Bertha, unter diesen Umständen.«

Bertha schrieb drei Schildchen über diesen Betrag aus. Ada wußte es eben immer am besten.

Eine runde Keksdose mit dem Porträt von King George V. und Queen Mary erwies sich als Schatzkiste voller Knöpfe, Schnallen, Perlen und anderer Kleinigkeiten.

Drei weiße Köpfe beugten sich über die Dose. Sechs magere Klauenhände rafften den Inhalt an sich. Drei Augenpaare funkelten gierig.

»Und wer hat die geschickt?« erkundigte sich Bertha, die nicht noch einmal Anstoß erregen wollte.

»Miss Watson von der Schule«, antwortete Violet. Sie zog ein langes, mit Jett besetztes Stück Band heraus. »Wie hübsch sich das als Borte an meiner schwarzen Bluse machen würde!«

»Aber noch besser als Besatz an meinem Abendtäschchen«, sagte Bertha und schnappte sich das andere Ende.

»Miss Watson«, sagte Ada verträumt, »kann leider nicht zum Morgenkaffee kommen. Diese Sachen wurden ihr, wie sie mir erzählt hat, neben anderen Dingen von einer Tante in Birmingham vermacht.«

»Na dann –«, sagte Violet.

»In diesem Fall –«, sagte Bertha. Beide Damen hatten leicht gerötete Gesichter.

»Legt es zur Seite«, sagte Ada, »und wir überlegen später, ob wir es erstehen. Wie ich sehe, gibt es dazu auch ein paar reizende Jettknöpfe. Sie stammen vielleicht vom selben Kleidungsstück. Ein Jammer, wenn man die weggeben würde, meint ihr nicht auch?«

Und so wühlten und suchten die drei Schwestern munter weiter, während in der High Street von Lulling die Straßenlampen angingen und Lichtkegel auf das nasse Pflaster und die feuchten Gestalten warfen, die nach Haus strebten.

Eine der Gestalten, die mit gesenktem Kopf langsam auf die steile Anhöhe zuging, die nach Thrush Green führte, war der Küster von St. Andrew's, Albert Piggott, der in einem Häuschen wohnte, das gegenüber der Kirche und praktischerweise gleich neben den *Zwei Fasanen*, Thrush Greens einzigem Pub, gelegen war.

Albert war ein Miesepeter, doch an diesem Abend war er noch griesgrämiger als gewöhnlich. Geschlagen von ständigen Magenbeschwerden, an denen sein Speisezettel aus Alkohol, Fleischauflauf und Essiggemüse nicht ganz unschuldig war, hatte er gerade den Apotheker in Lulling aufgesucht und eine Schachtel Tabletten abgeholt.

Doktor Lovell in Thrush Green, der Joan Youngs jüngere Schwester geheiratet hatte, war in Doktor Baileys Praxis Juniorpartner gewesen und war jetzt dort Seniorpartner. Er hatte in Albert Piggott einen seiner ältesten und beharrlichsten Patienten. Vergeblich hatte er versucht, den reizbaren Alten zum Umdenken zu bewegen. Er bewirkte nichts anderes, als daß er von Zeit zu Zeit ein anderes Medikament aufschrieb und hoffte, daß Alberts gequälter Verdauungstrakt darauf reagieren würde, zumindest vorübergehend.

»Mal wieder schlicht Natron, was'n sonst«, brummelte Albert, während er heimwärts schlurfte. »Und was ich brauch, ist jeden Tag eine anständige, warme Mahlzeit.«

Wehmütig dachte er an Nellys Küche. Nelly, seine Frau, hatte ihn verlassen – zweimal, was es noch schlimmer machte – und beide Male, um ihr Leben mit dem Heizölkerl zu teilen, dessen flottes Aussehen und Schmeichelzunge es ihr angetan hatten, als er einmal die Woche seine Runde machte.

Nelly lebte mit ihrem neuen Lebenspartner an der Südküste Englands, und jetzt durfte sich der an ihren herrlichen Aufläufen mit Steak und Nierchen, an ihren saftigen Braten und gut gewürzten Eintöpfen erfreuen. Allein schon der Gedanke daran, was der Kerl für ein Glück hatte, verschlimmerte Alberts Magengrimmen noch.

Nicht etwa, daß sich niemand um Albert gekümmert hätte. In mancher Weise war er sogar besser ohne sie dran.

Nellys Küche war zu üppig gewesen, selbst für normale Mägen. Sie war eine Meisterin der Käsesoßen, Bratkartoffeln und Sahnepuddings. Ihre Kuchen waren dunkel und saftig und voller Obst, ihre Biskuittorten mit Buttercreme gefüllt und mit noch mehr Buttercreme verziert. Als Doktor Lovell sie bat, für ihren Mann mit weniger Fett zu kochen, predigte er tauben Ohren. Nelly war Künstlerin. Butter, Zucker, erstklassiges Fleisch und Molkereiprodukte waren ihr Material. Sie kochte, und Albert aß. Und Doktor Lovell redete in den Wind.

Doch nach Nellys Abgang, dieses Mal vermutlich für immer, hatte sich seine Tochter Molly nach besten Kräften bemüht, für den alten Mann zu sorgen.

Sie war mit einem prächtigen Burschen namens Ben Curdle verheiratet, und das Paar lebte mit seinem kleinen Sohn George in der Nähe, in einer Wohnung oben im Haus der Youngs. Ben hatte eine Stelle in Lulling, und Molly half Joan im Haus. Das war für beide Parteien ein Gewinn, denn Molly kannte die Youngs schon ihr ganzes Leben. Sie hatten sich gefreut, als Molly durch ihre Heirat endlich den Klauen ihres selbstsüchtigen alten Vaters entkam. Jetzt wohnte sie wieder in Thrush Green, und man konnte nur hoffen, daß ihr weiches Herz sie nicht verleitete, in die alte Falle zu tappen.

Molly war klüger als Nelly und kochte ihrem Vater mit Umsicht leichte Mahlzeiten aus Fisch oder Eiern, wie es der Arzt empfahl. Doch Albert gab diese milden Gaben immer öfter der Katze, wenn Molly nicht da war. Er tat sie verächtlich als »Pampfraß« ab und ging entweder nach nebenan zu Bier und Pie oder nahm die nicht gesäuberte Pfanne und briet sich wieder einmal Schinken und Eier.

Molly war manchmal am Verzweifeln. Ben nahm das Problem realistischer.

»Mein Gott, er ist alt genug, um zu wissen, was er tut. Laß ihn doch. Reg dich seinetwegen bloß nicht auf. Der hat deinetwegen noch keine schlaflose Nacht gehabt, oder?«

Und daran war etwas Wahres. Molly hatte mit Ben und George und der Hausarbeit genug um die Ohren. Sie wohnte gern wieder in Thrush Green. Der einzige Haken war ihr dickköpfiger alter Vater. Mitunter wünschte sie sich, Nelly würde zurückkommen und sich um ihn kümmern. Und dabei mochte sie das Flittchen gar nicht, aber wenigstens war Alberts Häuschen sauber und er versorgt gewesen.

Albert trabte hügelaufwärts, und der Regen schlug ihm aus Richtung Norden ins Gesicht. Die Fenster der Cottages waren erleuchtet. Ein Auto zischte vorbei und spritzte die Hosenbeine des alten Mannes naß.

Massig hob sich die St.-Andrew's-Kirche vor dem Abendhimmel ab.

»Ich schließ lieber ab, solange ich noch auf den Beinen bin«, dachte Albert, bog ab und ging zur Kirche. Die Tür stand offen, aber drinnen war niemand.

Albert stand im dunklen Mittelschiff und blickte zu den drei verschatteten Fenstern hinter dem Altar hin. Vertrauter Kirchengeruch aus Feuchtigkeit und Messingpolitur stieg ihm in die Nase. Ein Kraspeln und Quietschen durchbrach die Stille.

»Vermuckte Mäuse!« entfuhr es Albert, und er trat gegen eine Kirchenbank.

Wieder herrschte Stille.

Albert ging und schlug die schwere Tür hinter sich zu. Dann holte er einen Riesenschlüssel unter dem Fußabtreter hervor, verschloß die Tür und steckte den Schlüssel in die Tasche, denn über Nacht nahm er ihn immer mit nach Hause.

Er stellte sich im Portal unter und musterte die Szenerie durch den Regen. Sein eigenes Häuschen gegenüber lag im Dunkeln. Die *Zwei Fasane* hatten noch nicht offen, doch er konnte den Wirt sehen, der im Lokal herumging.

Neben dem Pub lag die Dorfschule, der Spielplatz daneben war verlassen und regengepeitscht. In der Klasse der Großen war Licht an, und das bedeutete, Betty Bell machte den Saustall dieses Tages sauber. Unten im Schulhaus brannte auch Licht, denn dort saßen Miss Watson, die Schulleiterin, und

Miss Fogerty, ihre zweite Lehrerin, behaglich am Kamin und besprachen Schulisches in ihrem gemeinsamen Heim.

Dort, wo Albert stand, verdeckte die Ecke des Portals fast das schöne Haus neben der Schule. Dort wohnte Harold Shoosmith, der mit sechzig noch Junggeselle gewesen war, jedoch gerade geheiratet hatte und sehr zufrieden mit seinem Los war. Oben und unten brannte Licht, und das Licht über der Haustür war auch an.

Albert brummelte mißbilligend.

»Was für 'ne Verschwendung von Elektrizität«, sagte er laut. »Aber die haben wohl Geld durch 'n Schornstein zu jagen.«

Er holte seine große Uhr aus der Tasche und blickte mit zusammengekniffenen Augen auf das beleuchtete Zifferblatt. Noch immer eine Viertelstunde, bis der olle Jones aufmachte. Da konnte er auch nach Hause gehen, den Schlüssel weghängen und ein paar von den vermuckten Tabletten schlucken.

Albert zog den Mantel fest zusammen und machte sich durch den Wolkenbruch auf den Weg.

2. Freunde und Verwandte

Ein, zwei Stunden später, als Albert sein Bierchen trank und sich die Beine am Kamin der *Zwei Fasane* wärmte, steckte seine Tochter Molly den kleinen George ins Bett. Dann ging sie zum Fenster und betrachtete Thrush Green.

Regen prasselte gegen die Scheibe. Das Schiebefenster klapperte im stürmischen Wind. Die Lichter des Pub spiegelten sich in den großen Pfützen am Straßenrand, und die kahlen Äste der Bäume verspritzten Tropfen, wenn der Wind sie durchschüttelte.

Ein Hundewetter, dachte Molly, aber sie liebte Thrush Green bei jedem Wetter. In den ersten Ehejahren hatte sie Ben mit dem kleinen Wanderjahrmarkt landauf, landab zu Städten und Dörfern begleitet. Der Jahrmarkt hatte seiner Großmutter, der altehrwürdigen Mrs. Curdle, gehört, die Ben auch aufgezogen hatte. Jetzt lag sie auf dem Friedhof von St. Andrew's in einem Grab, das ihr Enkel liebevoll pflegte.

Ben grämte sich, daß er sich von dem berühmten Jahrmarkt trennen mußte, doch es war unumgänglich geworden. Sitten und Moden wechselten, da konnte es ein kleiner Familienbetrieb nicht mehr mit den Bingo-Salons und dem Fernsehen aufnehmen, und so hatte Ben schließlich verkauft und eine Stelle in einer Landmaschinenfirma angenommen. Molly konnte man ihr Glück richtig ansehen, und Ben war zufrieden.

Oder doch nicht? Molly grübelte über diese Frage nach, während sie die dunkle, nasse Welt betrachtete. Er hatte weder durch Worte noch durch Taten zu erkennen gegeben, daß er seinem früheren Leben nachtrauerte, trotzdem fragte sich Molly manchmal, ob ihm das Herumziehen fehlte, der Ortswechsel, das Erneuern von Freundschaften in den Städten, wo der Jahrmarkt länger blieb.

Schließlich hatte er nur dieses Leben gekannt. Sein Heim war seit Kindesbeinen der kleine pferdegezogene Wohnwagen gewesen, der jetzt als ständiges Andenken an Mrs. Curdle und diese Lebensweise im Obstgarten ihrer jetzigen Wohnung stand. Er hatte den Jahrmarkt selbst geleitet, hatte bereitwillig tagein, tagaus alles gemacht, was gemacht werden mußte.

Ganz sicher hat er seinen neuen Lebensstil manchmal satt, dachte Molly. Immer zur gleichen Zeit aus dem Haus, immer auf die Uhrzeit achten, das Werkzeug aus der Hand legen, wenn die Pfeife schrillt, und immer zur gleichen Zeit nach Thrush Green zurückkehren. Ob er das langweilig findet? Ob er sich nach der Freiheit sehnt, die er einmal gehabt hat? Ob er sich durch soviel Routine angebunden fühlt? Ist er wirklich glücklich?

Ein besonders gemeiner Windstoß peitschte einen Regenschauer gegen die Scheibe vor ihrem Gesicht, und die junge Frau fuhr zurück.

Na ja, sagte sie sich, es hat keinen Zweck, sich graue Haare wachsen zu lassen. Ich habe Glück, daß ich einen so gutmüti gen Ehemann habe, und vielleicht ist er ja doch genauso glücklich wie ich.

Sie verließ das Fenster, betrachtete ihren schlafenden Sohn und ging in die Küche, um für Ben das Abendessen herzurichten.

Gegenüber, in Tullivers, bekamen es auch Frank und Phil Hurst an diesem stürmischen Abend mit einem Problem zu tun.

Robert, Franks Sohn aus erster Ehe, war Landwirt in Wales. Er rief selten an und schrieb noch seltener, trotzdem mochten sich Vater und Sohn, und Frank war stolz darauf, wie der junge Mann das Leben in Wales meisterte, ein hartes Leben als Bergbauer führte und dazu noch vier lebhafte Kinder aufzog.

»Ich wollte dich was fragen«, sagte die muntere Stimme am Telefon. »Wann geht es auf die Vortragstour?«

Frank sagte es ihm.

»Dann bist du also den ganzen Mai über weg?«

»Richtig. Wenn alles programmgemäß läuft, sind wir in der ersten Juniwoche zurück.«

»Die Sache ist die: Ein Freund von mir, der gerade geheiratet hat, tritt eine neue Stelle als Makler irgendwo in deiner Gegend, nahe bei Oxford an. Er muß im April aus seinem Haus raus, und da hab ich gedacht, du würdest ihn vielleicht für ein paar Wochen in Tullivers wohnen lassen.«

»Hat er hier denn keine Wohnung?«

»Die ist noch nicht fertig, es dauert bis zum Sommer. Ich würde auch nicht fragen, wenn er mir nicht schon mal einen Gefallen getan hätte, und ein Baby ist auch unterwegs. Er ist ein netter Kerl. Sehr musikalisch. Du magst ihn sicherlich.«

»Ich kann nicht ja oder nein sagen, ehe ich nicht mit Phil gesprochen habe. Wie auch immer, ich brauche irgendeine Empfehlung. Und ich weiß wirklich nicht, ob ich Fremde im Haus haben möchte – und ich habe auch keine Ahnung, was ich ihm dafür abnehmen soll.«

»Na ja, er schwimmt nicht gerade im Geld, soviel weiß ich, aber einen Anteil würde er schon zahlen wollen.«

Kurzes Schweigen, das schließlich von Frank gebrochen wurde.

»Das muß ich mit Phil besprechen, ich rufe dich morgen an.«

»O gut! Es würde ihm riesig helfen, wenn er wüßte, wo er bleiben kann, wenn er hier ausziehen muß. Dann hat er Zeit, die Gegend kennenzulernen und von da aus die Arbeiter anzutreiben.«

Es knisterte, und Frank legte auf.

Phil blickte ihn fragend an.

»Ein Problem?«

Frank erzählte.

»Ich bin nicht gerade scharf darauf«, sagte sie schließlich. »Wir kennen ihn überhaupt nicht, und ich möchte hier niemanden haben, der womöglich den Nachbarn lästig fällt.«

»Ich hätte es auch rundheraus abgeschlagen«, pflichtete Frank ihr bei, »wenn es sich nicht um Robert gehandelt hätte. Er hat ein gutes Wort für ihn eingelegt, sagt, daß er musikalisch ist, und kennt ihn offensichtlich schon länger. Und er hat sich früher als guter Freund erwiesen. Ich muß schon sagen, das Ganze ist ziemlich heikel.«

»Dann sag doch, wir brauchen weitere Informationen und würden ihn und seine Frau gern kennenlernen«, schlug Phil vor. »Und wenn wir Bedenken haben, dann müssen wir eben hart bleiben.«

Und mit dieser vernünftigen Bemerkung schoben sie das Problem für vierundzwanzig Stunden beiseite.

Der Sturm legte sich im Laufe der Nacht, und als Thrush Green erwachte, war der Morgen so lieblich und perlmuttfarben, daß alle sofort gutgelaunt waren.

Sogar Willie Marchant, der miesepetrige Postbote, merkte, daß die Sonne schien, und ackerte fleißig mit seinem Fahrrad den Hügel nach Lulling hinauf und hinunter.

»Schöner Morgen, Willie«, sagte Ella, die ihm an der Gartenpforte entgegenkam.

»Ja, ja!« bestätigte der Postbote. Wie üblich klebte ihm ein Zigarettenstummel an der Unterlippe. Zog er daran, oder versuchte er sich etwa an einem seltenen Lächeln? Ella wußte es nicht so recht zu deuten.

Pfarrer Charles Henstock stieß auf Willie, als er von der Morgenandacht zurückkam, und nahm ihm die Post ab.

»Der Frühling liegt in der Luft«, meinte der Pfarrer und schnupperte beifällig.

»Ist noch eine gute Weile hin«, sagte Willie, trat in die Pedale und begab sich wieder auf seine Runde. Er gehörte nicht zu denen, die falsche Hoffnungen weckten, und wenn er sich insgeheim auch an dem Wetterumschwung freute, so wollte er Vorbeikommenden seine gewohnte verdrießliche Miene zeigen.

Überall empfing man ihn optimistisch.

Joan Young meinte, daß die Blumenzwiebeln in den Rabatten Spitzen zeigten. Die kleine Miss Fogerty, die ihm im Schulhaus die Post abnahm, sagte, eine Amsel sei in der Hecke am Nestbauen. Nebenan konnte man Harold Shoosmith mit schöner Baritonstimme singen hören, und seine frischgebackene Ehefrau schenkte Willie ein so hinreißendes Lächeln, als sie die Tür aufmachte, daß er sich beinahe vergaß und mit einem Lächeln reagierte.

Nachdem er die Post in Thrush Green abgeliefert hatte, begab sich Willie gemächlich auf den Feldweg nach Westen zum Lulling-Forst. Als ihn in Thrush Green niemand mehr sehen konnte, lehnte Willie sein Fahrrad an eine Steinmauer, legte seine Posttasche aus Segeltuch ins Gras, um sich vor Feuchtigkeit zu schützen, setzte sich darauf und machte es sich im Windschatten an der Mauer gemütlich. Hier schien die Sonne warm, eine Lerche stieg hoch in den Himmel und begrüßte den Morgen genauso entzückt wie Willies Kunden, und da griff er zu einer frischen Zigarette.

Ein schönes Fleckchen, dachte er bei sich, während er zum Lulling-Forst blickte, der vor dem Horizont zu einem Farbklecks verschwamm. Man konnte das sprießende Gras direkt riechen, und da drüben war ein frischer Maulwurfshügel. Die Äste des Hagedorns in der Nähe waren mit winzigen, perlenartigen Knospen besetzt, und am Wegrain torkelte benommen eine frühe Hummel.

Willie blies eine Rauchwolke aus und machte sich genüßlich lang. So läßt es sich aushalten, sagte er sich, vor allem, da
der kommende Sommer nahte. Gibt sicherlich Schlimmeres
als an einem so schönen Morgen Postbote zu sein.

Hundegebell erinnerte ihn an seine Pflicht. Dotty Harmers Häuschen, das eine viertel Meile entfernt lag, mußte als
nächstes beliefert werden. Offensichtlich war sie mit den
Hühnern auf den Beinen, das bewies der bellende Hund. Die
alte Jungfer fütterte wohl die Hühner und Ziegen und den
Rest ihrer Menagerie, die sie sich auf ihrem heruntergekom-
menen Anwesen hielt. Hat nicht alle Tassen im Schrank, befand Willie, während er sich steif von der zerdrückten Posttasche hochstemmte. Aber man mußte die olle Jule einfach
gernhaben, und wenn man bedachte, was sie auszuhalten gehabt hatte, als ihr böser alter Vater noch am Leben war –
also, die hatte sich ganz schön durchbeißen müssen.

Willie war selbst kurze Zeit Schüler bei dem berüchtigten
Mr. George Harmer, dem Direktor der Oberschule in Lulling, gewesen. Der Zuchtmeister, seine strengen Vorschrif-
ten und die wüsten Strafen, wenn man sie nicht eingehalten
hatte, waren denen, die er verprügelt hatte, noch lebendig in
Erinnerung, und dabei lag der alte Mann nun schon viele
Jahre auf dem Friedhof, und seine Tochter hatte ihre Freude
an all den Tieren, die sie zu seinen Lebzeiten nicht hatte halten dürfen.

Viel Glück, dachte Willie, als er schwerfällig wieder aufs
Rad stieg. Die hat auf ihre alten Tage ein bißchen Spaß verdient.

Er hatte ganz richtig geraten, Dotty war im Hühnergehege.
Sie bemühte sich, ein Seil über den kräftigen Ast eines Pflau-
menbaumes zu werfen, der sich über das Gehege beugte. Willie erschrak, denn ihm schoß der Gedanke durch den Kopf,
sie wolle sich umbringen. Aber Dotty wäre die letzte Person,
die sich einen leichten Ausweg aus irgend etwas gesucht hätte.

»Ach, Willie! Haben Sie mir einen Schreck eingejagt! Ich
habe meine liebe Not mit dem Rosenkohl.«

Sie zeigte auf fünf, sechs aufgeschossene Pflanzen, die sie am anderen Seilende befestigt hatte. Jetzt war alles sonnenklar.

»Die möchten Sie hochgezogen haben? Geben Sie her«, sagte Willie. Und mit einem geschickten Wurf schleuderte er das andere Seilende über den Pflaumenbaumast und zog. Die Pflanzen richteten sich auf.

»Wie hoch?« fragte Willie, dessen Kopf jetzt auf gleicher Höhe mit den baumelnden Pflanzen war.

Dotty musterte sie und legte vor Anstrengung die Stirn in Falten.

»Nicht ganz so hoch, glaube ich. Ich möchte nämlich, daß sich die Hühner ein bißchen sportlich betätigen. Sie sollen nach dem Grünzeug springen. Sie leben viel zu seßhaft, ihr Kreislauf und ihre Gesundheit ganz allgemein würden sich verbessern, wenn sie etwas mehr Sport treiben würden.«

»Ah, ja«, pflichtete Willie ihr bei und ließ die Pflanzen etwas herab.

»Andererseits«, sagte Dotty jetzt, »sollten sie nicht zu niedrig sein –«

Willie ruckte etwas am Seil. Die Pflanzen hoben sich um fünf Zentimeter.

»– daß das Ganze sinnlos ist. Aber so hoch, daß sie den Mut verlieren und gar nicht erst springen, nun auch wieder nicht. Aber natürlich so hoch, daß sie sich nichts tun. Verletzte Hühner kann ich nicht gebrauchen. Hühner können sich nämlich ziemlich komisch aufführen.«

Nicht nur die, dachte Willie, zog den Rosenkohl unter Dottys scharfem Auge gottergeben hoch und ließ ihn wieder herunter.

»Stimmt!« rief Dotty plötzlich und hob die Hand, als wollte sie den Verkehr aufhalten. »So ist es genau richtig, glaube ich. Was meinen Sie?«

»Dürfte hinkommen«, sagte Willie und schlang einen Knoten.

Dotty strahlte ihn an.

»Ganz, ganz vielen Dank, lieber Willie. Aber jetzt kommen

Sie bitte mit in die Küche, ich muß Ihnen zwei Briefe mitgeben, die ich gestern abend geschrieben habe.«

Er folgte ihr zur Hintertür, stieg dabei über drei Katzenjunge, die vor ihm aus den Johannisbeerbüschen sprangen, und wich einer Ziege aus, die am Weg an einem Wäschepfahl angebunden war.

In der Küche herrschte das übliche Chaos. Willie war recht vertraut mit dem Durcheinander von Schüsseln, Töpfen, Schachteln, Einkaufsnetzen, Zeitungsstapeln und mannigfaltigem Treibgut, das sich auf Tisch, Borden und Stühlen türmte. Auf dem Herd köchelte etwas in einem großen, altersschwarzen Fischtopf vor sich hin, das zu Willies Überraschung einen ziemlich leckeren Essensduft verströmte.

»Also, wo habe ich sie nur hingelegt«, fragte sich Dotty und blieb in dem ganzen Tohuwabohu stehen. »An irgendeinen sicheren Ort, das weiß ich.«

Erwartungsvoll schob sie einen Zeitungsstapel beiseite. Willies Blick wanderte über die Anrichte.

»Wahrscheinlich irgendwo obendrauf«, vermutete er, »falls Sie die erst gestern geschrieben haben.«

»Sehr scharfsinnig«, sagte Dotty. Sie hob den Deckel einer Gemüseschüssel hoch, und da lagen die Briefe.

»Da sind sie ja«, sagte Dotty glücklich und drückte sie Willie in die Hand. »Und jetzt will ich Sie auch nicht mehr von Ihrer Arbeit im Dienste der Königin abhalten. Tausend Dank, daß Sie mir mit den Hühnern geholfen haben.«

Sie nahm ein Stück Kuchen, das auf dem Tisch neben einer kleinen, braunen Lache einer nicht identifizierbaren Flüssigkeit lag. Kann Kaffee sein, dachte Willie, oder Tee. Oder Schlimmeres.

»Wie wäre es mit einem kleinen Bissen?« fragte Dotty. »Sie könnten unterwegs essen.«

»Lieber nicht, auch wenn ich noch so gern möchte«, antwortete Willie galant. »Ich würd mir nur den Appetit aufs Frühstück verderben. Trotzdem, vielen Dank.«

»O bitte, bitte!« sagte Dotty und legte den Kuchen wieder hin. Diesmal direkt in die Pfütze, wie Willie mitbekam.

Er ergriff die Flucht, ehe Dotty ihm sonst noch etwas anbieten konnte, und sauste den Gartenweg entlang zu seinem Fahrrad.

So weit er sehen konnte, ignorierten die Hühner den Rosenkohl völlig. Man sollte meinen, sie hätten soviel Anstand, ihn sich wenigstens mal anzusehen, dachte Willie betrübt, schließlich hat das Ganze viel Mühe gekostet.

Entsprechend niedergeschlagen machte er sich im goldenen Sonnenschein wieder auf den Weg.

Die kleine Miss Fogerty und ihre Schulleiterin, Miss Watson, frühstückten in der sonnigen Küche des Schulhauses je ein gekochtes Ei, eine Scheibe Toast, eine Scheibe Knäckebrot und Orangenmarmelade.

Das war ihr Standardfrühstück an Werktagen, leicht, aber sättigend, und hinterher gab es keine fettigen Bratpfannen abzuwaschen. Samstags und sonntags, wenn mehr Zeit war, brieten sie sich gelegentlich Schinken mit Eiern oder Schinken mit Tomaten und ab und an einen Räucherhering für jede.

Dorothy Watson war eine gute Esserin, mußte sich jedoch vorsehen, daß sie nicht zunahm. Agnes Fogerty, die viele Jahre lang in einer Wohnung in der Nähe gewohnt hatte, entdeckte ihr Interesse am Kochen erst, als sie zu ihrer Freundin zog, und hatte ihre Freude daran, wie gut der ihre Gerichte mundeten. Agnes konnte essen, was sie wollte, sie wog seit Jahren ungefähr fünfzig Kilo.

Miss Fogerty war noch nie so glücklich gewesen wie jetzt zusammen mit Dorothy und einer anderen alten Freundin nebenan, nämlich Isobel Shoosmith, mit der sie vor vielen Jahren im Internat gewesen war. Früher war es ihr nicht so aufgefallen, aber ihr Leben im Haus der Whites war ziemlich einsam gewesen. Natürlich hatte sie eine nette Einzimmerwohnung gehabt, und Mrs. White hatte für sie gekocht und war immer sehr freundlich gewesen, aber an so manchem kühlen Sommerabend, wenn sie in ihrem Lloyd-Sessel am Gaskamin saß, der aus Sparsamkeit auf niedriger Stufe brannte, war Agnes trostlos zumute gewesen.

Welch eine Freude, jeden Morgen in dem Bewußtsein aufzuwachen, daß ihre Freundinnen in der Nähe waren und sie bei Wind und Wetter zur Schule keinen langen Weg mehr hatte. Normalerweise war sie die erste in der Küche, setzte fröhlich das Wasser auf, kochte die Eier und machte Dorothys Toast fertig, denn die war seit ihrer gebrochenen Hüfte recht langsam geworden.

Ausgerechnet dieser Unfall hatte dazu geführt, daß Agnes gebeten wurde, das Schulhaus mit ihr zu teilen, und sie freute sich auf weitere gemeinsame Jahre, ehe sie in den Ruhestand ging. Was wird dann aus mir? fragte sich Miss Fogerty zuweilen. Aber bis dahin fließt noch viel Wasser die Themse hinunter, redete sie sich gut zu, jetzt will ich genießen.

Willie Marchant hatte zwei Briefe gebracht, einer eindeutig vom Schulamt und einer, der aussah, als käme er von Dorothys Bruder Ray. Miss Fogerty trank ihren Tee, während ihre Schulleiterin ihre Korrespondenz las.

»Ray und Kathleen wollen nächsten Monat acht bis zehn Tage durch die Cotswolds reisen«, berichtete sie Agnes, während sie den Brief wieder in den Umschlag stopfte.

»Wie nett«, sagte Agnes. »Wollen sie auch hier vorbeischauen?«

»Vorbeischauen wäre schön«, sagte Dorothy mit Nachdruck, »aber ich habe den Eindruck, daß sich Ray mit Kathleen für ein, zwei Nächte zu uns einlädt.«

»Oh!« sagte Agnes etwas erschrocken. Das Schulhaus hatte nur zwei Schlafzimmer. Eins, das früher das Gästezimmer gewesen war, gehörte jetzt ihr. Früher, das wußte sie, hatte Ray, der Handelsvertreter war, manchmal die Nacht hier verbracht. Seit Dorothys Unfall herrschte zwischen ihnen ein etwas gespanntes Verhältnis. Sie hatte darauf vertraut, daß sie sich bei ihrem Bruder und seiner Frau erholen konnte, doch sie hatten sich nicht erboten, hatten lauter faule Ausreden vorgebracht. Wenn sich Agnes nicht bereitgefunden hätte einzuspringen, die arme, kranke Miss Watson hätte überhaupt keine Hilfe gehabt. Es war für Miss Fogerty offenkundig, daß sie weder vergeben noch vergessen hatte.

»Ich könnte im Wohnzimmer schlafen«, bot sich Agnes an, »falls du mein Zimmer haben möchtest. Dann könnten sie das Doppelbett in deinem Zimmer haben.«

»Das wird nicht erforderlich sein, meine liebe Agnes«, sagte Dorothy im strengen Schulleiterinnenton. »Wir reißen uns für sie keine Beine aus. Sie haben genug Geld, sich ein Hotel zu leisten. Vielleicht das *Vlies*, wenn sie denn unbedingt kommen und übernachten müssen. Mir bricht, offen gestanden, nicht das Herz, wenn ich sie nicht sehe.«

»O Dorothy!« bat die sanfte, kleine Miss Fogerty, »so darfst du nicht reden! Er ist dein eigen Fleisch und Blut – dein Bruder!«

»Dafür kann ich nichts«, sagte Dorothy knapp und rollte ihre Serviette zusammen. »Ich habe ihn mir nicht ausgesucht, aber meine Freundinnen, die suche ich mir aus!«

Sie warf einen Blick auf die Uhr.

»Wir sollten lieber abräumen, sonst kommen wir noch zu spät in die Schule. Ich muß für meine Geschichtsstunde heute noch ein paar Fotos heraussuchen.«

»Dann, liebe Dorothy, geh du nur«, sagte Miss Fogerty, »um das Frühstücksgeschirr kümmere ich mich.«

»Du verwöhnst mich.« Miss Watson humpelte zur Tür.

Wie nett es doch ist, wenn man jemanden hat, den man verwöhnen kann, dachte Agnes und drehte den Wasserhahn auf. Meistens blieb sie noch und übernahm diese kleine Arbeit, und sie verübelte es Dorothy nie. Sich um andere zu kümmern, ob nun Kinder oder Erwachsene, war für die kleine Miss Fogerty ein steter Quell der Freude.

Miss Watson ging vorsichtig über den Pausenhof und dachte voller Zuneigung an ihre zweite Lehrerin. Sie war eine Seele von Mensch und hatte das mit ihrem bereitwilligen Angebot, ihr Zimmer zu räumen, wieder einmal unter Beweis gestellt. Miss Watson wollte jedoch, daß jetzt Agnes an erster Stelle kam. Sie war viele Jahre lang eine treue Kollegin gewesen und wurde von Eltern und Kindern gleichermaßen geachtet, und seit dem Unfall hatte sie sich als vertrauenswürdige Freundin und Gefährtin erwiesen.

Und der Quatsch, daß Blut dicker als Wasser ist, dachte Miss Watson realistisch, das ist doch nur Geschwafel! Von ihrer lieben, alten Agnes hatte sie mehr Hilfe und Zuneigung empfangen als jemals von Ray und Kathleen. Sie mußte es sich eingestehen, sie waren ein selbstsüchtiges Pärchen, und sie hatte nicht die Absicht, Agnes' oder ihre eigene Bequemlichkeit zu opfern, damit diese ein paar Pennies sparten.

»George, mein guter Junge, du darfst mitkommen und mir ein paar Fotos tragen helfen«, sagte sie zu dem kleinen Curdle, der auf dem Pausenhof herumsprang. Es hörte sich an wie ein königlicher Befehl.

So rauschte sie in ihr Reich, gefolgt von einem ihrer willigen Untertanen.

3. Jenny erkrankt

Die kurze Schönwetterperiode hielt genau zwei Tage vor, dann blies wieder ein schneidender Wind über die Felder, und das bis in den März hinein.

Während dieser trostlosen Zeit entschied sich auch die Frage, ob man Tullivers an Roberts Freund vermieten sollte. Frank hatte herausgefunden, daß er den Vater des jungen Mannes kannte. Er und Dick Thomas hatten eine Zeitlang beide für eine Zeitung im Westen des Landes gearbeitet. Er meinte sogar, seinen Sohn Jack als Baby in Windeln kennengelernt zu haben.

Robert war zum Dorfpfarrer gegangen, und der hatte Frank einen Brief geschrieben und ein gutes Wort für den jungen Mann eingelegt, was Frank geradezu rührend fand. Robert wollte offensichtlich, daß die Sache reibungslos über die Bühne ging. Frank war auch beeindruckt, als ein Brief von Jack Thomas kam, daß sein Vermieter ihn bis Ende April wohnen ließe, was bedeutete, sie würden nur einen Monat in Tullivers wohnen, falls Frank es ihnen vermietete.

Eines stürmischen Märztages kam das junge Paar zum Lunch nach Tullivers und schien entzückt von allem, was es sah. Man redete über Termine und Bedingungen, und Frank sagte ihnen eine schriftliche Vereinbarung zu. Die beiden hatten es ihm offenkundig angetan.

Phil war da vorsichtiger.

»Anscheinend ein vernünftiges Pärchen«, bemerkte Frank, als die Thomas' fortfuhren.

»Hoffentlich«, sagte Phil. »Sie schien mir nicht viel von Kochen zu verstehen, fand ich.«

»Macht nichts! Das lernt sie schon noch«, antwortete Frank nachsichtig.

»Genau davor habe ich Angst! Nämlich mit meinen Küchengeräten!« gab Phil zurück. »Aber wenigstens haben beide sauber ausgesehen und waren gesittet. Wir haben übrigens vergessen, ihn nach seiner Musik zu fragen. Ob er ein Instrument spielt?«

»Gitarre«, sagte Frank.

»Na ja, das hört sich einigermaßen leise an«, räumte Phil ein. »Es wäre mir sehr unlieb, wenn unsere gute Winnie und Jenny durch Trommeln und Zimbeln gestört würden.«

»Ach, so rücksichtslos, daß sie die Nachbarschaft in Aufruhr versetzen, sind sie sicherlich nicht«, tröstete Frank, »aber ich erwähne es, wenn ich schreibe.«

»Tu das«, sagte Phil. »Schließlich kennen wir sie nicht richtig, und sie wissen möglicherweise nicht, daß man in Thrush Green gegen zehn ins Bett geht.«

Und dabei beließen sie es.

Auf der anderen Seite des Dorfplatzes, im Pfarrhaus, war Ella bei Charles und Dimity Henstock zu Besuch. Man sprach über den Urlaub des Pfarrers, und Dimity, die sich stets um die Gesundheit und das Wohlergehen ihres Mannes sorgte, bemühte sich sehr, ihn zu einem Entschluß zu bewegen.

Ella unterstützte sie dabei lautstark und unverblümt wie immer.

»Sei doch nicht so stur, Charles. Natürlich brauchst du Urlaub. Den braucht jeder. Hinterher kommst du quietschfidel und mit ein paar guten Einfällen für deine Predigten zurück.«

Charles blickte gekränkt.

»Meine liebe Ella, du redest, als ob ich immer wieder ein und dieselbe Predigt halte. Laß dir versichern –«

»O ja, ja!« sagte Ella barsch, kramte eine verbeulte Tabakdose hervor und fing an, sich eine Zigarette zu drehen. »Ich weiß, es hat sich so angehört, aber so war es nicht gemeint. Du machst deine Sache sehr gut«, sagte sie freundlich.

Schmatzend leckte sie das Papier an.

»Und um der Wahrheit die Ehre zu geben«, fuhr sie fort, »die über den Barmherzigen Samariter hab ich erst dreimal gehört und die über Hochmut kommt vor dem Fall zweimal. Aber du weißt ja, daß ich nicht jeden Sonntag in die Kirche gehe, also gar kein schlechtes Führungszeugnis für dich, mein lieber Charles.«

Das pausbäckige Gesicht des Pfarrers legte sich in betrübte Falten, doch er schwieg, während sich Dimity für ihn in die Bresche warf.

»Ella, diese Predigten waren völlig unterschiedlich. Charles geht die Sache jedesmal ganz neu an, und die Themen sind sowieso allgemeingültig und können gar nicht oft genug wiederholt werden. Aber, liebe Ella, in einem hast du recht, wir würden erholt aus dem Urlaub kommen. Wenn Charles das doch nur einsehen würde.«

»Falls ihr Geld braucht«, sagte Ella rundheraus, »ich kann euch was leihen.«

»Wir sind daran gewöhnt, daß wir knapp bei Kasse sind«, sagte Charles mit einem Lächeln. »Aber vielen Dank, Ella, für das nette Angebot. Die Schwierigkeit besteht darin, daß wir keine Zeit haben.«

»Wie wär es, wenn ihr zwischen Ostern und Pfingsten eine Woche oder so abzischt? Ich sehe ja ein, daß ihr nur in der Sauregurkenzeit Urlaub machen könnt. Wie die Bauern.«

»Wie die Bauern?« fragte Charles ratlos.

»Die können nur nach der Heuernte oder nach der Ernte überhaupt, wie du sicherlich weißt. Und in der Regel heiraten sie im Oktober, wenn die Ernte eingefahren ist und sie aus dem Getreideverkauf Geld für die Flitterwochen haben.«

»Du verstehst wirklich etwas von Landwirtschaft«, meinte Charles, »und wenn ich es recht bedenke, so traue ich tatsächlich im Herbst viele Jungbauern.«

»Ich finde Ellas Vorschlag, im Mai Urlaub zu machen, sehr gut«, sagte Dimity und kam damit wieder zum Thema. »Warum schreibst du nicht an Edgar? Oder noch besser, ruf ihn abends einmal an. Yorkshire ist schön im Mai, falls er uns sein Haus überlassen würde.«

Charles blickte von einer entschlossenen Frau zur anderen. Er wußte, wann er geschlagen war.

»Ich kümmere mich noch diese Woche darum«, versprach er. »Ich habe Edgar in den letzten Monaten sowieso arg vernachlässigt. Seine Gemeinde in Yorkshire frißt ihn bei lebendigem Leibe auf, also sollte ich derjenige sein, der schreibt. Aber wo sind nur die ganzen Wochen geblieben, Ella? Kannst du mir das sagen?«

»Sie werden viel zu schnell zu Monaten«, sagte Ella, »und das kommt daher, daß wir alle alt werden und einen Monat nicht mehr so ausnutzen können wie früher. Das versteht Edgar sicherlich. Wann geht es los? Wollt ihr ganz einfach ein, zwei Wochen die Behausung tauschen?«

»Wahrscheinlich. Ehrlich gesagt, wir beiden lieben Flußtäler, und Edgar und Hilda scheinen die hügeligen Cotswolds zu mögen. Wir müssen uns nur noch über das Datum einigen.«

»Und da bin ich gerade hereingeschneit«, sagte Ella und stemmte sich hoch. Sie drückte ihren Zigarettenstummel in der Erde von Dimitys bester Geranie auf der Fensterbank aus. Dimity blieb vor Schreck schier die Luft weg, aber als wahre Christin verbot sie sich eine Bemerkung.

»Und natürlich füttere ich eure Katze«, sagte Ella noch im Hinausgehen. »Lebt sie noch immer von Schweineleber?«

»Leider«, antwortete Dimity. »Sie ist so eklig zu zerschneiden.«

»Nicht schlimmer als Kutteln«, sagte Ella und ging.

Gegen Ende März ging Winnie Bailey in ihrem Haus in die Praxis, die früher ihrem Mann gehört hatte und jetzt von John Lovell betrieben wurde, der seit Donalds Tod Seniorpartner war.

Er war ein ruhiger, gewissenhafter, junger Mann, der viel von Winnies Mann gelernt hatte und von seinen Patienten in Thrush Green verehrt wurde.

Er blickte von seinen Papieren auf, als Winnie eintrat, und holte ihr einen Stuhl.

»Ich habe gesehen, daß das Wartezimmer leer ist«, sagte Winnie. »Müssen Sie zu einem Krankenbesuch?«

»In ein paar Minuten, aber es eilt nicht. Fehlt Ihnen etwas, Winnie?«

»Mir nicht, aber Jenny. Sie hat seit einer Woche keinen Appetit mehr und hustet zum Gotterbarmen. Aber Sie kennen ja Jenny. Sie legt sich nicht hin, behauptet, daß es ihr gutgeht. Bitte, lieber John, kommen Sie und sehen Sie sich Jenny an.«

»Ich komme sofort«, sagte der junge Mann und griff sich sein Stethoskop. »Es geht ein besonders gemeiner Grippevirus um. Vielleicht hat sie den erwischt.«

Zusammen betraten sie die Diele und dann die Küche, wo Jenny am Ausguß stand und Kartoffeln schälte. Sie war ungewöhnlich blaß, fiel Doktor Lovell auf, ihre Augen waren gerötet, und ihre Stirn fühlte sich sehr heiß an.

»Setzen Sie sich«, forderte er sie auf und Jenny gehorchte, warf jedoch Winnie einen anklagenden Blick zu.

»Mrs. Bailey«, krächzte sie. »Sie hätten den Doktor wirklich nicht bemühen müssen.«

»Knöpfen Sie die Bluse auf«, wies er sie an und legte ihr das Stethoskop auf die Brust, »und jetzt den Mund aufmachen.«

Dann bekam die arme Jenny ein Thermometer in den Mund gesteckt, während sie stillsitzen und sich überall auf der Brust mit dem Stethoskop gründlich untersuchen lassen mußte.

Als John Lovell fertig war, verkündete er das Urteil.

»Ab ins Bett und viel trinken. Sie haben ziemlich hohes Fieber, und Ihre Lunge ist auch nicht frei.«

»Aber ich bin am Kartoffelschälen!« protestierte Jenny.

»Die schäle ich fertig«, sagte Winnie. »Du tust, was Doktor Lovell sagt. Ab mit dir, ich bringe dir eine Wärmflasche und Zitronenlimonade.«

»Und ich gehe in die Praxis«, sagte John zu Winnie, »und hole ihr Tabletten und etwas zum Inhalieren.«

Jenny ging widerstrebend, und Winnie blickte John an.

»Ich glaube nicht, daß es mehr ist als eine Lungenreizung, aber es könnte auch das erste Stadium von etwas Ansteckendem sein. Vermutlich hat sie alle Kinderkrankheiten gehabt?«

»Ich weiß nicht recht. Sie ist, bis sie zu ihren Pflegeeltern hier gekommen ist, im Waisenhaus aufgewachsen. Da war sie zehn oder zwölf, glaube ich. Ganz sicher hat sie im Waisenhaus alle ansteckenden Krankheiten gehabt, aber das finde ich noch heraus.«

John ging die Medikamente holen, und Winnie setzte den Wasserkessel für Jennys Wärmflasche auf.

Als Jenny dann zwei Tabletten geschluckt, die Wärmflasche an den Füßen hatte und neben ihr auf dem Nachttisch die Schüssel mit dem Inhaliermittel dampfte, versuchte sie sich zu erinnern, ob sie Keuchhusten, Scharlach, Masern, Windpocken, Ziegenpeter und all die anderen gräßlichen Kinderkrankheiten gehabt hatte.

»Ehrlich, ich weiß nicht, ob es alle waren«, gestand sie. »Irgendwas hat immer die Runde gemacht, wir waren ja so viele im Waisenhaus. Aber Grind habe ich nicht gehabt, das weiß ich genau«, setzte sie voller Stolz hinzu.

»Schon gut, mach dir keine Sorgen«, sagte Winnie. »Und jetzt lege ich dir das Handtuch über den Kopf, und du inhalierst brav Pinimentol.«

»Ach, so was ist das«, sagte Jenny unter ihrem Zelt. »Und ich hab schon gedacht, es ist eine neue Mixtur von Doktor Lovell.«

»Vermutlich hat es einen langen und komplizierten lateinischen Namen«, sagte Winnie, »aber ich denke mal, grundsätzlich ist es noch immer das gute, alte Pinimentol.«

»Dann kann es auch nicht schaden«, sagte Jenny erleichtert und beugte sich über ihre Schüssel.

Der folgende Tag gehörte zu den windigen, blau-weißen, prächtigen Märztagen, wenn große Wolken gen Osten eilen und die Sonne alle Menschen frohgemut stimmt.

Alle, außer Albert Piggott.

Der wanderte mit der Hippe in der Hand mißmutig über den Friedhof. Hätte jemand nachgefragt, er hätte behauptet, er schnitte das lange Gras ab, das um die Grabsteine herum und an der niedrigen Einfriedungsmauer wucherte. In Wahrheit schlug er nur die Zeit tot, bis der Pub um zehn Uhr aufmachte.

Ein kleiner Lieferwagen hielt dicht neben ihm auf der anderen Seite der Mauer, und Percy Hodge, ein ortsansässiger Bauer, stieg aus.

»Hör mal, Albert!« sagte er. »Kannste mir ein bißchen im Garten helfen?« Gelegentlich half Albert Leuten am Ort, doch in letzter Zeit hatte er lieber Freizeit als Extrageld für Bier. Immerhin, Percy war ein alter Freund...

»Was für Arbeit denn?« erkundigte er sich vorsichtig.

»Ehrlich gesagt, Perce, seit meiner Operation bin ich nicht mehr der Alte.«

»Keine schwere«, versicherte Percy ihm. »Aber ich hab einen Sack Saatkartoffeln, und die müssen in die Erde. Sonst hat meine liebe Gertie immer die Kartoffeln gelegt. Sie fehlt mir, sie fehlt mir mächtig.«

Albert war peinlich berührt, als er Tränen in den Augen des Witwers sah. Nicht etwa, daß er kein Mitleid gehabt hätte. Ehefrauen waren durch die Bank weg eine Landplage und machten mehr Ärger, als sie wert waren, aber zum Kochen oder zur Gartenarbeit taugten sie recht gut.

»Ich könnt dir vielleicht zur Hand gehen«, sagte Albert widerstrebend. »Aber glaub ja nicht, daß ich Furchen für einen ganzen Zentner Kartoffeln grabe.«

»Ach, ich helf doch mit«, sagte Percy und putzte sich die Nase, »und natürlich kriegste was für deinen Garten ab.

Oder kochste keine Kartoffeln mehr, jetzt wo deine Nelly weg ist?«

»Ab und an kocht Molly mir welche«, antwortete Albert, den die verstohlene Anspielung auf seine abgängige Ehefrau ärgerte. »Ich verhunger schon nicht, das kannste mir glauben.«

»Deine Nelly war eine gute Köchin, so viel steht fest. Genau wie meine liebe Gertie. Die hat ein Händchen für Blätterteig gehabt. Sie fehlt mir einfach überall.«

Albert brummelte. Wer hätte gedacht, daß der olle Perce so vor Selbstmitleid zerfließen würde? Andere Männer mußten auch ohne treusorgende Ehefrau klarkommen. Vorsichtig zog er sich von der Mauer zurück. Wenn Perce so schlecht drauf war, verquatschte er noch den ganzen Tag.

»Wann willste, daß ich komm?« fragte er und hieb nach einem Ampfer.

»Morgen, wenn's dir recht ist? Sagen wir, gegen sechs? Oder früher.«

»Sagen wir gegen fünf«, meinte Albert. »Wird noch immer früh dunkel.«

Ein erfreuliches Geräusch drang an sein Ohr. Der Wirt der *Zwei Fasane* machte auf.

Percy Hodge drehte sich um, wollte sehen, was los war. Albert legte die Hippe auf einen Grabstein in seiner Nähe, und sein Blick war wacher als beim Aufstehen.

»Komm mit auf ein Bierchen, Albert«, forderte Percy ihn auf.

Das ließ sich Albert nicht zweimal sagen.

Gleich nebenan, in der Dorfschule, genoß Miss Fogerty den herrlichen Morgen.

Der Blick aus dem großen Fenster des angebauten Klassenzimmers auf den Pausenhof bereitete ihr immer wieder große Freude. Jahrelang hatte sie die Kleinen im alten Gebäude in einem nach Nordosten gehenden Raum unterrichtet und sich nach Sonnenschein gesehnt.

Nun war sie in den modernen Anbau umgezogen, blickte

über das Tal zum Lulling-Forst hinüber und genoß die wärmende Morgensonne durch ihre schlichte, beigefarbene Strickjacke.

Was habe ich doch für ein Glück mit meiner verständnisvollen Schulleiterin, dachte sie. Schulleiterin und gute Freundin, korrigierte sie sich. Noch nie war ihr Leben so reich gewesen wie jetzt, wo sie im Schulhaus wohnen und in diesem wunderschönen Klassenzimmer unterrichten durfte.

Sie warf einen Blick auf die große Wanduhr und widmete sich wieder ihren Pflichten. Es wird Zeit, daß die Klasse die Münzen kennenlernt, sagte sie sich. Die altmodische Methode, die Klasse insgesamt zu unterrichten, hat ab und an viel für sich, denn einige Kinder tun sich schwer, die englischen Münzen auseinanderzuhalten.

Sie bückte sich und holte einen Stapel Schächtelchen aus dem unteren Fach. Jede enthielt aus Pappe das, was Miss Fogerty insgeheim noch immer Dezimalgeld nannte. Früher, als sie viele Jahre lang in dem alten Gebäude unterrichtet hatte, enthielten eben diese unverwüstlichen Schächtelchen Farthings, Halfpennies, Pennies, Sixpences und Schillinge aus Pappe. Und zusammengerollt lag hinten im Schrank auch noch immer das alte Wandbild, auf dem zu lesen stand:

4 Farthings   gleich 1 Penny
12 Pennies   gleich 1 Schilling
20 Schillinge   gleich 1 Pfund

Miss Fogerty wußte noch sehr genau, wie schwierig es gewesen war, die echten Münzen durchzupausen, sie aus Buntpapier auszuschneiden und auf das Wandbild zu kleben. Aber das hatte dann auch Jahre gehalten, und die Eltern dieser Kinder hatten die Tabelle an die hundertmal aufgesagt. Auf einmal sehnte sie sich nach der guten alten Zeit.

Farthings und Schillinge hatten so etwas gediegen Englisches gehabt! Und wenn man es recht bedachte, Fuß und Zoll übrigens auch. Hoffentlich war sie noch beweglich genug, daß sie sich in einer durch Flugverkehr und direkte Kommunikationsmethoden rasch kleiner werdenden Welt darauf einstellte, daß man eines Tages ein einheitliches Währungssystem haben würde. Aber ehrlich gesagt, dachte Miss Fogerty, während sie flink auf jeden der kleinen Tische eine Schachtel stellte, für mich ist und bleibt es ausländisch, mit zehn zu rechnen, während man im Hinterkopf noch immer hat, daß zwölf Pence ein Schilling sind.

»Meine Granny«, sagte der kleine Peter in der ersten Reihe, »hat mir gestern abend ein neues Lied gelernt.«

»Mich gelehrt«, verbesserte Miss Fogerty automatisch.

»Es heißt ›Das Lied vom Sixpence‹. Soll ich es mal vorsingen?«

»Später, mein lieber Junge. Und jetzt setzen wir uns alle schön gerade hin und hören gut zu.«

»Was ist denn ein Sixpence?« fragte Peter.

Höchste Zeit, daß ich ihnen das beibringe, dachte Agnes Fogerty und wies ihre Klasse an, sie solle die Schachteln öffnen.

Nebenan bewunderten Harold Shoosmith und seine Frau Isobel in ihrem Garten ein paar frühe Narzissen. Aus dem Haus kam das Summen des Staubsaugers, mit dem Betty Bell, ihre Haushaltshilfe, munter durch das Haus polterte.

»Eins muß man Betty lassen«, meinte Harold, »sie nimmt alles direkt in Angriff. Gott allein weiß, wie viele Gläser sie zerbrochen hat, seit sie bei mir arbeitet.«

»Seit ich hier bin nicht mehr so viele«, antwortete Isobel. »Du hast es vielleicht noch nicht bemerkt, aber ich wasche die Gläser selber ab.«

»Ach! Aus dem Grund habe ich seit achtzehn Monaten keine mehr nachkaufen müssen! Dich zu heiraten, war das Schlauste, was ich jemals gemacht habe.«

»Na klar«, meinte Isobel sachlich. »Du kannst von Glück sagen, daß ich dich genommen habe.«

Über ihnen wurde ein Fenster geöffnet, und Betty rief nach ihnen.

»Telefon!« brüllte sie.

Während Harold telefonierte, packte Betty die Hausherrin beim Arm.

»Geht es in Ordnung, wenn ich ein paar Minuten früher geh? Dotty – ich mein Miss Harmer – möchte, daß ich ihr beim Wegschieben der Anrichte helf. Irgend so 'n Brief, den sie heute noch beantworten muß, ist ihr dahintergerutscht.«

»Selbstverständlich«, sagte Isobel. Betty war sehr gefragt, das wußte sie. Dotty Harmer hatte sie lange vor Isobel eingestellt, ja, sogar noch ehe Harold als Junggeselle aufgetaucht war. Und obendrein machte Betty noch die Schule sauber. Isobel hatte klugerweise eingesehen, daß Bettys Arbeitgeber unbedingt flexibel sein mußten.

»Ich muß schon sagen«, meinte Betty und machte sich mit einem flatternden Staubtuch über einen Beistelltisch her, »hier arbeitet sich's ein ganzes Stück leichter als bei Miss Harmer. Ich mein, hier ist es von Natur aus sauber. Und ordentlich. War schon immer so, selbst als Mr. Shoosmith hier noch allein gelebt hat. Erwartet man eigentlich nicht, daß ein Mann sich proper hält, ganz zu schweigen vom Haus, aber immer anständig gewaschen und so, und im Haus hat es immer frisch gerochen.«

Isobel sagte ernst, sie freue sich, das zu hören.

»Aber Miss Harmer, die hat so 'n richtigen Schweinestall, das kann ich Ihnen sagen. Findet rein gar nichts, und die Staubtücher sind sage und schreibe aus alten Schlüpfern von ihr. Gewaschen natürlich, aber damit kriegt man nie so 'n schönen Glanz hin wie mit dem hier.«

Isobel war der Unterhaltung nicht gewachsen und sagte, sie müsse sich um den Lunch kümmern.

Eine Stunde später kam Betty in Dottys Küche und traf ihre Arbeitgeberin am vollgestellten Küchentisch über einem Formular brütend an.

»Oh, nett von dir, Betty, daß du gekommen bist! Und dabei habe ich den Brief schon erwischt, habe eine lange Stricknadel in den Spalt geschoben und das Ding runtergestochert. Er ist zu Boden gefallen, und ich habe mich hingelegt und ihn mit dem Schürhaken hervorgeholt.«

Ihr knittriges, altes Gesicht strahlte vor Stolz.

»Na ja, dann brauchen Sie mich ja nicht mehr«, sagte Betty

und schlug eine Fliege auf dem Tisch tot. »Dreckige Biester, die Fliegen.«

»Ach, warte noch, während ich das hier ausfülle«, sagte Dotty, »und dann bist du vielleicht so lieb und steckst es im Vorbeigehen in den Kasten.«

»Na klar doch«, sagte Betty und schlug mit einer Zeitung, die griffbereit lag, nach einer weiteren Fliege. »Sie haben hier drin aber massenhaft eklige Fliegen.«

»Die Ärmsten«, sagte Miss Harmer und legte den Füller beiseite. »Immer werden sie verfolgt. Ich frage mich oft, ob sie wirklich so unhygienisch sind, wie die modernen Gurus behaupten. Meine Großmutter hat meinem Brüderchen immer so ein reizendes Liedchen vorgesungen, da hatte man noch nichts gegen Fliegen.«

Sie fing an, mit leiser, brüchiger Stimme zu singen, und Betty hörte halb verzweifelt, halb belustigt zu.

Lieb Kindlein mein
Schau's Flieglein klein
Es krabbelt an den Wänden
Entzieht sich unsren Händen.

Sechs Beine hat es unbeseh'n
Damit kannst du auf Eiern geh'n
Da läuft und hüpft es hin
Und kitzelt dich am Kinn.

»Also«, meinte Betty Bell, »wer erlaubt denn so was? Ist ja richtiggehend ungesund!«

Dotty pochte mit dem Füller auf das vergessene Formular. »Wie ging es noch weiter?«

Rund und immer rundherum
Summt das Flieglein, sumserum
Fang es! Laß es wieder los
Brichst ihm alle Beinchen bloß.

Flüglein wie aus zarter Seide,
Babys Milch mir nicht verleide
Ach, herrje du dummes Tier
Wir trocknen jetzt das Fellchen dir!

»Igittigitt!« rutschte es Betty heraus. »Haben Sie echt Fliegen in der Milch gehabt?«

»Ja, was wieder einmal beweist, wie gutherzig die Viktorianer im Grunde genommen waren. Und viel vernünftiger, was Krankheiten angeht. Mein Bruder ist trotz der Fliegen ein Prachtexemplar von einem Mann geworden.«

Betty warf einen Blick auf die Uhr.

»Wissen Sie was, Miss Harmer? Ich komm heut nachmittag wegen des Formulars wieder. So haben Sie Zeit, damit klarzukommen, Willie holt die Post sowieso nicht vor fünf.«

Und außerdem, dachte sie im stillen, muß ich noch einkaufen, und nur der liebe Gott weiß, wie ich das schaffen soll, wenn ich hierbleibe und der guten Dotty zuhöre.

»Das wäre wohl das Beste«, meinte auch Dotty und widmete sich wieder ihrer Arbeit, während Betty die Flucht ergriff.

4. Dimity setzt ihren Kopf durch

Je näher die Abreise der Hursts nach Amerika rückte, desto heftiger wurde über die zeitweiligen Bewohner von Tullivers gerätselt.

»Um deinetwillen, liebe Winnie«, sagte Ella Bembridge, »möchte ich hoffen, daß es ruhige Leute sind. Wer will schon eine Horde Hippies oder eine Kommune oder was sonst gerade Mode ist.«

»Mein Gott«, versicherte ihr Winnie, »an solche Leute würden Frank und Phil nie vermieten! Ich setze volles Vertrauen in ihr Urteil. Soviel ich weiß, hat das junge Paar beiden gefallen, und Frank kennt seinen Vater seit vielen Jahren.«

»Das will nicht viel besagen«, meinte Ella und zündete sich

eine fusselige Zigarette an. »Ich kenne einen Haufen achtbarer Leute in meinem Alter, die höchst ungewöhnliche Kinder haben.«

»Jenny sagt, daß Phil ihr gutes Geschirr und Glas wegpackt, und daran tut sie sicher gut, aber alles andere scheint sie ihnen gern zu überlassen. Und wenn sie es zufrieden ist, brauchen wir uns keine Sorgen zu machen, oder?«

»Und wie geht es deiner Jenny?«

»Sie hustet noch immer fürchterlich, will aber nicht im Bett bleiben. Sie ist aufgestanden und wischt im Morgenmantel Staub in ihrem Zimmer. Heute hole ich John Lovell, daß er sie sich noch einmal ansieht. Sie fühlt sich noch immer so heiß an, ich bin mir sicher, sie hat noch Fieber.«

»Muß sie in Tullivers aushelfen?« fragte Ella.

»Phil will nichts davon hören«, erwiderte Winnie. »Jenny hat es nämlich angeboten, aber die Leute sind jung, die können allein zurechtkommen, ich gehe nur mit dem Staubtuch durch und mache Ordnung, bevor sie kommen, damit Jenny das nicht tun muß.«

»Damit kommst du nicht durch! Du kennst doch Jenny. Die ist ein Arbeitstier!«

Sie wollte gerade gehen, als Dimity und Charles ins Zimmer traten.

»Wir haben angeklopft«, sagte der Pfarrer, »aber hier muß irgendein Gerät Lärm machen.«

Winnie blickte verständnislos.

»Ein Staubsauger oder der Kühlschrank oder die Waschmaschine«, erläuterte Charles.

»Oder eine dröhnende Wurlitzer-Orgel«, fügte Ella hinzu.

»Ihr braucht sowieso nicht anzuklopfen«, sagte Winnie, die sich wieder gefaßt hatte. »So setzt euch doch. Wir haben gerade unsere künftigen Nachbarn durchgenommen.«

»Ich werde sie besuchen, sowie sie sich eingelebt haben«, sagte Charles. »Es wäre doch nett, wenn sie regelmäßig den Gottesdienst besuchen würden.«

»Er spielt Gitarre«, sagte Ella.

»Das eine schließt das andere nicht aus. Warum sollte er deswegen ein lauer Kirchgänger sein?« meinte der Pfarrer.

»Wie ich gehört habe, sollen sie sich in Oxford kennengelernt und dann ihr Studium abgebrochen haben«, steuerte Dimity bei.

»Vielleicht wollen sie sich ja den Wind um die Nase wehen lassen und ihr Geld selber verdienen«, meinte Ella. »Dazu kann man nur gratulieren.«

»Er ist jetzt Grundstücksmakler«, sagte Winnie. »Na ja, er will einer werden. Er arbeitet für eine Firma irgendwo in der Nähe von Bicester, hat Robert glaube ich gesagt. Frank hat es erwähnt.«

»Dotty will sie mit Ziegenmilch versorgen«, sagte Dimity.

»Mögen sie die denn?« fragte Winnie.

»Aber ja, nachdem Dotty sie besucht hat«, prophezeite Dimity.

»Wie auch immer, sie sind herzlich willkommen«, sagte der Pfarrer. »Wir müssen dafür sorgen, daß sie einen angenehmen Aufenthalt in Thrush Green haben.«

Später stieg Doktor Lovell dann die Treppe hoch, um sich Jenny anzusehen. Sie hatte darauf bestanden, sich anzuziehen, lag jedoch auf dem Bett und versuchte zu lesen. Ihr erhitztes Gesicht und die heiße Stirn deuteten auf hohes Fieber hin.

»Ich möchte Ihre Brust abhorchen«, sagte John Lovell, nachdem er das Thermometer geprüft hatte.

Jenny knöpfte vorsichtig den obersten Knopf ihrer Bluse auf.

»Noch mehr, Jenny«, meinte der Doktor. »Vor mir brauchen Sie sich nicht zu genieren.«

Jenny knöpfte widerstrebend noch zwei Knöpfe auf, und John untersuchte ihre Haut.

»Schon mal Windpocken gehabt?«

»Nicht, daß ich wüßte«, sagte Jenny. »Im Waisenhaus hatten wir alles mögliche.«

»Na, dann haben Sie sie jetzt«, sagte John. »Sie bleiben schön im Bett, bis ich Ihnen erlaube aufzustehen. Die Tabletten nehmen Sie weiter, und ich schicke Ihnen eine kühlende Lotion, mit der können Sie die Pocken betupfen.«

»Aber was ist mit Mrs. Bailey?« rief die arme Jenny. »Steckt die sich denn nicht an?«

»Wenn sie vernünftig ist«, antwortete der Doktor, »hat sie sich das schon vor Jahren eingefangen und ist immun. Und jetzt ab ins Bett mit Ihnen.«

Jennys Krankheit war an diesem Abend in den *Zwei Fasanen* ein gefundenes Fressen.

»Mit Kinderkrankheiten ist nicht zu spaßen, wenn man sie als Erwachsener hat«, sagte der Wirt und wischte ein Bierglas mit dem Geschirrtuch von innen trocken. »Mein Onkel hat auf seine alten Tage noch Masern gekriegt, da war er fast siebzig, und wir meinen alle, es hat ihm den Rest gegeben.«

»Schlägt auf die Augen, diese Masern«, meinte Albert Piggott fachkundig. »Man muß gut verdunkeln und darf nicht lesen. Ich hab da im Krankenhaus, als sie mir den Blinddarm rausgerupft haben, einen Burschen kennengelernt –«

Die Stammkunden tauschten vielsagende Blicke aus, einige stöhnten. Mußten sie sich Alberts Geschichte schon wieder anhören?

»Und der hatte ein paar Monate vorher Masern gehabt und mußte sich nachher eine neue Brille verschreiben lassen. Hatte richtiggehend schwache Augen. Und sie haben so was von getrieft!«

»Mumps ist schlimmer«, steuerte Willie Marchant bei. »Kann den ganzen Körper durcheinanderbringen. Und einem die Manneskraft rauben, wird gesagt.«

»Davon wollen wir hier nichts hören«, sagte der Wirt barsch. »Dahinten sitzen zwei Damen, also hütet eure Zunge.«

Das schien Willie Marchant nicht in Verlegenheit zu bringen, denn er fuhr fort:

»Aber Windpocken sind auch scheußlich. Daraus kann Gürtelrose werden, und die soll einen ganz schön umhauen.«

»Nur wenn sie sich ganz rundum zieht«, tröstete Albert

ihn. »Man darf überall Pusteln haben, bloß wenn sie sich in der Mitte treffen, dann ist man hin.«

In diesem Augenblick traf Percy Hodge ein, und man berichtete ihm, daß Jenny krank sei.

»Die Ärmste«, meinte Percy und wirkte echt verstört. »Ich hatte sie, da war ich zwanzig. Mann, hab ich die guten Ratschläge satt gehabt, ich soll nicht kratzen. Als ob man damit aufhören kann! Sie kann einem in der Seele leid tun.«

»Ein Gutes hat die Sache«, sagte einer der Stammkunden, »sie ist am richtigen Fleck. Hat den Doktor gleich im Haus, so könnte man sagen, und was Krankenpflege angeht, da geht nichts über Mrs. Bailey.«

Und darin waren sich alle einig.

Am nächsten Morgen staunte Winnie, als sie Percy Hodge die Haustür öffnete. Er trug einen Korb mit einem Dutzend der größten, braunsten Eier, die sie je erblickt hatte.

»Ich hab mir gedacht, daß Jenny vielleicht ein Ei runterkriegt«, sagte Percy.

»Wollen Sie nicht hereinkommen?«

»Danke, das ist nett von Ihnen. Wie geht es ihr?« fragte er, während er hinter Winnie über die Diele und dann in die Küche ging.

»Sie fühlt sich etwas wohler, seitdem die Pocken aufgebrochen sind«, antwortete Winnie, packte dabei den Korb aus und legte die prachtvollen Eier behutsam in eine blau-weiße Schüssel. »Mein Gott, Percy, so prächtige Eier habe ich ja noch nie gesehen! Die bringe ich später nach oben und zeige sie ihr. Sie wird sich sicherlich bedanken wollen. Wie reizend von Ihnen.«

Percy sah auf einmal verlegen aus.

»Na ja, ich kenn Jenny doch schon seit dem Kindergottesdienst. Sie ist ein gutes Mädchen. Hat mir leidgetan, als ich gehört hab, daß es ihr schlechtgeht. Bitte, grüßen Sie sie schön von mir.«

Er nahm den leeren Korb entgegen und ging zur Haustür.

»Aber selbstverständlich«, versprach Winnie und sah hinter Percy her, während er den Dorfplatz überquerte und dem Feldweg zustrebte, der zu seinem Hof führte.

Eine überaus nette Geste, dachte Winnie, während sie die Treppe hochstieg und Eier und Grüße bei der Kranken ablieferte.

Auf einmal fiel ihr ein, daß Percy kürzlich Witwer geworden war. Konnte es sein, daß…?

Aber nicht doch, schalt sie sich, natürlich nicht. Sie durfte nicht zwei und zwei zusammenzählen und dabei fünf herausbekommen.

»Da sieh mal, was dir jemand geschickt hat«, sagte sie zu der Kranken und streckte ihr die blau-weiße Schüssel hin.

»Ist ja toll!« platzte Jenny heraus. »Wir sollten uns heute zum Lunch lieber ein Omelett machen!«

Eines funkelnden Aprilmorgens brachen die Hursts von Tullivers zum Flughafen Heathrow auf.

Harold Shoosmith hatte sich angeboten, sie hinzubringen, und Jeremy und Winnie Bailey fuhren zur Verabschiedung mit.

Alle waren erleichtert, daß Jeremy fröhlich und aufgeregt war. Winnie Bailey hatte sich schon auf ein paar Abschiedstränen gefaßt gemacht und war angenehm überrascht, daß der endgültige Abschied ohne große Gemütsbewegungen allerseits abging.

»Wir sind bald wieder da«, versicherte Phil und kramte ein Päckchen für ihren Sohn hervor. »Aber, mein Schatz, erst aufmachen, wenn du mit Tante Winnie wieder zu Haus bist.«

Jeremy winkte seinen sich entfernenden Eltern heftig nach, umklammerte das Geschenk und sträubte sich überhaupt nicht, zu Harolds Wagen zurückzugehen.

Es war vorher abgesprochen worden, daß sie nicht im Flughafen warten würden, bis das Flugzeug abhob.

»Gott allein weiß, wann es endlich losgeht«, hatte Frank zu Winnie gesagt. »Das kennt man doch: ›Leider müssen wir Ihnen mitteilen, daß wir einen Fehler in der Mechanik haben.‹

Und schon murksen sie zwei Stunden lang an der Tragfläche herum. Dann wieder der Lautsprecher: ›Leider müssen wir Ihnen mitteilen, daß wir einen technischen Fehler haben‹, und du gehst hin und trinkst die dreiundvierzigste Tasse Kaffee, während sie eine weitere Stunde lang Elektrizitätsleitungen entwirren. Nein, liebe Winnie, du und Harold, ihr fahrt mit dem Jungen nach Thrush Green zurück, dann können wir bei dir anrufen und fragen, ob es dir viel ausmacht, uns abzuholen und morgen noch einmal hinzubringen.«

Glücklicherweise traf Franks Vorhersage nicht ein, ihr Flug ging tatsächlich am richtigen Tag und nur mit einer Viertelstunde Verspätung ab.

»Was da wohl drin ist?« fragte Jeremy und schüttelte das Päckchen tüchtig, als sie sich auf den Heimweg machten. »Klappern tut es nicht.«

»Riech doch mal dran«, meinte Harold. »Vielleicht sind es Badetabletten.«

»Igitt, Badetabletten?« sagte Jeremy. »Wieso denn Badetabletten?«

»Wegen des Schachtelformats. Es ist lang und schmal.«

»Es könnten auch Süßigkeiten sein«, meinte Winnie. »Es gibt ein ganz leckeres Nougat, das ist auch in so einer Schachtel.«

Jeremys Finger fuhren um die Kanten des Einwickelpapiers herum.

»Jedenfalls darf ich es nicht aufmachen, bevor wir zu Haus sind«, sagte er schließlich, »also gib Gas, Onkel Harold. Ich platze vor Neugier.«

Er saß vorn auf dem Beifahrersitz, drückte das Päckchen an sich und plapperte mit Harold munter über Automotoren, Motorboote, sein Kätzchen, was Miss Fogerty über Kaulquappen erzählt hatte und über viele andere interessante Themen, zu denen sich Harold als Chauffeur nur kurz äußerte.

Winnie Bailey auf dem Rücksitz fielen Steine von der Seele, weil ihr Schützling so guter Dinge war, sie nickte ein und wachte erst wieder auf, als das Auto in Trush Green hielt.

»Jetzt darf ich doch aufmachen, ja?« bettelte Jeremy.

»Natürlich«, sagten Winnie und Harold einstimmig.

Das Kind riß das Papier ab, und eine lange, rote Schachtel kam zum Vorschein. Innen lag auf cremefarbigem Samt eine wunderschöne Armbanduhr.

Jeremy machte große Augen.

»Seht mal!« flüsterte er. »Die gehört mir! Ob ich die umbinde?«

»Warum nicht?« meinte Harold.

Er half dem Kind, das dehnbare Band über die Hand zu streifen. Alle drei saßen schweigend da, während der Junge sein Glück kaum fassen konnte.

Schließlich seufzte er tiefbeglückt.

»Nicht zu fassen, daß die echt mir gehört«, sagte er zu Winnie. »Wie gut, daß ich schon Windpocken gehabt hab.«

»Windpocken?« fragte Winnie verständnislos.

»Jetzt kann ich gleich zu Jenny gehen und sie ihr zeigen«, sagte der Junge, stieg aus dem Wagen und strebte ohne einen Blick zurück Winnie Baileys Gartenpforte zu.

»Ich muß mich für uns beide bedanken«, sagte Winnie zu Harold und lächelte.

Drüben im Pfarrhaus saßen Charles und Dimity über einem Brief von ihrem alten Freund Edgar. Er und Hilda würden sich riesig freuen, wenn sie demnächst zwei Wochen in Thrush Green verbringen könnten.

Er hätte schon vorweg Absprachen mit dem Pfarrer der Nachbargemeinde getroffen, der täte ihm den Gefallen und übernähme während seiner Abwesenheit die Arbeit, so daß Charles und Dimity ganz frei wären. Er schlüge die beiden ersten Maiwochen vor, dann läge Ostern hinter und Pfingsten noch eine geraume Weile vor ihnen.

Charles fiel Ellas Bemerkung über Bauern, die zwischen Heumachen und Ernte in Urlaub gingen, ein. Diese zwei Wochen ließen sich zwischen den beiden großen Kirchenfesten ausgezeichnet einschieben!

»Ich muß mich mit Anthony Bull in Lulling in Verbindung setzen und mich erkundigen, ob der gute, alte Jocelyn in Nidden aushelfen mag, obwohl er pensioniert ist«, sagte er zu Dimity. Der eine war Pfarrer in Lulling, der andere ein altehrwürdiger Achtzigjähriger, der in Notfällen gelegentlich für die einheimischen Pfarrer einsprang.

»Natürlich helfen sie aus«, sagte Dimity, »und sie wissen sehr wohl, daß du ihnen den Gefallen jederzeit gern erwiderst.«

»Ich suche beide noch heute auf«, sagte Charles, »und dann rufen wir Edgar zur Teezeit an.«

»Lieber nach sechs, Charles«, sagte Dimity. »Nach Yorkshire ist es ein Stückchen, so ist das Telefonieren viel billiger.«

»Natürlich«, sagte der Pfarrer. Bei seinem bescheidenen Einkommen war es ein Segen, daß Dimity immer wieder zu Sparsamkeit mahnte.

Er blickte sich in seinem Arbeitszimmer um, nachdem seine Frau in die Küche enteilt war. Dimity hatte seit ihrer Hochzeit ihr möglichstes getan, den kargen, sonnenlosen Raum zu verschönern, in dem er so viel arbeitete.

Vor dem Schreibtisch lag ein Vorleger, damit seine Füße nicht immer auf dem unfreundlichen, kalten Linoleum stehen mußten, mit dem das Zimmer ausgelegt war. Auf einem Flohmarkt im Dorf hatte sie dicke, wenn auch schäbige Vorhänge erstanden und die baumwollenen ersetzt, die seit seinem Einzug vor vielen Jahren vor den Fenstern gehangen hatten.

Stets stand eine kleine Vase mit Blumen auf dem Beistelltisch, augenblicklich eine mit Pfauenaugennarzissen und frischbelaubten Zweigen aus dem Garten. Sie hatte einen elektrischen Kamin installiert, aber Charles vergaß immer, ihn einzuschalten, so hatte er sich an die Klosterkälte des Zimmers gewöhnt. Doch an so manch bitterkaltem Morgen kam Dimity auf Zehenspitzen herein und berichtigte das.

Ich habe Glück, sagte er sich, ich habe eine prächtige, selbstlose Frau und noch dazu eine, der es gegeben ist, mir trotz unserer beschränkten Verhältnisse ein behagliches Heim zu schaffen.

Er dachte an ihren Vorschlag, seine Sachen aus diesem Zimmer hier in das oben über der Küche zu bringen. Ehrlich gesagt, mißfiel ihm die Idee. Er scheute allein schon vor dem Gedanken zurück, all seine Bücher die steile Treppe hochzuschaffen, neue Regale einbauen zu lassen, sein archaisches Ablagesystem neu zu ordnen und jemanden zu bitten, ihm beim Tragen des Schreibtisches und des Sessels und all der anderen schweren Möbel, die er für seine Arbeit brauchte, behilflich zu sein.

Aber Dimity hatte natürlich vollkommen recht. Das Zimmer oben war viel heller und wärmer. Und er würde dort auch keinen Elektroofen mehr brauchen wie hier. Alles in allem konnten sie dabei noch Geld sparen. Aber was für ein Aufstand! War er dem gewachsen?

Er betrachtete Dimitys Liebesmühe noch einmal. Wie gern würde sie ihn behaglich in dem angenehmen Hinterzimmer unterbringen! Es war doch das mindeste, daß er nachgab, wenn sie so selbstlos und liebevoll für ihn sorgte!

Charles sprang auf, durchquerte den dunklen Windkanal, der sich Flur nannte, und fand Dimity in der vergleichsweise warmen Küche an dessen hinteren Ende.

»Mein Liebes«, rief er, »ich finde deine Idee wunderbar, das Arbeitszimmer nach oben zu verlegen. Sowie wir aus Yorkshire zurück sind, tragen wir alles hoch, und während unserer Abwesenheit kann mir jemand Regale zimmern.«

Dimity ließ von der Zwiebel ab, die sie auf dem Ablaufbrett schnitt, und schloß ihren Mann in die Arme.

»Charles, mir fallen Steine vom Herzen! Da oben hast du es so viel schöner, das weiß ich. Ach, wie bist du doch lieb!«

Sie strahlte.

»Ich könnte noch viel lieber sein«, erwiderte er. »Man muß sich eben immer wieder bemühen.«

Nachdem Charles an diesem Nachmittag nach Lulling losgeradelt war, um den dortigen Pfarrer aufzusuchen, ging Dimity über die Straße zu dem Cottage, das sie so viele Jahre mit ihrer herrschsüchtigen Freundin Ella geteilt hatte.

Sie traf sie mit einem uralten Webrahmen am Tisch vor dem Wohnzimmerfenster an.

»Hallo, Dim«, wurde sie begrüßt. »Wenn das nicht Vorausplanung ist! Ich arbeite schon an meinen Weihnachtsschals. Welche Farbe hast du besonders gern?«

Dimity ging im Kopf rasch den reichen Vorrat an Schals aus Ellas Hand durch, die bereits in der Schublade lagerten. Rosa, beigefarbene, gelbe, graue – was hatte sie noch nicht?

»Ich denke, Hellblau wäre hübsch«, sagte sie tapfer. »Es paßt zu so vielen Farben, nicht wahr? Schönen Dank, Ella.«

Sie setzte sich auf das abgewetzte Sofa und sah Ellas geschickten Händen bei der Arbeit zu.

»Ich komme mit guten Nachrichten«, sagte sie dann.

»Hast du im Lotto gewonnen?«

»Leider nein. Aber Charles hat eingewilligt, sein Arbeitszimmer nach oben zu verlegen.«

»Wurde auch langsam Zeit. Ein Wunder, daß er in seiner Leichenhalle noch keine doppelseitige Lungenentzündung gekriegt hat. Soll ich beim Tragen helfen?«

»Jetzt noch nicht, liebste Ella. Vielleicht später. Wir wollen erst anfangen, wenn wir aus dem Urlaub zurück sind.«

»Da bin ich aber gespannt«, sagte Ella.

Und Dimity erzählte von Edgar und Hilda und daß sie hofften, der Pfarrer von Lulling und der alte Jocelyn würden sie vertreten.

»Thrush Green wird im Mai die längste Zeit verwaist sein«, sagte Ella. »Die Hursts sind schon weg, und jetzt wollt ihr in Yorkshire rumzigeunern.«

»Ach, komm«, protestierte Dimity, »das sind doch nur vier Wochen. Außerdem wohnt dann das junge Pärchen in Tullivers. Denk doch nur, wie nett es ist, ein paar neue Gesichter zu sehen.«

»Hängt ganz von den Gesichtern ab«, erwiderte Ella. »Mir sind, ehrlich gesagt, alte Freunde lieber. Wer weiß, ob die beiden Neuankömmlinge uns nicht lästig fallen. Vielleicht erlebt Trush Green noch sein blaues Wunder.«

Leider sollte Ella recht behalten.

5. Die Henstocks brechen auf

Der letzte Apriltag endete golden und still. Er war von Sonnenaufgang bis Sonnenuntergang warm und ruhig gewesen und hatte eine Vorahnung von Sommer vermittelt.

Narzissen und frühe Blumen in den Gärten von Thrush Green hatten sich den ganzen Tag über kaum bewegt, und die Bienen waren schon fleißig unterwegs und hatten pollengelbe Beinchen.

Joan Young fand, als sie in ihrem kleinen Obstgarten herumging, sie hätte noch nie so viele Narzissen auf einmal gesehen. Sie gediehen wie wild um die Räder von Mrs. Curdles altem Wohnwagen, und auf einmal gab es ihr einen Stich, denn ihr war eingefallen, daß ihnen der Jahrmarkt der Curdles in diesem Jahr zum erstenmal nicht den 1. Mai verschönen würde.

Wie Ben wohl darüber dachte? In ihrer Gegenwart hatte er den Jahrmarkt noch nie erwähnt, aber sie wußte, daß sich auch Molly fragte, ob er sich wegen des Verlusts grämte.

Übrigens trauerte ganz Thrush Green, daß es seinen vielgeliebten Jahrmarkt verloren hatte. Die alte Mrs. Curdle hatte jenseits des Dorfplatzes, den sie so gut gekannt hatte, ihre letzte Ruhe gefunden, und bei dem Gedanken fiel Joan etwas anderes ein.

Sie kehrte ins Haus zurück und rief nach Molly, die oben war.

»Pflück dir Narzissen. Im Augenblick gibt es sie massenhaft, und wenn Ben welche für das Grab seiner Großmutter haben will, kann er pflücken, soviel er will.«

Gegen Abend sah sie dann Ben mit einem schönen Strauß zum Friedhof gegenüber gehen. Er hatte seiner Großmutter, seit die alte Dame tot war, jeden Mai einen Strauß gebracht, und Joan hoffte, daß alle Freunde von Mrs. Curdle so liebevoll an sie dachten wie er.

Ganz Thrush Green war bestürzt, daß Dotty das Thema Adoption erneut anging.

Sie kam eines Morgens von sich aus darauf zu sprechen, als sie im Pfarrhaus vorbeischaute.

»Ihr wißt doch, daß ich an vier, fünf seriöse Adoptionsvermittlungen geschrieben habe, und noch immer keine Antwort. Die lassen sich wirklich Zeit. Und dabei bin ich gesund und munter und willig, einem bedürftigen Kind – ganz gleich ob männlich oder weiblich – ein schönes Zuhause zu bieten, doch mehr als eine Eingangsbestätigung für meine Briefe habe ich nicht erhalten.«

»Aber Dotty, meine Liebe«, probierte es Dimity, »gut Ding will Weile haben.«

Charles war tapferer und machte aus seinem Herzen keine Mördergrube.

»Dotty, ich finde, du solltest dir die ganze Sache mit der Adoption noch einmal gut überlegen. Auch wenn du gesund und munter bist, du bist nicht mehr die Jüngste, und ich glaube nicht, daß irgendeine Adoptionsvermittlung dir ein Kind anvertrauen würde. Und naturgemäß wird ein Zuhause vorgezogen, das zwei Elternteile zu bieten hat.«

Dotty rümpfte lautstark die Nase.

»Wenn ich so nachdenke, habe ich ein, zwei Formulare ausgefüllt, und natürlich mußte ich Alter und Familienstand angeben. Und dann hat mich ein merkwürdiger Mensch aufgesucht.«

Und das, dachte Dimity, dürfte ihn in die Flucht geschlagen haben. Allein schon beim Anblick von Dottys Küche kann einen das kalte Grausen packen, selbst wenn man nur ein Zuhause für eine streunende Katze sucht, ganz zu schweigen von einem jungen Menschenkind.

»Bist du dir sicher, daß er von einer Adoptionsvermittlung war?« fragte Charles. »Heutzutage klingeln die sonderbarsten Menschen, nur um zu prüfen, ob sich ein Einbruch lohnt.«

Diesen beunruhigenden Hinweis tat Dotty verächtlich ab.

»Ach, er hat mir Beglaubigungen und eine Visitenkarte gezeigt. Damit hat er sich ausgewiesen. Ich habe vergessen, für welche Vermittlung er gearbeitet hat, aber ich habe ihm eine

Tasse Kaffee angeboten. Er hat fast nichts getrunken«, setzte sie hinzu. »An den ist Dulcies gute Ziegenmilch verschwendet, habe ich gedacht, aber als er gegangen war, hat die liebe, gute Flossie alles aufgeschlabbert.«

Dabei tätschelte sie liebevoll den Cockerspaniel zu ihren Füßen. Und Flossie klopfte erfreut mit dem Schwanz auf den pfarrhäuslichen Fußboden.

»Ich muß etwas loswerden«, sagte Charles. »Deine Idee – zwar wohlgemeint und typisch für deine Großzügigkeit, Dotty, meine Liebe – ist gänzlich abwegig, und ich kann mir nicht denken, daß irgendeine Adoptionsvermittlung dich für geeignet hält, ein Kind großzuziehen.«

»Und wieso nicht?« wollte Dotty zornesrot wissen. »Bei mir würde immer das Interesse des Kindes vorgehen. Mein Haus bietet reichlich Platz und viele schöne Tiere, an denen es seine Freude haben kann. Und natürlich werde ich diesem Kind nach meinem Tod alles, was ich habe, vermachen.«

Der nette Pfarrer seufzte, aber er wich und wankte nicht. Wie Dimity und alle Gemeindemitglieder sehr wohl wußten, verbarg sich hinter seinem sanften Wesen ein unbeugsamer Wille, wenn es um seine Pflicht ging.

»Gib die Idee auf, Dotty. Warum forderst du nicht eine junge Verwandte oder Freundin auf, dir bei deinen Schützlingen zu helfen. Wie wäre es mit Connie? Die hast du doch gern um dich.«

Connie war Dottys Nichte, eine muntere, alleinstehende Vierzigerin, die ungefähr sechzig Meilen von Thrush Green entfernt wohnte und ihre Tante gelegentlich besuchte.

»Connie hat mit ihrer kleinen Landwirtschaft genug um die Ohren«, erwiderte Dotty. »Und sie hat sich inzwischen auf die Zucht von Shetland-Ponys verlegt und hat überhaupt keine Zeit, bei mir einzuziehen – auch wenn sie wollte.«

Sie überlegte einen Augenblick.

»Also, wenn ich Percy Hodge die kleine Koppel abkaufen würde, das wäre vielleicht ein Anreiz für Connie, ihre Ponys hierherzuschaffen. Mit Ponys könnte ich mich durchaus anfreunden.«

»Und mit Connie sicherlich auch.«

Dotty hob die mageren Schultern.

»Ach, Connie ist recht vernünftig. David hat sie realistisch und ohne viel Geld zum Verjubeln erzogen, aber Connie will ich nicht. Und ich bin überzeugt, daß Connie mich auch nicht haben will!«

Sie stand auf, zog die rutschenden Strümpfe hoch und strebte zur Tür, gefolgt von der getreuen Flossie.

»Ich bin mir klar, daß du es nur gut meinst, Charles«, sagte sie. »Aber ich weiß, was ich will, und noch bin ich nicht bereit, meine Pläne sang- und klanglos zu begraben. Einen schönen Urlaub in Yorkshire. Ich besuche Edgar und Hilda, wenn sie sich hier eingelebt haben, und bringe ihnen den Ziegenkäse, der in der Speisekammer schon prächtig heranreift.«

Und mit dieser gräßlichen Drohung ging sie.

Die Aussicht, daß irgendein bedauernswertes Kind von Dotty adoptiert werden würde, war für die guten Leutchen von Thrush Green und Lulling ein fesselndes Thema.

Alle waren sich einig, daß es typisch Dotty war – großzügig, aber himmelschreiend abwegig. Willie Bond, der Kollege von Willie Marchant, brachte es jedenfalls auf den Punkt.

»Niemand, der sie noch alle hat, würde der ollen Jungfer erlauben, in diesem Saustall ein Kind großzuziehen. Man kann nur hoffen, daß diese Adoptionsleute wissen, was sie tun. Sie hat soviel Chancen wie ein Schneeball in der Hölle.«

Seine Zuhörer waren etwas getröstet.

Ebenso fesselnd war das Thema Percy Hodge und sein seltsames Benehmen, während Winnie Baileys Jenny krank daniederlag.

Den Eiern folgten Lammkoteletts, eine Schachtel Seife, ein Gebinde Stiefmütterchensetzlinge, die Winnie bei strömendem Regen anstandshalber einpflanzen mußte, und mehrere Blumensträuße.

Jenny nahm diese Aufmerksamkeiten verblüfft und etwas verächtlich entgegen.

»Was sollen die Leute denken? Dieser alberne, alte Mann! Macht mich zum Gespött.«

»Überhaupt nicht«, erwiderte Winnie. »Es ist sehr aufmerksam von ihm. Ganz sicher geschieht es aus reiner Freundlichkeit.«

»Eher, weil ihm Gerties Küche fehlt«, sagte Jenny rundheraus. »Wenn Sie mich fragen, so sieht er sich nach einer Haushälterin um. Ich hätte nicht übel Lust, ihn tüchtig vor den Kopf zu stoßen, diesen frechen, alten Kerl! Als ob ich Sie je verlassen würde.«

»Mach dir deswegen keine Sorgen«, bat Winnie. »Nimm's, wie es kommt, und sei höflich. Bedenklich wird es erst, wenn er mit der Frage herausrückt.«

Doch obwohl Winnie die Sache so ruhig aufnahm, war selbst sie ein wenig durcheinander. Sie argwöhnte, daß Jenny die Situation ganz richtig erfaßt hatte. Falls sie doch noch ihre Meinung änderte, so wäre eine Heirat mit Percy sehr gut für die liebe, selbstlose Jenny. Er war ein netter Mensch, freundlich und rücksichtsvoll. Und er hatte einen ansehnlichen Hof und ein hübsch gelegenes Bauernhaus, um das sich Jenny sicher gern kümmern würde. Nein, dachte Winnie, natürlich stehe ich Jenny nicht im Weg, wenn sie eines schönen Tages will, aber falls es so kommt, sie wird mir fehlen.

Die Kommentare in den *Zwei Fasanen* waren weniger nett.

»Je öller, desto döller«, zitierte einer der Gäste.

»Man sollte meinen, der gute Perce wüßte es zu schätzen, daß er ein friedliches Witwerdasein führen kann«, sagte ein anderer grämlich. Er war dafür bekannt, daß er daheim eine säuerliche Beißzange hatte, was allerdings auch an seinem Alkoholkonsum lag.

Albert Piggott knurrte beifällig. Mit Ehefrauen kannte er sich auch aus.

»Nicht etwa, daß Jenny es nicht gut treffen würde«, räumte er ein. »Percy ist ein netter Mensch. Hat ein bißchen was auf der hohen Kante und noch was auf dem Postsparbuch. Hat er mir mal selber erzählt. Und seine Gertie war eine klasse Hausfrau. Wetten, daß sie ihm tüchtig was im Strumpf hinterlassen hat? Nein, wenn Jenny nicht ganz bekloppt ist, sie könnt es schlechter treffen als beim guten Percy.«

»Was Jenny macht, ist ihre Sache«, verkündete der heimische Müllkutscher und schob sein Glas über die Theke, damit nachgeschenkt werden konnte. »Ich kann's nun mal nicht ab, wenn ein Kerl in Percys Alter noch den Mädchen nachsteigt. Sieht doch zu albern aus, wenn er mit so einem Riechbesen in der Hand um sie rumschwarwenzelt. Und es ist ihm auch egal, was die Leute so reden. Ich hab ihm ins Gesicht gesagt: ›Percy Hodge, hab ich gesagt, du bist ja noch dämlicher, als du aussiehst, und das will was heißen!‹ Aber er hat bloß gegrient. Den kannste abschreiben! Total abschreiben!«

»O ja! Den hat's bös erwischt«, bestätigte Mr. Jones, der Wirt. »Aber so ist das mit der Liebe. Kommt wie ein Dieb über Nacht. Und jetzt bitte ex und hopp, meine Herren! Ihr seht ja wohl alle die Uhr!«

Und so mußte man das Problem Percy und Jenny draußen in der abendlichen Kühle von Thrush Green weiterdiskutieren.

Jeremy war naturgemäß ein interessierter Zuschauer und erkundigte sich oft, was Percy eigentlich wolle.

Winnie gab sich alle Mühe, seinen Fragen auszuweichen, aber er ließ nicht locker und manchmal überrumpelte er sie.

»Was machst du, wenn Jenny erst auf seinem Hof lebt?« fragte er eines Abends und blickte von seinem alten Holzpuzzle hoch, das Winnie für ihn zum Spielen hervorgekramt hatte.

»Ich glaube nicht, daß sie das will«, antwortete Winnie gelassen. »Jenny scheint mir hier sehr glücklich zu sein.«

»Aber vielleicht will sie sonst keiner mehr heiraten«, bohrte Jeremy weiter. »Ich meine, wo sie doch schon sooo alt ist. Was meinst du, ob sie noch Kinder kriegt?«

»War das nicht die Haustürklingel?« fragte Winnie und versuchte, Zeit zu gewinnen.

»Nein. Zum Kinderkriegen muß man nämlich ganz jung sein. Paul hat mir in den letzten Ferien erzählt, wie das geht.«

Er suchte zwischen den Teilchen herum und hielt triumphierend ein Stückchen blauen Himmel hoch.

Und wieviel, so überlegte Winnie, mag Paul Young seinem Freund zu diesem speziellen Thema mitgeteilt haben? Und wußte Phil davon?

»Ob Jenny das mit dem Kinderkriegen auch weiß?«

»Da bin ich mir ziemlich sicher«, sagte Winnie hastig.

»Ist mir ja ganz schön komisch vorgekommen, was Paul da erzählt hat, aber ich bin froh, daß ich endlich weiß, wozu der Knopf auf dem Bauch gut ist.«

»Ach?« sagte Winnie sehr gespannt.

»Hast du das nicht gewußt? Er bläst sich auf wie ein Ballon, dann platzt er, und das Baby kommt raus.«

»Ach so«, äußerte Winnie höflich.

»Komisch, daß du das nicht gewußt hast«, sagte Jeremy ernst. »Wo Onkel Donald doch Doktor gewesen ist, hätte er dir das ruhig erzählen können. Er hat sicher mal zugesehen.«

»Kann sein«, sagte Winnie, »aber er hat sich immer gehütet, mit mir über Patienten zu reden.«

»Aha! Klar! Aber du erzählst Jenny, wie es geht, ja? Kann sein, sie weiß es auch nicht.«

»Ich bin überzeugt, daß Jenny alles weiß, was sie wissen muß«, sagte Winnie, »und was mich betrifft, so geht diese Sache ganz allein etwas Mr. Hodge und Jenny an. Darüber sollten wir nicht reden.«

Jeremy blickte sie etwas erstaunt an.

»Aber alle, echt alle in Thrush Green reden darüber!«

Und das, dachte Winnie, will ich gern glauben.

»Zeit zum Abendessen«, sagte sie knapp und flüchtete in die Küche.

Der Tag, an dem die Henstocks aufbrechen wollten, dämmerte klar und windig herauf. Ein frischer Südwestwind jagte große Wolken über den Himmel. Dimity und Charles packten frohgemut ihr Gepäck ins Auto. Der uralte Ford war am Tag zuvor poliert worden und glänzte ungewohnt prächtig.

Ehe sie losfuhren, schaute Dimity bei Ella vorbei und gab ihr den Schlüssel und eine Reihe von aufgeregten allerletzten Anweisungen.

»In der Speisekammer stehen sechs Dosen Kondensmilch für die Katze, aber im Kühlschrank ist noch eine geöffnete, die sollte zuerst aufgebraucht werden. Und in der Tiefkühltruhe ist reichlich Schweineleber, liebste Ella, falls es dir nichts ausmacht, jeden Abend ein Päckchen herauszuholen. Ich habe Schere und Messer und Gabel neben ihren Katzenteller gelegt, und vielleicht –«

»Meine liebe Dim«, sagte Ella, »so beruhige dich doch! Ich weiß, wo alles ist, und du kannst mir glauben, die Katze verhungert schon nicht. Und jetzt ab mit euch, macht euch einen richtig schönen Urlaub und vergeßt eure ganzen Pflichten hier. Die laufen euch nicht weg – und das weißt du.«

»Wir wollen so richtig ausspannen«, versprach Dimity. »Du kannst dir gar nicht vorstellen, wie wir uns darauf gefreut haben. Du weißt doch, daß das Haus bis Mittwoch leersteht? Hilda und Edgar unterbrechen ihre Reise in Coventry, sie wollen einen Vetter im Krankenhaus besuchen.«

»Ich habe alles im Auge«, versicherte Ella ihr und schob sie den Gartenweg entlang. »Und nun weg mit euch. Ich komme sofort, wenn ihr wieder da seid. Macht euch eine schöne Zeit.«

Sie sah hinter Dimity her, die über die Straße flatterte und das düstere, viktorianische Pfarrhaus betrat, dann drehte sie sich um, denn das Kreuzworträtsel des Tages wartete.

»Die arme, alte Dim«, sagte sie laut, während sie nach einem Bleistift suchte. »Wird ihr richtig guttun, dieses trostlose Gemäuer mal hinter sich zu lassen.«

Wie hätte sie ahnen können, daß das prophetische Worte gewesen waren.

Das schöne, windige Wetter hielt die ersten Maitage vor, was nicht nur die Gärtner in Thrush Green freute, sondern auch emsige Hausfrauen, die eiligst Decken wuschen, und auch Miss Fogerty und Miss Watson, deren Schützlinge zu ihrer unendlichen Erleichterung in der Pause im Freien Dampf ablassen konnten.

»Wir brauchen, glaube ich, wirklich neues Spielzeug für die

Schlechtwetterschublade«, sagte Agnes zu ihrer Schulleiterin. Sie nahmen ihren Morgenkaffee in Agnes' neuem Klassenzimmer ein, während die Vorschullehrerin einen Stapel zerlesene Comic-Hefte und unvollständige Holzpuzzles durchsah, die reif für die Mülltonne waren.

»Die haben wirklich ausgedient«, meinte auch Miss Watson und musterte das oberste Comic-Heft. »Wie ich sehe, stammt das hier aus dem Jahr 1965. Ein Jammer, daß es den guten, alten ›Regenbogen‹ nicht mehr gibt. Hast du den als Kind auch gehabt, Agnes?«

»Leider nicht. Mein Vater hat Comics für unnötigen Luxus gehalten, aber ich durfte mir den ›Regenbogen‹ manchmal bei einer kleinen Freundin ansehen. Marzipan, der Zauberer, hat mir besonders gut gefallen und dann das kleine Mädchen mit den zwei Hunden.«

»Bluebell«, sagte Miss Watson. »Das heißt, ich glaube, sie hieß so. Ist schon einige Zeit her, daß ich die Hefte gelesen habe. Mir hat Mrs. Bruin besonders gut gefallen! Warum sie wohl immer eine weiße Haube getragen hat und immer denselben Rock mit dem Spiegelei-Muster?«

»Womöglich, weil es leicht nachzuzeichnen war«, vermutete die praktische Agnes. »Was meinst du, ob ich ein paar Schachteln Perlen in die Schlechtwetterschublade tun sollte?«

»Eine blendende Idee«, sagte Miss Watson. »Und erinnere mich daran, daß ich ein paar ›Geos‹ heraussuche, wenn wir zu Hause sind. Damit können sie sich gut amüsieren. Solch schöne Fotos – und wenn du magst, könnten sie welche ausschneiden und sich Sammelalben anlegen.«

»Das ist sehr großzügig von dir«, sagte die kleine Miss Fogerty und wurde ganz rot vor Freude bei dem Gedanken an all die Reichtümer. Gute Vorschullehrerinnen sind mit wenig glücklich zu stellen, und das ist vielleicht der Grund, warum viele so lange jung bleiben.

Abends kramte Miss Watson dann die Zeitschriften aus dem Schrank im Flur hervor, und die beiden Damen gingen sie gerade fleißig durch, als das Telefon klingelte.

Miss Watson ging auf die Diele und kehrte lange nicht zurück. Agnes überlegte gerade, ob ein prachtvolles Foto von einer afrikanischen Familie, die nichts weiter trug als lange Ohrringe und einen Stock durch die Nase, für Vorschulkinder geeignet wäre, als ihre Schulleiterin zurückkam. Ihr Atem ging recht heftig.

»Das war Ray«, sagte sie. »Sie wollen gerade zu ihrer Cotswolds-Tour aufbrechen, die sie wegen ihres elendigen Köters aufschieben mußten.«

»Geht es ihm besser?« fragte Agnes.

»Leider ja! Sie wollen ihn mitbringen – was ich für verkehrt halte und was ich Ray auch gesagt habe – aber, wie du weißt, sind sie völlig vernarrt in das Untier und haben Angst, er könnte sich in einer Hundepension vor Gram verzehren.«

»Wie wollen sie denn mit einem Labrador Hotels finden? Ich meine, mit so einem großen Hund?«

»Du sagst es. Und ihrer ist, wie du weißt, überhaupt nicht erzogen. Darum hat Ray ja auch gefragt, ob sie hier zwei, drei Nächte unterkommen können.«

»Oh! Geht das hier?«

»Nein, es geht nicht!« sagte Dorothy Watson bestimmt. »Das habe ich ihm schon letztes Mal gesagt, als er das Thema angeschnitten hat, aber er hat wohl gedacht, ich habe es mir anders überlegt. Doch das habe ich nicht. Ich habe sie für den Tag ihrer Ankunft in Lulling zum Tee eingeladen, der Hund kann im Auto bleiben, während sie den Tee zu sich nehmen.«

»Aber Dorothy, wenn es nun an dem Nachmittag kalt ist?« flehte Agnes. »Vielleicht könnte er in die Küche?«

»Abwarten«, sagte Dorothy, die angesichts der Erregung ihrer Freundin etwas weicher gestimmt wurde. »Aber ich mache keine voreiligen Versprechungen.«

Damit mußte sich die kleine Miss Fogerty zufriedengeben.

Sie verbrachte den Abend damit, sich einzureden, daß bellende Hunde bekanntlich nicht beißen und, ein weiterer tröstlicher Gedanke, daß Blut dicker als Wasser war, und selbst wenn sie im *Vlies* keine Tiere haben wollten, so waren Tiere im *Fuchsienbusch* stets zu Lunch und Tee zugelassen.

Letztere Hoffnung machte Willie Bond, der fette Postbote, der sich die Postzustellung für Thrush Green mit dem hageren Willie Marchant teilte, am nächsten Morgen zunichte.

»Haben Sie schon das Neuste gehört?« erkundigte er sich und händigte ihnen drei braune Briefumschläge aus, die offensichtlich vom Schulamt kamen, dazu eine Ansichtskarte aus Amerika, die zweifellos von den Hursts stammte.

»Nein, Willie. Worum geht es denn?«

Agnes konnte hören, daß ihr Wasser kochte, und wäre gern an ihre Arbeit zurückgekehrt.

»Der *Fuchsienbusch* soll dichtmachen.«

»Nie im Leben!« rutschte es Agnes heraus. »Das glaube ich einfach nicht! Da scheint die Kasse doch immer zu klingeln.«

»Ja, so geht es. Anscheinend rentiert sich der Laden nicht mehr, weil sich die Mädchen da eine goldene Nase verdienen wollen, also lassen sie die Rollos runter.«

»Er wird uns allen sehr fehlen«, sagte Agnes.

»Hört sich ganz so an, als ob Ihr Wasserkessel pfeift«, sagte Willie, während er gemächlich der Gartenpforte zustrebte. »Kommt Ihnen ja schon auf dem Fußboden entgegen, bis Sie da sind.«

»Ja, natürlich, natürlich!«

Agnes durchquerte flink die Diele und stieß auf Dorothy, die in die Küche wollte. Sie gab ihr die Schreckensnachricht weiter.

Miss Watson nahm den Schlag so gefaßt wie üblich auf.

»Ohne Zweifel ist die Geschichte stark übertrieben, Agnes, ich glaube erst daran, wenn ich es amtlich habe. Willie Bond ist ein altes Klatschmaul und hat schon immer gern Schauergeschichten erzählt, selbst als Kind.«

»Aber woher hat er die Geschichte?« überlegte Agnes beim Frühstück und klopfte ihr gekochtes Ei auf.

»Kommt Zeit, kommt Rat«, erwiderte ihre Schulleiterin. »Ob du mir bitte die Butter reichen würdest, liebe Agnes?«

6. Eine turbulente Teegesellschaft

Wie Miss Watson gemutmaßt hatte, war Willie Bonds Neuigkeit stark übertrieben, obwohl die Wahrheit in ihrer abgeschwächten Form für die guten Leute von Lulling und Thrush Green ein schlimmer Schlag war.

Anscheinend hatte der *Fuchsienbusch* nur noch von 10.00 bis 14.30 geöffnet, um die üblichen abgekämpften Kauflustigen zu versorgen, die morgens eine Tasse Kaffee brauchten, und die einheimischen Geschäftsleute und Frauen, die einen bescheidenen Lunch zu sich nehmen wollten. Danach wollte das Lokal bis 18.30 schließen und anschließend denen, die essen wollten, ein Abendessen anbieten. Die althergebrachte Teemahlzeit war nun Vergangenheit, und überall hörte man Bedauern und böse Worte.

»Der größte Blödsinn aller Zeiten«, sagte Ella Bembridge zu Winnie Bailey. »Im *Fuchsienbusch* war zur Teezeit immer am meisten los, und das ausgerechnet, wo sie endlich diese tolle, junge Person in der Küche haben, die den besten Teekuchen in den ganzen Cotswolds zusammenrührt. Ja, allein der lockt jeden Nachmittag zwischen vier und fünf Uhr Dutzende von Reisenden an.«

»Es soll an Personalproblemen liegen«, antwortete Winnie. »Offensichtlich bekommen sie für morgens und abends, wenn sich die Männer um die Kinder kümmern können, mehr Teilzeitkräfte.«

»Es ist ein Skandal«, erwiderte Ella und blies eine Wolke beißenden Rauch aus. »Genau da hat man sich nach dem Einkauf oder Zahnarzt getroffen, und ich muß schon sagen, ihr Darjeeling war einsame Spitze. Und es ist schlicht idiotisch, daß sie es in puncto Abendessen mit dem *Vlies* oder der *Krone und Anker* aufnehmen wollen.«

»Jenny erzählt mir, daß sie zwei Frauen kennt, die dort in der Abendschicht arbeiten wollen, vielleicht funktioniert es ja doch, wir müssen einfach abwarten.«

Miss Watson, die wieder einmal recht behalten hatte, neigte zu mehr Duldsamkeit, was die gestrichene Teezeit im *Fuch-*

sienbusch anging. Zu der betreffenden Zeit waren Lehrer in der Regel damit beschäftigt, Kindern die Mäntel zuzuknöpfen und sie zu ermahnen, auf dem Nachhauseweg schön artig zu sein. Dahingehend äußerte sie sich auch Miss Fogerty gegenüber.

»Es dürfte uns wenig berühren, aber ich finde es sehr töricht, daß Teestuben um diese Zeit schließen. Was verpassen allein amerikanische Touristen, wenn sie keinen echten, englischen Tee mehr erleben mit aufmerksamen Kellnerinnen, die ihn in so hübschen Blümchenkleidern servieren.«

Miss Fogerty, deren Börse selten selbst einen so bescheidenen Luxus wie einen Tee im *Fuchsienbusch* erlaubte, stimmte ihr aus vollem Herzen zu. Sie hatte etwas gegen Veränderungen.

Die Misses Lovelock, deren im georgianischen Stil gebautes Haus dicht daneben stand, waren die einzigen, die dem Projekt wohlwollend gegenüberstanden.

»Jetzt haben wir an Sommernachmittagen endlich ein wenig Ruhe«, sagte Bertha. »Ja, da kommen doch Busse und spucken ganze Horden aus – und viele darunter nicht gerade aus feinen Kreisen – und die laufen dann herum, während sie auf Einlaß warten, und wißt ihr noch, wie eines Tages ein gräßlicher Mann mit Silberblick das Gesicht an unser Fenster gepreßt und uns zu Tode erschreckt hat?«

»Gut, daß es unten war«, hatte sich Ella dazu geäußert. »Oben hättet ihr vielleicht im Korsett dagestanden oder mit noch weniger.«

Diese ungehörige Bemerkung überhörte Bertha lieber. Wirklich, manchmal mußte man sich über Ellas Kinderstube wundern!

»Nein«, sagte Violet und eilte Bertha zu Hilfe, »uns macht es nichts aus, wenn der *Fuchsienbusch* zur Teezeit schließt, ganz gleich, was das übrige Lulling meint.«

»Dann kriegt ihr den Rabatz eben später«, bemerkte Ella und drückte eine Zigarette in einer unbezahlbaren Meißener Bonbonniere neben sich aus. »Wenn sie abends aufmachen, könnte ich mir vorstellen, daß da viele Autos parken.«

Damit verabschiedete sich Ella fröhlich, denn dieses eine Mal hatte sie das letzte Wort gehabt.

In diese Zeit fiel auch der Besuch von Miss Watsons Bruder Ray mit seiner Frau. Die kleine Miss Fogerty freute sich zwar, daß Dorothys schwesterliche Gefühle sie dazu bewegt hatte, Ray und Kathleen nach Schulschluß zum Tee einzuladen, aber sie hatte böse Vorahnungen, wie die Begrüßung ausfallen würde.

Es konnte gar kein Zweifel daran bestehen, daß die bedauerliche Abkühlung vor geraumer Zeit eingetreten war, als Dorothy wegen einer gebrochenen Hüfte gezwungenermaßen im Krankenhaus lag. Agnes, die sie aufopfernd besucht hatte, merkte, daß Dorothy davon ausging, Ray würde sie bis zu ihrer Genesung bei sich aufnehmen, worin sie sich aber, gelinde gesagt, getäuscht sah. Glücklicherweise war sie in der Lage gewesen, sofort Hilfe anzubieten, und war ins Schulhaus gezogen und hatte sich um die Kranke gekümmert. Dorothy war ihr sehr dankbar gewesen und hatte ihre langjährige Kollegin anschließend gebeten, für immer bei ihr zu wohnen, was sich als eine ungemein glückliche Fügung herausstellte.

Und so nahe würden Ray und Kathleen ihrer Schulleiterin niemals stehen. Agnes konnte nur hoffen, daß die geplante Teegesellschaft angenehm verlief und man die Vergangenheit auf sich beruhen ließ.

Es war ein Mainachmittag, wie er im Buche steht. Agnes hatte mit ihrer jungen Brut einen Spaziergang auf dem Feldweg in Richtung Lulling-Forst unternommen, wobei sie an Dotty Harmers Häuschen vorbeikamen und ihr zuwinkten, während die sich an einem großen Feuer aus Gartenabfällen betätigte, das dicht bei der Hecke qualmte.

Das Gras war trocken genug, daß sich die Kinder hinsetzen konnten, ehe man sich auf den Heimweg machte, und Agnes lehnte sich an die windgeschützte Bruchsteinmauer und bewunderte den frühen Huflattich gegenüber am Feldrain und den jungen Farn, der sich vor den Cotswold-Steinen krümmte wie Seepferdchen. Die Kinder schienen es zufrieden zu sein, auf dem Rücken zu liegen, Gras zu kauen und zum Himmel über ihnen hochzublicken. Es war überall bekannt, daß die kleine Miss Fogerty den Dreh heraushatte, wie man Kinder ruhig und zufrieden hielt. Was man augenblicklich sah, hätte jeden Beobachter überzeugt.

Agnes ließ ihre Gedanken zu der bevorstehenden Konfrontation wandern. Dorothy hatte aus fünf Eiern und der besten Butter eine prächtige Biskuittorte mit drei Böden gebacken, und Agnes selbst hatte während der Mittagspause die Gurkenbrötchen gemacht und sie sorgsam zugedeckt, damit sie auch ja frisch blieben. Selbstgemachte Teekuchen und Pflaumenmarmelade und köstliche, mit Marshmallows gefüllte Schokokekse vervollständigten das vorgesehene Mahl. Ausnehmend selbstlos von der lieben Dorothy, daß sie letzteres zum Tee anbietet, dachte Agnes, denn Marshmallows ißt sie für ihr Leben gern und muß der Versuchung widerstehen, schließlich hat sie auf ihr Gewicht zu achten.

Agnes warf einen Blick auf ihre Uhr.

»Wir müssen los!« rief sie und führte ihre Schäflein wieder nach Thrush Green zurück.

Viertel vor vier waren die beiden Damen dann im Schulhaus. Dorothy hatte sich umgezogen und sich in ein kleidsames, blaues Strickkostüm geworfen, und Agnes prangte in ihrer besten Seidenbluse mit der Kameebrosche ihrer Mutter am Kragen.

Im Wohnzimmer wartete das Tablett mit dem Teegeschirr, die Festmahlzeit stand auf einem Beistelltischchen. Im Raum hing der Duft goldener Osterglocken, und die Damen harrten erwartungsvoll der kommenden Dinge. Die Besucher hatten sich für vier Uhr angemeldet, aber zehn nach vier waren sie noch immer nicht da.

Dorothy wurde langsam unruhig, wanderte zum Fenster und blickte die Straße entlang, dann ging sie wieder in die Küche und überzeugte sich, daß der Wasserkessel bereitstand. Agnes registrierte ihre wachsende Ungeduld mit Besorgnis. Die liebe Dorothy hatte einen Pünktlichkeitsfimmel.

»Wirklich merkwürdig«, platzte ihre Schulleiterin heraus, »daß die Menschen nicht rechtzeitig kommen können. Ich meine, wenn ich sage zwischen sieben und halb acht, dann wird es in der Regel Viertel vor acht, ehe es läutet. Warum nicht Viertel nach sieben? Oder gleich sieben?«

Agnes ging davon aus, daß es sich um eine rhetorische Frage handelte, und verkniff sich eine Antwort.

Die kleine Uhr auf dem Kaminsims schlug Viertel nach vier, und Dorothy schüttelte unnötig heftig ein Kissen auf.

»Natürlich hat Ray noch nie Zeitgefühl gehabt, Kathleen übrigens auch nicht. Ray ist sogar bei seiner Hochzeit zu spät gekommen, wenn ich mich recht entsinne. Eine ganze Gemeinde, die auf den Bräutigam wartet! Nicht auszudenken! Man ist ja darauf gefaßt, daß sich die Braut etwas verspätet, aber –«

Sie unterbrach sich.

»Da sind sie endlich! Wurde aber auch Zeit. Liebe Agnes, würdest du bitte den Wasserkessel einschalten, während ich sie hereinlasse?«

In der Diele wurden höfliche Küsse getauscht, und Miss Watson ging ihnen voraus ins Wohnzimmer. Niemand entschuldigte sich für das Zuspätkommen, registrierte Dorothy, obwohl es jetzt fünf vor halb fünf war, aber das überging sie wohl besser. Wie sie schon Agnes gegenüber geäußert hatte, spielte Zeit für dieses Paar keine Rolle.

»Und wie gefällt euch das *Vlies*?« erkundigte sie sich.

»Ziemlich heruntergekommen«, sagte Ray. »Soviel ich weiß, unter neuer Bewirtschaftung, und das nicht gerade fachkundig.«

Genau in diesem Augenblick hörte man wildes Gebell, und Agnes, die mit der Teekanne eintrat, ließ diese vor Schreck beinahe fallen.

Die beiden Besucher stürzten ans Fenster, daher stellte Agnes die Teekanne ab, ohne begrüßt zu werden.

»Oh, der arme Harrison!« rief Kathleen. »Er muß eine widerliche Katze gesehen haben. Das verstört ihn immer so. Wir sollten ihn lieber ins Haus holen, Ray.«

Ray wollte zur Tür.

»Wenn es denn sein muß, so beruhige den Hund«, sagte Dorothy etwas von oben herab, »aber ich halte es für klüger, ihn draußen zu lassen, während wir in Ruhe unseren Tee trinken.«

»Bei uns ist er zum Tee immer dabei«, sagte Ray. »Normalerweise bekommt er eine Untertasse auf den Kaminvorleger. Mit viel Milch natürlich.«

»Aber heute nicht«, sagte Dorothy bestimmt und durch und durch Schulleiterin. »Und jetzt sagt unserer lieben Agnes guten Tag, sie hat sich schon so auf euch gefreut.«

Kathleen und Ray besannen sich auf ihre Manieren, begrüßten Agnes herzlich und gaben sich alle Mühe, das penetrante Gejapse und Gejaule zu überhören, das aus ihrem Auto drang. Doch sie waren mit ihren Gedanken offenkundig woanders, und die Unterhaltung mußte mit großer Lautstärke geführt werden, weil sie den Krach, den das unselige Tier machte, übertönen mußten.

»Dann nimmt der Wirt vom *Vlies* also gern Tiere auf?« fragte die kleine Miss Fogerty.

»Gern würde ich das nicht nennen«, sagte Ray. »Harrison darf in seinem Korb in einem der Ställe schlafen. Keine Hunde im Hotel. Das ist Vorschrift, und die hat man uns, kaum daß wir angekommen waren, um die Ohren geschlagen.«

»Warum ›Harrison‹?« fragte Dorothy, während sie die Gurkensandwiches herumreichte. Kathleen sah vorübergehend erfreut aus.

»Weil er das Abbild des Schlachters ist, der immer an die Haustür kam, als wir frisch verheiratet waren. Stimmt's, Ray?«

»Genau. Die gleichen Augen, die gleiche Miene.«

»Das gleiche dunkle Fell?« murmelte Dorothy.

Die Besucher lachten höflich.

»Fast«, bestätigte Kathleen, »und natürlich an Fleisch interessiert.«

Agnes fand, es war besser, nicht von dem Hund zu sprechen, falls ihnen diese Gnade bei dem ohrenbetäubenden Lärm zuteil würde, und erkundigte sich nach Kathleens Gesundheit. Sofort legte sich das Gesicht von Rays Frau wieder in melancholische Falten.

»Ich probiere jetzt eine neue Behandlung gegen meine Migräneattacken aus«, sagte sie und ließ sich zum zweiten Mal einschenken.

»Sie ist furchtbar teuer, und ich muß zweimal die Woche hin, aber ich glaube, irgendwann tut mir diese Behandlung auch gut.«

»Das freut mich«, sagte Agnes, die Liebe.

»Und ich leide letztens unter Schwindelanfällen«, steuerte Ray mit einer Andeutung von Stolz bei. »Hat irgendwie mit dem Mittelohr zu tun. Sehr lästig.«

Agnes überlegte, ob die Lautstärke des Hundes zu diesen Beschwerden beitragen mochte, verbiß sich jedoch die Frage. Als ihr dämmerte, daß sich die beiden kein einziges Mal nach der gebrochenen Hüfte der armen Dorothy erkundigt hatten, wurde sie wütend, was selten geschah – schließlich war das eine ernstere Erkrankung!

»Aber so ist das eben«, meinte Kathleen in trauriger, aber weiser Erkenntnis, »man kann nicht erwarten, daß man noch so quicklebendig ist wie vor zwanzig Jahren.«

»Weiß Gott nicht!« bestätigte Dorothy und stand auf, um die prachtvolle Biskuittorte anzuschneiden. Sie ging mit dem Teller in der Hand zu Kathleen. Täusche ich mich oder humpelt sie mehr als sonst, fragte sich Agnes. Vielleicht ist sie ein wenig steif vom Sitzen.

»Und wie geht es deinem Bein?« fragte Ray etwas verspätet.

»Ich bemühe mich nach besten Kräften, nicht daran zu denken«, antwortete Dorothy. »Wer will schon von den Gebrechen älterer Menschen hören.«

Kathleen reagierte auf die Spitze mit angehaltenem Atem und einem vielsagenden Blick zu ihrem Mann, doch der vertiefte sich nach Männerart in seine Teetasse.

»Und was haben Sie für morgen vor?« fragte Agnes hastig.

Ehe Ray antworten konnte, machte Kathleen schon den Mund auf.

»Es ist erstaunlich, wie schnell sich die Leute heutzutage von einer Hüftoperation erholen. Ein junger Vikar aus unserer Bekanntschaft hat doch tatsächlich sechs Monate nach einem Sturz vom Fahrrad schon wieder getanzt.«

»Da hat er aber Glück gehabt!« sagte Dorothy.

»Ach, ich weiß nicht«, brüllte Kathleen, um den Hundelärm zu übertönen. »Ich denke eher, es ist die Einstellung. Er wollte gesund werden, und das so schnell wie möglich. Ich glaube, manche Menschen sind einfach gern krank.«

Agnes bemerkte, daß Dorothys Gesicht rosa anlief, ein sicheres Anzeichen, daß sie böse war, und ehrlich, dachte ihre treue Kollegin, unter den gegebenen Umständen ist das auch ihr gutes Recht.

»Ich nicht«, sagte Dorothy knapp.

»Natürlich nicht«, pflichtete Ray ihr bei. »Genau das habe ich zu Kathleen gesagt, als sie sich während deines Krankenhausaufenthaltes so gesorgt hat.«

»Ach«, erwiderte seine Schwester eisig.

»Kathleen hat damals so furchtbar unter Migräne gelitten, wie du weißt, sonst hätten wir dich gesundgepflegt, als du entlassen wurdest. Aber wir haben gewußt, du wolltest nach Haus und dein normales Leben wieder aufnehmen. Das habe ich damals gleich gesagt, ist es nicht so, Kathleen?«

»Ja, so ist es«, sagte Kathleen, betupfte sich den Mund mit einer makellosen Leinenserviette und hinterließ Lippenstift- und auch Marmeladeflecken.

Ehe sie Zeit zu einer höflichen Antwort gefunden hatten, klopfte es an die Tür. Agnes, die froh war, entfliehen zu können, eilte und machte auf, und da stand Dotty Harmer mit Flossie an der Leine auf der Schwelle. In ihrer anderen Hand baumelte eine verbeulte, blecherne Milchkanne.

Ohne dazu aufgefordert zu werden, schob sich Dotty an Agnes vorbei und betrat das Wohnzimmer. Sie war ziemlich erregt und rückte gleich mit der Sprache heraus.

»Meine liebe Dorothy, da draußen ist ein armer Hund, der

erstickt doch wahrhaftig im Auto. Die Fenster keinen Spalt offen, und gräßliche Angst hat er auch. Wie können Menschen nur so gedankenlos sein? Ehrlich, so was verdient eine tüchtige Tracht Prügel, und mein Vater hätte nicht gezögert, das könnt ihr glauben, wenn ihm solche Unmenschen untergekommen wären. Wahrscheinlich jemand, der in den *Zwei Fasanen* oder bei den Shoosmiths ist.«

»Der Hund gehört meinem Bruder hier«, sagte Dorothy ein ganz klein wenig süffisant. »Tut mir leid, liebe Dotty, wenn Sie das so beunruhigt. Ich fürchte, daran haben sich in der letzten Stunde viele Leute im Thrush Green gestört.«

Dotty schämte sich nicht im geringsten.

»Ich glaube nicht, daß ich schon Ihre Bekanntschaft machen durfte«, sagte sie und wechselte Flossies Leine in die linke Hand, wo sie sich gefährlich mit der Milchkanne verknäulte, während sie die Rechte ausstreckte.

»Meine Schwägerin Kathleen. Mein Bruder Ray. Meine Freundin Miss Harmer«, machte Dorothy bekannt.

Ray verbeugte sich knapp, Kathleen lächelte frostig, und Dorothy deutete auf das Teetablett.

»Darf ich Ihnen Tee einschenken, Dotty? Bitte, nehmen Sie doch Platz.«

Draußen wurde das Gebell zu schrillem Gejaule, und das klang noch hysterischer als zuvor. Ray wollte zur Tür.

»Entschuldigung, aber ich möchte Harrison lieber ins Haus holen«, sagte er. Und ehe jemand ihn aufhalten konnte, war er zur Tür hinaus.

»Lieb von Ihnen, Dorothy, aber ich muß noch zu Ella und darf nicht trödeln.«

Sie strebte auch zur Tür. Flossies Leine hatte sich jetzt hoffnungslos in Dottys heruntergerutschten Strümpfen verfangen.

In diesem Augenblick stürmte Rays Labrador mit geiferndem Maul ins Zimmer, stieß ein irres Gebell aus und stürzte sich auf Flossie.

Der Lärm war unbeschreiblich. Flossie, das sanfteste Tier auf der ganzen Welt, kläffte vor Schreck. Harrison fiel über den Tisch her, warf Biskuittorte, Schokokekse, zwei Teetassen und das Milchkännchen zu Boden, und dazwischen hagelte es Messer und Teelöffel.

Dotty verlor das Gleichgewicht, fiel auf Agnes in ihrem Sessel und drückte ihr die Kameebrosche ihrer Mutter in die Kehle, daß es weh tat. Dorothy setzte sich, geistesgegenwärtig wie immer, schnell hin, ehe auch sie das Gleichgewicht verlor und das Durcheinander noch verschlimmerte, und Kathleen sank in ihrem Sessel zusammen und wurde hysterisch.

Diese chaotische Szene bot sich Ray, als er das Zimmer betrat. Mit löblicher Schnelligkeit ergriff er Harrison am Halsband und hielt ihn fest, während Agnes und Dotty sich wieder aufrichteten. Die Milchkanne war unter Agnes' Sessel gerollt, ein Bächlein Ziegenmilch rann auf den Teppich.

»Bitte entschuldigen Sie die Schweinerei«, sagte Dotty. »Ich möchte auch gern für die Reinigung aufkommen. Ziegenmilch geht so furchtbar schlecht raus. Ich gehe lieber nach Hause und hole Ella neue. Gott sei Dank gibt Dulcie im Augenblick reichlich.«

Gefaßt lächelte sie in Richtung der hysterischen Kathleen, die sich höchst befremdlich im Sessel hin- und herwarf, winkte Ray zu und führte die verstörte, jedoch gut erzogene Flossie auf die Diele. Agnes begleitete sie in der Hoffnung, daß das Blut von der Brosche keinen Fleck in ihrer besten Seidenbluse hinterlassen hatte.

»Wollen Sie sich nicht doch noch ein wenig erholen?« erkundigte sich Agnes. »Im Speisezimmer steht ein sehr bequemer Sessel, wenn Sie einen Augenblick Ruhe brauchen?«

»Danke, liebe Agnes, alles in Ordnung. Die frische Luft wird mit guttun.«

Munter wie ein Sperling wippte sie zur Gartenpforte, während Agnes ihr nachsah, der Sturz schien ihr nichts angehabt zu haben. Darauf kehrte Agnes voll düsterer Vorahnungen auf das Schlachtfeld zurück.

»Wer war denn die alte Nervensäge«, fragte Ray, als sie zurückkam.

»Eine liebe Bekannte von mir«, sagte Dorothy, »und eine wahre Tierfreundin. Ich bin völlig ihrer Meinung, es war schändlich von euch, den Hund im Auto zu lassen.«

Kathleens Hysterie klang etwas ab, dafür hatte sie jetzt Schluckauf.

»Falls du es noch weißt«, sagte sie unter gewaltigen Hicksern, »so hast du dich geweigert, den armen Harrison ins Haus zu lassen.«

»Und ich habe gedacht, ihr wißt zumindest, daß man ein Auto nicht hermetisch geschlossen läßt. Ihr und Tierfreunde«, sagte Dorothy bissig und verächtlich. »Der Ärmste ist so schlecht erzogen, daß man ihn nicht mal in ein christliches Heim mitbringen kann.«

Sie bückte sich und hob ihr bestes Porzellan vom Boden auf, während Ray mit einer Hand die Teelöffel zusammensuchte und mit der anderen mit einem Taschentuch Ziegenmilch auftupfte.

»Ray, bitte«, sagte Dorothy, »überlaß die Schweinerei Agnes und mir. Mit deinem Taschentuch da machst du alles nur noch schlimmer.«

Agnes fand, daß man sie zwar bis aufs äußerste gereizt hatte, die Verunglimpfung der Wäsche ihres Bruders ging jedoch zu weit.

»Ich hole sauberes Wasser und ein Tuch«, sagte sie hastig und ergriff die Flucht.

Lautes Gejammer folgte ihr. Offensichtlich legte Kathleen erneut los!

»Ich glaube«, sagte Ray in dem Augenblick, als sie mit den Säuberungsutensilien zurückkam, »wir sollten lieber gehen.«

»Ich bin völlig deiner Meinung«, sagte Dorothy und baute sich ihm gegenüber auf.

»Du hast die arme Kathleen vollkommen verstört«, fuhr er fort, »obwohl du weißt, wie sehr sie unter Migräne leidet.«

»Wenn es ihr in den Kram paßt«, gab Dorothy zurück.

»Willst du etwa andeuten«, brüllte ihr erzürnter Bruder, »daß Kathleen nur so tut, als hätte sie furchtbare Schmerzen?«

Ein schlimmer Schluckauf unterbrach Kathleens Wehge-schrei. Sie stand jetzt, und ihre Augen blitzten.

»Wie kannst du so etwas sagen? Du weißt doch, wie ich unter Migräne zu leiden habe! Und nie eine Spur von Mitge-fühl von dir. Du bist ein Ausbund an Schlechtigkeit, Herzlo-sigkeit, Grobheit –«

Ein weiterer Schluckauf machte sie vorübergehend mund-tot. Ray nutzte die Gelegenheit, legte den Arm um seine Frau und führte sie und den hechelnden Harrison zur Tür.

»Komm, meine Liebe. Wir fahren direkt ins *Vlies*, dort kannst du dich hinlegen und eine Tablette einnehmen.«

»Aber der arme Harrison hat seine Milch nicht bekom-men«, jammerte Kathleen. »Du weißt doch, wie gern er sie auf dem Kaminvorleger zu sich nimmt!«

»Auf dem Teppich ist noch reichlich Milch für ihn«, meinte Dorothy, »so weit das Auge reicht.«

Es war Agnes, die sie zur Tür und zum Auto brachte.

»Ich setze nie wieder einen Fuß in dieses Haus«, rief Kath-leen noch immer heftig hicksend.

»Wir sind zutiefst gekränkt«, sagte Ray. »Ich glaube, das wir Dorothy – auch wenn sie meine Schwester ist – sehr lange nicht besuchen werden.«

Sie fuhren mit dem bellenden Harrison in Richtung Lulling davon, und Agnes ging ins Haus und überbrachte Dorothy die schreckliche Botschaft, daß sie das Pärchen vielleicht nie wieder erblicken würde.

»Mir fallen Steine vom Herzen!« sagte ihre Schulleiterin unendlich zufrieden. »Und jetzt, liebe Agnes, bringen wir hier alles in Ordnung und machen es uns für den Rest des Abends mit dem Strickzeug gemütlich.«

7. Das Feuer

Nach diesem niederschmetternden Erlebnis war es kein Wunder, daß Miss Fogerty schlecht schlief. Normalerweise las sie noch ein halbes Stündchen und war danach so bettreif, daß sie ihr Kissen aufschüttelte, die Nachttischlampe ausknipste und binnen zehn Minuten eingeschlafen war.

Aber dieses Mal floh der Schlaf ihr Lager. Im Geist ging sie die ganzen gräßlichen Einzelheiten der Katastrophen-Party noch einmal durch. Kathleens Wehgeschrei klang ihr noch immer in den Ohren. Rays wütende Miene und Dorothys bissige Bemerkungen quälten sie.

Von St. Andrew's schlug es bereits Mitternacht, als sie die Bettdecke beiseiteschob und das in Mondschein gebadete Thrush Green betrachtete.

Da lag es still und schön. Nirgendwo in den Häusern rings um den Dorfplatz brannte noch Licht, doch der Mond versilberte die Fenster und warf Lichtkringel auf die neuen Blätter der Kastanienallee. Aus der Ferne, vom Feldweg nach Nidden, kam der zitternde Schrei einer Eule, und aus der anderen Richtung war ganz leise einer der seltenen Güterzüge zu hören, wie er durch den verlassenen Bahnhof tuckerte.

Kühl wehte die Luft durch das geöffnete Fenster, duftete lieblich nach den Pfauenaugennarzissen, die an der Mauer wuchsen. Agnes atmete tief durch, sie genoß die Stille und die beschauliche Szene. Unter ihr erstreckte sich rechter Hand der verlassene Pausenhof. In zwölf Stunden würde er wieder voll Leben und dem schrillen Geschrei tobender Kinder sein.

Bei dem Gedanken zog es Agnes ins Bett zurück. Für ihre morgendliche Arbeit hatte sie ausgeschlafen zu sein. Jetzt bekam sie höchstens noch sieben Stunden Schlaf. Sie mußte sich zusammenreißen.

Sie zog die Laken glatt, zupfte das Nachthemd aus dünnem Flanell zurecht und bettete den Kopf mit dem dünnen, grauen Zopf auf das weiche Kissen.

Binnen zehn Minuten war sie eingeschlafen.

Ungefähr zur gleichen Zeit und ein paar Häuser weiter setzte sich Albert Piggott im Bett auf und rieb sich den schmerzenden Magen.

Ob er nach unten gehen, eine seiner Magentabletten einnehmen und sich eine Tasse Tee machen sollte? Bei Gelegen heiten wie diesen fehlte ihm die Frau. Wie einfach wäre es gewesen, Nelly mit einem heftigen Rippenstoß zu wecken und ihr wieder einmal von den furchtbaren Schmerzen vorzujammern, unter denen er litt – Schmerzen, die sich nur mit Medizin und einem heißen Getränk beheben ließen – und die so heftig waren, daß er sich diese Linderung nicht selbst verschaffen konnte.

Nelly lag jedoch nicht in seinem Bett, sondern vermutlich in dem des Heizölkerls, der die Zuneigung seiner wankelmütigen Ehefrau gewonnen hatte. Wenn er medizinische Behandlung haben wollte, mußte er das selbst besorgen.

Vor sich hinbrummelnd stieg er aus dem Bett, eine magere, unappetitliche Gestalt in Unterhose und Unterhemd, denn Albert verschmähte es, seine Tageskleidung gegen Nachtgewandung auszuwechseln, und stolperte die Treppe hinunter. Sein Kätzchen, ebenso mager, wenn auch sauberer als das Herrchen, begrüßte ihn mit Miauen und war angenehm überrascht, eine Untertasse mit Milch zu bekommen, als Albert die Flasche aus dem Speiseschrank holte.

Da das Wasser unverhältnismäßig lange zum Kochen brauchte, starrte Albert aus dem Küchenfenster und betrachtete die behäbige Kirche auf der anderen Straßenseite.

Draußen war es jetzt taghell, denn der Mond stand hoch und war beinahe voll. Er beschien die an der niedrigen Friedhofsmauer aufgereihten Grabsteine und erhellte die gotischen Fenster, die in Richtung Lulling gingen.

Tiefdunkle Schatten fielen auf das betaute Gras, und selbst Alberts sparsam bemessener Schönheitssinn wurde von dem Anblick angerührt.

Er goß sich Tee auf, schenkte sich einen Becher ein und nahm ihn zusammen mit dem Tablettenfläschchen mit ans Bett.

In das schmuddelige Kissen gelehnt, schlürfte er laut und genoß die tröstlich warme Flüssigkeit, die in seinen gequälten Magen rann. Zwei Tabletten spülte er hinunter, während er das mondscheinhelle Schlafzimmer musterte.

Auf einmal stieg ihm Rauchgeruch in die Nase, doch sehr

schwach, und so tat er ihn ab. Der stammte sicherlich von den Ascheresten des Feuers, das Harold Shoosmith morgens gemacht hatte. Und dafür bin ich sowieso nicht zuständig, dachte Albert und stellte den leeren Becher auf den Fußboden.

Der Schmerz war gelindert. Albert rülpste genüßlich, drehte sich auf die andere Seite und schlief wieder ein.

Unten in der Küche leckte die Katze die letzten Tropfen von Alberts großzügiger Gabe auf, wusch sich das Gesicht, und begab sich dann durch das offene Küchenfenster auf ihre nächtlichen Beutezüge.

Eine Stunde später roch auch Harold Shoosmith den Rauch. War sein Gartenfeuer daran schuld? Aber das war zur Teezeit mit Sicherheit heruntergebrannt gewesen, und die Aschereste hatte er gewissenhaft überprüft, oder etwa nicht? Nichtsdestoweniger hatte Feuer gelegentlich die lästige Angewohnheit, wieder zum Leben zu erwachen, und abgesehen von der Gefahr war es ein Jammer, daß die Schönheit einer solchen Nacht durch Rauch, an dem er schuld war, gestört wurde.

Im Nachbarbett schlief seine Frau Isobel den Schlaf des Gerechten. Leise ließ er sich aus seinem eigenen gleiten und schlich auf Zehenspitzen ins Badezimmer, das auf den Garten ging, in dem er das gemeingefährliche Feuer angezündet hatte.

Alles war friedlich. Im Mondschein konnte er ganz deutlich die leere Feuerstelle sehen. Kein Rauchwölkchen, das sich kräuselte, wie er aufatmend feststellte.

Aber wo brannte es dann? Hatten Miss Watson oder der Wirt der *Zwei Fasane* Gartenabfälle verbrannt? Soweit er sehen konnte, lagen ihre Gärten genauso unschuldig wie seiner, obwohl jetzt Rauch von irgendeiner Brandstelle den Dorfplatz entlang nach Süden wehte.

Nun machte er sich ernstlich Sorgen und lief ins Gästezimmer, dessen Seitenfenster auf Kirche und Pfarrhaus ging.

Zu seinem Entsetzen sah er Rauch aus dem Dach der Henstocks steigen, und noch ehe er das Fenster schließen konnte, zerriß ein Knall die Luft, der First des Pfarrhauses sackte plötzlich in sich zusammen, eine hohe Flamme schoß in die Luft und erhellte dicke Rauchwolken.

Er rannte nach unten, und Isobel konnte ihn ins Telefon rufen hören:

»Die Feuerwehr! Schnell, schnell! Das Pfarrhaus steht in Flammen!«

Sie hörte, wie der Hörer aufgeknallt wurde, und gleich darauf zog sich Harold Hosen über seinen Schlafanzug und riß sich den Pullover über den Kopf.

»Ich komme und helfe mit«, sagte Isobel und griff nach ihrer Kleidung.

Binnen fünf Minuten hatte sich eine kleine Schar von Helfern um das Feuer geschart. Der Anblick war beängstigend. Der teilweise Einsturz des Daches hatte den Brand nur noch schlimmer entfacht. Flammen schossen jetzt in den Himmel, und hinter den Fenstern des oberen Stockwerks glühte es rot. Rauch strömte aus dem großen Schlafzimmerfenster, und es knallte schrecklich, als die Scheiben in der Hitze barsten.

Mr. Jones, der Wirt der *Zwei Fasane*, organisierte vom Wasserhahn in seinem Lokal eine Kette von Wasserträgern, und Albert Piggott, der seine Magenschmerzen vergessen hatte, schleppte ein archaisches Feuerlöschgerät hinter sich her, das seit dem Zweiten Weltkrieg in der Sakristei verwahrt und nicht mehr gebraucht worden war, seit eine kleine Brandbombe 1942 die Quasten des Glockenstrangs und einen danebenliegenden Stapel von Stainers ›Crucifixion‹ in Brand gesetzt hatte.

Diese Antiquität wurde an den Hydranten angeschlossen, der sich in den Nesseln des Friedhofs versteckte, und verspritzte Wasser aus einem Dutzend Löchern im verrotteten Schlauch und durchnäßte mehrere Zuschauer.

»Weg mit dem verdammten Ding!« brüllte Harold Shoosmith. »Sonst fällt noch jemand drüber!«

Er und ein paar andere Männer, darunter auch Edward Young, der Architekt, und Ben Curdle, brachten eiligst Möbel, Bücher und Papiere und alles in Sicherheit, was sie unten noch greifen konnten, ehe das Unausweichliche geschah und der obere Stock zusammenfiel. Alles wurde von willigen Helfern aus der Gefahrenzone geschafft. Ella Bembridge, dieses eine Mal ohne Zigarette im Mund, packte genauso zu wie die Männer und hätte sich auch Zugang zum Haus verschafft, um etwas von Dimitys Schätzen zu retten, wenn Harold ihr das nicht verboten hätte, denn er hatte den Oberbefehl mit der Autorität eines Menschen übernommen, der sein Leben lang andere angeleitet hat.

Dann hörte man Gott sei Dank die Sirene des Feuerwehrautos, und alles machte Platz, damit es über den Rasen zum brennenden Haus fahren konnte. Es war ein Genuß anzusehen, wie rasch und fachmännisch die Wasserschläuche angeschlossen wurden.

»Sieht mir ganz danach aus, als hätte es schon vor Stunden angefangen«, sagte der Feuerwehrhauptmann zu Harold. »Wie kommt es, daß niemand was gemerkt hat?«

Harold erklärte ihm, daß das Haus leer stünde, und in diesem Augenblick traf ein zweites Feuerwehrauto aus Nidden ein und begann die Hausseite zu bewässern, wo es am lichterlohesten brannte.

Aus dem unrettbar verlorenen Haus kam ein gräßliches Tosen, und die Zuschauer wurden fortgescheucht. Ein dröhnendes Poltern, und der erste Stock des Pfarrhauses sackte zusammen. Funken, Rauch und Flammen schossen in die Luft, und die Hitze wurde unerträglich. Alles fing in dem beißenden Qualm an zu husten und rieb sich die Augen, die vom Rauch gerötet waren und tränten.

Jetzt war ganz klar, daß nichts mehr zu retten war. Die bescheidene Habe des Pfarrers, die sich noch im Haus befand, wurde ein Raub der Flammen. Es war eine Tragödie für alle, die sie miterlebten, und Winnie Bailey in Nachthemd und Gummistiefeln führte Ella, den Drachen, in ihr eigenes Haus auf der anderen Seite des Dorfplatzes. Es war das erste Mal, daß sie ihre Freundin weinen sah.

Im Frühlicht starrten die guten Leute von Thrush Green entgeistert auf die Zerstörung der letzten zwölf Stunden. Geschwärzte Steine und dürre, verkohlte Balkenreste qualmten in der Morgensonne vor sich hin. Schmutzige Bächlein trieben träge zu dem Rinnstein der Straße, und rings um das Heim der Henstocks standen Pfützen.

Über die kläglichen Reste, die man den Flammen entrissen hatte, hatte man eine Plane gebreitet, und Harold hatte schon dafür gesorgt, daß diese in seine Garage und seinen Gartenschuppen gebracht wurden, wo sie vor der Witterung geschützt waren.

»Ella hat, glaube ich, Charles' Telefonnummer«, sagte er zu Edward, als die beiden Männer schmutzig und erschöpft nach Haus gingen. »Aber was ist mit Hilda und Edgar? Sollten die nicht heute kommen?«

»Guter Gott! Ich glaube ja«, sagte Edward. »Ich frage mal nach, ob Joan mehr darüber weiß. Aber immer schön der Reihe nach, alter Junge. Erst mal ein Bad, dann Kaffee. Und dann für mich – und das kann ich Ihnen auch nur empfehlen – eine Mütze Schlaf.«

»Sie haben recht. Es hat keinen Zweck, Charles und Dimity vor acht oder neun Uhr anzurufen. Es ist tragisch und besonders schlimm, weil sie ausnahmsweise einmal Urlaub machen. Soll ich anrufen oder Sie?«

»Macht es Ihnen etwas aus, wenn Sie das übernehmen würden? Ich muß morgen – das heißt heute – mit dem Halb-zehn-Uhr-Zug nach London zu einer Sitzung.«

»Aber ja doch. Der arme, gute Charles. Das wird ihm das Herz brechen, fürchte ich.«

Vier Stunden später saß er in seinem Arbeitszimmer und rief die Nummer in Yorkshire an. Während er auf das ferne Klingeln lauschte, überlegte er, wie um alles in der Welt man einem Freund eine solch entsetzliche Nachricht schonend beibringen sollte.

Er wunderte sich, wie müde er von der nächtlichen Anstrengung war. Muskeln, auf die er nie zuvor geachtet hatte, machten sich schmerzhaft bemerkbar. Seine Augen brannten noch immer, und die Haare auf seinen Armen waren versengt. Und seine Fingernägel waren trotz energischen Gebrauchs der Nagelbürste seit seiner Schulzeit noch nie so dreckig und abgebrochen gewesen wie jetzt.

Glücklicherweise nahm Charles ab, denn Harold hatte bereits geprobt, was er sagen würde, falls Dimity abgenommen hätte. Er hätte gebeten, Charles zu rufen. Das ist Männersache, dachte Harold, getreu seinen viktorianischen Prinzipien.

»Wie schön, von dir zu hören«, sagte der Pfarrer gleich. »Du bist aber früh auf den Beinen. Alles bei euch in Ordnung?«

»Leider nicht, Charles, ich habe schlechte Nachrichten für dich. Sitzt du gerade?«

»Wieso sollte ich sitzen?« war die verwunderte Reaktion.

»Weil du dich auf einen Schreck gefaßt machen mußt«, fuhr Harold unbeirrt fort. »Vergangene Nacht hat es einen bösen Unfall gegeben.«

»O nein! Ist jemand verletzt? Doch nicht etwa tot? Harold, nur das nicht!«

»Nichts dergleichen. Vielleicht ist Unfall nicht das richtige Wort. Also, bei euch hat es gebrannt, schlimm.«

Kurzes Schweigen.«

»Hallo!« rief Harold. »Bist du noch dran, Charles?«

»Ja, ja. Ich traue meinen Ohren nicht. Das Haus hat gebrannt? Wie schlimm?«

»Ich mag es dir gar nicht erzählen – aber es ist vollkommen abgebrannt. Nichts mehr zu reparieren, glaube ich, wie du selber feststellen wirst.«

»Das darf nicht wahr sein. Das darf einfach nicht wahr sein«, sagte der arme Pfarrer. »Wie ist das bloß möglich? Wir hatten alles ausgeschaltet, da bin ich mir ganz sicher, und wir haben seit Tagen kein Feuer im Kamin gemacht. Und wer ist wohl so schlecht, daß er ein Pfarrhaus anzündet?«

»Daran hat es mit Sicherheit nicht gelegen«, sagte Harold. »Ich möchte dir nur sagen, daß bei eurer Rückkehr unser Gästezimmer auf dich und Dimity wartet, und kannst du mir sagen, wie wir Verbindung mit Hilda und Edgar aufnehmen können?«

»Oje, oje«, jammerte Charles. »Ist das nicht schrecklich? Natürlich sollen sie heute ankommen, aber ich habe keine Ahnung, wie wir sie erreichen können. Sie wollten ihre Reise unterbrechen und ein, zwei Tage in den Midlands bleiben. Warte, sie wollten einen Vetter im Krankenhaus besuchen. In Coventry, hat Edgar, glaube ich, gesagt. Darüber hinaus weiß ich nichts, aber wir brechen sofort nach Hause –«

Dem Pfarrer brach die Stimme, und Harold hörte ihn ganz eindeutig schniefen, ehe er weiterredete.

»Wir sind im Laufe des Tages zurück, Harold, und ganz, ganz herzlichen Dank, daß ihr uns für heute nacht ein Dach über dem Kopf anbietet. Es ist einfach zu schrecklich. Ich muß es jetzt der lieben Dimity mitteilen, dann machen wir hier klar Schiff und brechen unverzüglich nach Thrush Green auf.«

»Wir freuen uns auf euch«, sagte Harold.

»Und«, sagte Charles jetzt gefaßter, »ich weiß es zu schätzen, daß du mir die Nachricht so schonend beigebracht hast. Das ist dir sicher nicht leichtgefallen. Du hast uns auf alles, was uns erwartet, sehr gut vorbereitet.«

Er legte auf, und Harold begab sich auf die Suche nach Isobel, um ihr zu berichten, wie gut der Pfarrer das Ganze aufgenommen hatte, und um einen weiteren Angriff auf seine Fingernägel zu starten.

Joan Young kam zu den Shoosmiths herüber, sowie Edward nach London gefahren war.

»Wie wäre es, wenn ich versuche, Hilda und Edgar aufzuspüren«, sagte sie. »Jedenfalls können sie bei uns unterkommen, bis sich einiges geklärt hat. Wenn wir nur wüßten, wo wir sie erwischen!«

»Ich hatte mir vorgenommen, alle Krankenhäuser in Coventry anzurufen und zu fragen, ob man dort Mr. und Mrs. Maddox erwartet«, sagte Harold.

»Hm, ja«, meinte Joan zweifelnd, »aber fragen Krankenhäuser auch nach den Namen der Besucher? So auf Verdacht einfach anrufen?«

»Vielleicht können sie eine Nachricht zur Station weitergeben und fragen, ob jemand dort Besuch erwartet. Wäre das möglich, was meinst du?«

»Hört sich sehr fraglich an«, sagte Joan, »aber ich geh nach Hause und versuch mein Glück.«

Die Stimme im ersten Krankenhaus klang barsch und ziemlich ungeduldig. Joan stellte sich die Besitzerin mit der Bettpfanne in der Hand vor, nach der dringend verlangt wurde.

Sie übermittelte ihre Botschaft.

»Ja, ja!« sagte die Stimme. »Aber den Namen des Patienten müssen Sie mir schon sagen, damit ich Ihnen dann wieder etwas ausrichten kann.«

Joan gestand, daß sie nicht wußte, wen die Maddox besuchten.

»In diesem Fall kann ich Ihnen nicht behilflich sein. Hier ist von zwei bis vier Besuchszeit. Ich könnte veranlassen, daß sie die Namen beim Empfang angeben, aber wir haben allein in diesem Gebäude zweihundert Betten, das wäre eine schöne Arbeit.«

Joan sagte, dafür hätte sie Verständnis, dankte ihr und legte auf. Es war klar, daß es ihr bei den anderen Krankenhäusern nicht besser ergehen würde. So lief es nicht, also suchte sie nach Molly Curdle, damit sie ihr beim Bettenbeziehen für die nichtsahnenden Maddox half, die jetzt vermutlich auf dem Weg nach Thrush Green waren und sich auf ein paar sorglose Tage im Pfarrhaus freuten, die Ärmsten.

Die meisten Einwohner von Thrush Green gingen ihren Tagesgeschäften an diesem Morgen im Schockzustand nach. Nur sehr wenige hatten durchgeschlafen, und die meisten hatten mitgeholfen, die Habseligkeiten der Henstocks zu retten, bis es dämmerte und die Feuerwehr abrückte.

Anscheinend hatten nur die Schulkinder ihre Freude an den Ruinen. Die kleine Miss Fogerty und Miss Watson waren für ihr gewohntes gekochtes Ei zum Frühstück viel zu aufgeregt gewesen und hatten Knäckebrot mit Marmelade geknabbert, nur um ihre Energie anzukurbeln, damit sie den Schultag durchstanden.

Dorothy hatte bei der morgendlichen Andacht eine kurze Ansprache gehalten und den Kindern gesagt, daß heute ungewöhnlich gutes Betragen gefordert sei, da viele Leute durch die schrecklichen Ereignisse der letzten Nacht sehr durcheinander wären.

Darauf hatte sie ein passendes Gebet gesprochen und um Trost für den Pfarrer und seine Frau gebetet und Gott für die tapferen Feuerwehrleute und Helfer gedankt und dafür, daß zum Glück kein Mensch zu Schaden gekommen war.

Agnes bewunderte Dorothy, weil sie so einfach ein Gebet aus dem Ärmel schütteln konnte, und führte ihre Kleinen über den Pausenhof, während sie noch immer über die mannigfaltigen Begabungen ihrer Schulleiterin nachdachte.

Der kleine Curdle machte als erster den Mund auf.

»Aber wieso hat der liebe Gott das Feuer zugelassen?« fragte er.

Dieses eine Mal fiel Agnes keine Antwort ein.

Wie es sich fügte, trafen Dimity und Charles als erste am Ort des Schreckens ein, da sie ohne anzuhalten von Yorkshire durchgefahren waren. Sie hatten sich beim Fahren von hastig gestrichenen Butterbroten ernährt und kamen den Hügel von Lulling hochgetuckert, als es von St. Andrew's drei schlug.

Niemand sah sie kommen, und dafür waren sie dankbar. Sie hielten am Rand des zerstampften und zerfurchten Rasens, auf dem noch immer Asche und Schlackestückchen von den nächtlichen Ereignissen herumlagen.

Dimity barg das Gesicht in den Händen, und ihre mageren Schultern bebten. Charles' Miene war steinern, während er alles betrachtete, ohne mit der Wimper zu zucken. Er legte den Arm um seine betrübte Frau, brachte aber kein Wort heraus. So saßen sie und schwiegen fünf furchtbare Minuten lang, so groß war ihr Schmerz.

Dann seufzte Charles, machte die Tür auf und betrat die

Trümmerstätte, die einmal das Pfarrhaus von Thrush Green gewesen war.

Er stocherte mit dem Fuß in der feuchten, schwarzen Asche herum. Da er weinte, verschwamm ihm alles vor den Augen, aber er bückte sich, denn er sah in dem Dreck Metall blitzen.

Als er es in die Hand nahm und hin- und herdrehte, erkannte er es. Die silberne Christusfigur, die auf dem Elfenbeinkreuz hinter seinem Schreibtisch gehangen hatte. Sie war von der Hitze verbogen und geschwärzt, aber Charles wußte auf der Stelle, worum es sich handelte. Er steckte sie in die Tasche und half Dimity über die niedrige, verrußte Mauer, denn das war alles, was von ihrer Küche übriggeblieben war.

Genau in diesem Augenblick trat Ella aus ihrem Cottage, und Harold und Isobel kamen aus ihrem Haus, um sie zu trösten, so weit das menschenmöglich war.

Als Edward an diesem Abend heimkehrte, fand er Hilda und Edgar sowie Dimity und Charles, die noch immer unter Schock standen, in seinem Wohnzimmer vor.

Wie gut, daß sich Joan nicht weiter bemüht hatte, die Maddox in den Krankenhäusern und Pflegeheimen von Coventry aufzuspüren, denn der Vetter war zufällig am Wochenende entlassen worden, und sie hatten ihn im eigenen Schlafzimmer besucht und ihn auf dem Wege der Genesung angetroffen.

Die alten Freunde hatten so viel zu bereden, daß es dunkel wurde, ehe die Maddox sich früh schlafen legten. Sie wollten am nächsten Tag nach dem Lunch heimfahren.

Joan und Edward brachten die Henstocks zu Harolds Haus und wünschten ihnen trotz allem eine gute Nacht und daß sie für ein paar Stunden Vergessen finden möchten.

Dann gingen die beiden an der stillen Schule und dem Pub vorbei, umrundeten die behäbige St.-Andrew's-Kirche und standen vor den Ruinen.

Der beißende Gestank, der fast den ganzen Tag über Thrush Green gegangen hatte, war hier fast unerträglich.

Joan musterte den Trümmerhaufen, das einstige Pfarrhaus, voller Mitgefühl und Abscheu.

Im schwindenden Tageslicht erhaschte sie einen Blick auf Edwards Gesicht.

»Edward!« sagte sie vorwurfsvoll. »Du freust dich ja! Wie kann man nur so herzlos sein!«

Edward rechtfertigte sich eiligst.

»Mein Schatz, Dreiviertel von mir trauert mit dem lieben, guten Charles und Dim, und das genau wie du. Aber der Rest – mein Architekten-Ich – ist erleichtert, daß dieses scheußliche Gemäuer nicht mehr steht, und das bereitet mir schlicht eine Art perverse Freude.«

Joan sah ihn angewidert an, dann mußte sie trotz allem lächeln.

Sie nahm seinen Arm, und sie kehrten dem Trümmerfeld den Rücken zu und gingen nach Hause.

»Ich kann mir vorstellen, daß du schon ein neues Haus planst, du Ungeheuer in Menschengestalt«, bemerkte sie.

»Wie kommst du bloß darauf?« fragte Edward.

8. Beim jungen Mr. Venables

So nahm es kaum Wunder, daß bei der ganzen Aufregung in Thrush Green die Ankunft der zeitweiligen Bewohner von Tullivers beinahe unterging.

Sie kamen in einem verbeulten Lieferwagen. Der junge Jack Thomas und seine Frau Mary besaßen anscheinend nur zwei Koffer, jedoch einen Haufen Pappkartons, die aussahen, als enthielten sie irgendeine elektrische Ausrüstung. Winnie Bailey, die sie ungeniert vom Schlafzimmerfenster aus beobachtete, sah verknäulte Kabel und Stecker und mutmaßte, sie könnten ihren eigenen Fernseher oder einen tragbaren Elektroofen mitgebracht haben.

Während sie noch zusah, kam ein lärmendes Motorrad angedonnert und parkte neben dem Lieferwagen. Zwei Gestalten in schwarzem Leder stiegen ab und setzten die Helme ab.

Beide schüttelten das lange, blonde Haar, doch Winnie meinte, bei einem von ihnen könne es sich womöglich um einen Mann handeln.

Alle vier verschwanden im Haus, und Winnie nahm sich vor, sie erst einmal eine Stunde lang in Ruhe zu lassen, ehe sie vorbeischaute und nachfragte, ob sie ihnen irgendwie behilflich sein könne. Jeremy hatte bald Schulschluß, er konnte sie nach dem Tee begleiten.

Der Junge freute sich, daß er die neuen Bewohner seines Hauses kennenlernen sollte.

»Was meinst du, ob sie wohl sauer sind, daß wir ein paar Schränke abgeschlossen haben? Ich meine, Mummy hat gesagt, meine Spielsachen wären besser aufgehoben, wenn ich sie in den Flurschrank packe, aber vielleicht brauchen sie den ja für Anziehsachen oder so?«

»Ich glaube, sie haben reichlich Schrankraum zur Verfügung«, versicherte Winnie in Gedanken daran, wie armselig ihr Reisegepäck ausgesehen hatte.

Sie hob den schweren Klopfer, den der alte Admiral Trigg vor langer, langer Zeit an der Haustür von Tullivers hatte anbringen lassen. Er wog mehrere Pfund und war wie ein Delphin geformt, ein passendes nautisches Symbol für einen alten Seemann. Die ganze Tür erzitterte, als der Klopfer wieder zurückfiel.

Jack Thomas öffnete und schenkte Winnie ein so strahlendes Lächeln, daß sie ihn sofort ins Herz schloß. Da sie seiner Frau Mary vorhin den Schlüssel übergeben hatte, war dies ihre erste Begegnung mit dem neuen Hausbewohner.

»Hallo, und du bist sicher Jeremy«, sagte Jack, »und Sie sind natürlich Mrs. Bailey. Bitte, kommen Sie doch herein.«

Sie gingen ins Wohnzimmer, in dem Winnie zu ihrer Überraschung feststellte, daß mehrere Stühle verschwunden und die verbleibenden Möbelstücke an die Wand geschoben waren. Mitten im Raum stand nichts außer den großen Pappkartons, die Winnie schon früher aufgefallen waren.

»Wo sind denn die Stühle?« fragte Jeremy.

»Ach, die haben wir ins Eßzimmer gestellt. Ich denke mal,

solange wir in Thrush Green sind, wohnen wir hier. Wir müssen nämlich Platz für die Ausrüstung haben.«

Er deutete in Richtung des Kabelwirrwarrs in den Kartons.

»Brauchen Sie irgend etwas?« fragte Winnie und kehrte auf festeren Boden zurück. »Brot, Milch, Eier? Haben Sie schon herausgefunden, wie Herd und Lampen funktionieren? Sagen Sie Bescheid, wenn ich helfen kann.«

»Das ist sehr nett von Ihnen«, sagte er mit einem neuerlichen Herzensbrecherlächeln. »Ich glaube, wir haben alles, was wir brauchen. Wir wollen heute nach Lulling zum Essen.«

»Der *Fuchsienbusch* und das *Vlies* sollen ganz anständig kochen«, meinte Winnie.

»Ach, wir holen uns Fish'n Chips«, sagte Jack. »Ist viel billiger und auch nicht so umständlich wie auswärts essen. Und kein Abwasch, wenn man sie gleich aus dem Papier ißt.«

»O wie wahr«, bestätigte Winnie.

»Soll ich die anderen holen?«

»Nein, nein, ich will nicht stören. Sicherlich haben sie alle genug mit Einrichten zu tun. Aber kommen Sie rüber, wenn Sie etwas brauchen. Ich bin meistens zu Hause. Hoffentlich gefällt es Ihnen bei uns«, setzte sie höflich hinzu und ging zur Tür.

»Warum können wir uns zum Abendessen nicht auch Fish 'n Chips holen?« sagte Jeremy betrübt, als sie heimgingen. »Aber sie müssen doch Teller abwaschen, ja? Sie essen doch nicht mit den Fingern aus Papier, ja? Sonst machen sie Fettfinger auf den Möbeln, ja?«

»O nein, das glaube ich nicht«, sagte Winnie unaufrichtig. Der gleiche Gedanke war ihr, offen gesagt, auch schon durch den Kopf geschossen.

Aber Fettfinger hin, Fettfinger her, dachte Winnie, als sie ihr eigenes, blitzblankes Haus betrat, so wie dieser Jack Thomas lächelt, sieht man ihm alles nach.

Die nächsten Tage waren für Charles und Dimity traurig und arbeitsam. Man hatte nur einen kläglichen Rest retten können, und mit jeder Stunde stellte sich ein weiterer Verlust heraus. Glücklicherweise besaßen sie noch die Kleidung, die sie für den Urlaub in Yorkshire gepackt hatten, und Harold und Isobel liehen ihnen das dringend Notwendige, aber sie mußten sich um unverständliche Versicherungsangelegenheiten und andere Dinge kümmern, und der arme Charles machte sich deswegen große Sorgen.

Harold erwies sich als ein Fels in der Brandung, aber da viele benötigte Dokumente und Unterlagen verbrannt waren und das Haus obendrein der Kirche gehörte, was alle möglichen rechtlichen und technischen Schwierigkeiten nach sich zog, überredete Harold Charles, seinen Freund Justin Venables aufzusuchen, der Rechtsanwalt in Lulling war.

Charles beschloß, zu Fuß hügelabwärts zum Büro von Twitter & Venables am anderen Ende der Stadt zu gehen. Er hatte einen Termin für vier Uhr, und die Maisonne schien herrlich warm, als er aufbrach und an der Schule vorbei den Dorfplatz überquerte.

Er wandte den Blick von dem leeren Fleck ab, wo sein geliebtes Pfarrhaus gestanden hatte. Zufällig waren zwei große Lastwagen auf dem Grundstück und wurden mit den restlichen Trümmern beladen. Wenn die beseitigt waren, gab es nur noch verbranntes Gras, um die Stelle zu kennzeichnen, wo sich das Heim des Pfarrers befunden hatte. Das Landeskirchenamt war nett und zeigte Mitgefühl. Man würde für ihn sorgen und ihm schnellstmöglich eine Bleibe verschaffen und ihn jederzeit über die Entscheidungen der Kirchenoberen auf dem laufenden halten.

Er war jedoch sehr verstört, als die Untersuchung der Feuerursache eindeutig ergab, daß ein defektes Elektrokabel im Wäscheschrank schuld war.

»Unten im Schrank war der Boiler«, sagte Charles. Hätte er den doch bloß ausgeschaltet, ehe er das Haus verließ. Das äußerte er auch Harold gegenüber.

»Dimity hat nämlich gesagt, wir müssen das warme Wasser anlassen, weil Betty Bells Kusine vom Lulling-Forst vor Edgars und Hildas Ankunft ein bißchen Frühjahrsputz machen wollte. Leider ist alles meine Schuld. Natürlich habe ich das auch sofort zu dem Mann gesagt, der wegen dieser Sache gekommen ist.«

»Das solltest du vergessen«, riet Harold. »Die Leitungen hätten schon vor Jahren erneuert werden müssen, und die Kirche ist wirklich fein raus, daß ihr nicht in euren Betten zu Asche verbrannt seid. Ihr habt doch zweipolige und dreipolige Stecker gehabt, und in deinem Arbeitszimmer Leitungen mit Bleiummantelung, in der Küche welche mit Gummi, und hinten in der Küche hat es mir ganz nach blanken Kupferleitungen ausgesehen.«

»Es ist ein ziemlicher Mischmasch«, bestätigte der Pfarrer. »War, meine ich. Im Laufe der Jahre hat man eben hier ein bißchen und da ein bißchen angebaut und das Material gebraucht, das gerade Mode war. Ich weiß noch, welchen Ärger wir hatten, als wir uns einen Kühlschrank zugelegt haben. Wenn wir die Tür aufmachten, war überall Kurzschluß. Und beim Wasserkessel hat immer die Warnlampe gebrannt, was mich in Angst und Schrecken versetzt hat, aber Dimity hat mir versichert, daß es eine Sicherheitsvorrichtung ist. Leider«, so schloß der Pfarrer betrübt, »verstehe ich überhaupt nichts von Elektrizität.«

»Um das System in deinem Haus zu durchschauen, hätte es schon einen Faraday gebraucht«, sagte Harold. »Du kannst dankbar sein, daß ihr nicht zu Hause wart, als es endgültig durchgeknallt ist.«

»Wohl eher durchgeschmort als durchgeknallt«, antwortete Charles. »Die Hitze hat nämlich das Papier angesengt, mit dem die Borde ausgelegt waren, das hat die Wäsche in Brand gesetzt, dann die Holzroste und dann die Dachsparren. Und als das Feuer erst einmal Luft bekam, hat es dann lichterloh gebrannt. Der Gedanke ist einfach zu schrecklich. Aber, wie du sagst, Harold, müssen wir Gott dankbar sein, daß niemand zu Schaden gekommen ist.«

Er versuchte, seiner Ängste Herr zu werden, als er hügelabwärts nach Lulling schritt. Die Stadt sah in ihrem Frühlingsschmuck so schön aus. Über die Gartenmauern aus Cotswold-Stein hingen leuchtende Teppiche aus hellila Aubretia und gelbem Steinkraut. Gänseblümchen tüpfelten die Rasenflächen, und die laue Luft duftete berauschend nach Hyazinthen und Narzissen.

Von den Linden, welche die High Street von Lulling säumten, wehten frische, grüne Blätter, und die uralte japanische Quitte, die das Haus der Misses Lovelock beschattete, stand bereits in scharlachroter Blüte. Der Eingang zum *Fuchsienbusch* war von zwei Kübeln mit prächtigen, rosa Tulpen flankiert, und in jedem Fenster zur Straße schien ein frischer Frühlingsstrauß zu stehen.

Dem Pfarrer ging es etwas besser, als er im Dahinschreiten all die Schönheit ringsum in sich aufnahm. Wie erwartet, wurde er von Freunden angehalten, die ihr Mitgefühl zum Ausdruck brachten und deren Anteilnahme ihm wohltat.

So betrat er fast unbeschwert die Rechtsanwaltspraxis, doch die Düsternis der Diele mit ihrem schrecklich dunkelrot gestrichenem Holz hatte eine ernüchternde Wirkung auf den Guten.

Eine mollige Dame mittleren Alters führte ihn in Justins Büro, das links von der Diele abging, und wo er freundlich begrüßt wurde.

»Bitte, nehmen Sie Platz, Padre«, sagte Justin. »Nicht auf dem da. Nehmen Sie diesen, der ist gepolstert.«

Er setzte sich auf einen schweren Polsterstuhl mit hoher Lehne im Stil Jakobs I., dessen Leder so alt und abgewetzt war, daß es wie Wildleder aussah. Charles stellte fest, daß er erstaunlich bequem war.

»Muriel, ich denke, wir könnten ein Täßchen Tee gebrauchen«, sagte Justin zu der molligen Dame.

»Ja, Sir«, sagte sie so unterwürfig, daß sich Charles nicht gewundert hätte, wenn sie auch noch tief geknickst oder zumindest eine Verbeugung gemacht hätte. In seiner Praxis war Justin offensichtlich der Feudalherr.

»Und nun erzählen Sie mir Ihre Sorgen«, begann Justin das Gespräch, als sich die Tür geschlossen hatte.

Charles erstattete einen bemerkenswert präzisen Bericht seiner Handlungen vor dem Brand und nach dem Brand und erläuterte seine Position als Mieter von Kircheneigentum.

Justin lauschte aufmerksam und legte dabei die Fingerspitzen aneinander. Er beobachtete seinen Klienten über den Rand der Halbbrille und dachte, wie selten und angenehm es doch war, einem grundehrlichen Menschen zu begegnen.

Ein diskretes Klopfen an der Tür kündigte den Auftritt von Muriel mit dem Teetablett an. Selbiges wurde andachtsvoll auf eine leere Stelle von Justins Schreibtisch abgesetzt.

Der gute Pfarrer wäre, wenn er sich deswegen überhaupt Gedanken gemacht hätte, mit einem Becher bereits eingeschenktem Tee und vielleicht einem Schälchen weißem Zukker und einem abgenutzten Teelöffel zufrieden gewesen. Das elegante Teegeschirr, das vor Justin stand, beeindruckte ihn zutiefst.

Auf dem Tablett befanden sich auf einem schneeweißen Leinendeckchen zwei zarte Porzellantassen. Ein Teewärmer aus besticktem Satin hielt eine silberne Teekanne warm, und in einer dazu passenden Schale lagen kleine Zuckerwürfel mitsamt einer silbernen Zuckerzange. Daneben waren köstliche Mürbeteigplätzchen angeordnet.

»Also!« rutschte es Charles erfreut heraus, »das hatte ich nun wirklich nicht erwartet! Und was für ein schöner Teewärmer!«

»Recht hübsch, nicht wahr?« meinte Justin und musterte das Ganze, als hätte er es eben erst wahrgenommen. »Den hat eins der Mädchen aus dem Büro zu Weihnachten angefertigt. Und das Deckchen, glaube ich, auch. Ist anscheinend sehr geschickt in Handarbeit. Ein Scheibchen Zitrone, Charles?«

»Milch, bitte. Reicht Ihre Zeit denn immer für Tee? Hoffentlich haben Sie sich die ganzen Umstände nicht meinetwegen gemacht.«

»Von vier bis halb fünf ist Teepause«, sagte Justin bestimmt. »Um diese Zeit empfange ich im Büro nur gute Freunde, und die lade ich gern zum Tee ein. Probieren Sie doch das Mürbegebäck. Das backt Muriel einmal die Woche für mich.«

Der Pfarrer fand, daß Justin seine Geschäfte sehr kultiviert betrieb. Zweifellos schaffte er auf diese lockere Art und Weise genausoviel Arbeit wie viele der biereifrigen, jungen Männer, die von einem Termin zum anderen hetzten.

»Selbstverständlich haben wir immer bis sechs Uhr geöffnet«, sagte Justin und tauchte seine Zitronenscheibe vorsichtig mit dem Teelöffel unter. »Viele unserer Klienten wissen zu schätzen, daß sie nach Arbeitsschluß vorbeikommen können. Gegen Ende des Tages braucht man schon eine Tasse Tee zur Aufmunterung.«

»Sehr vernünftig«, bestätigte Charles und wischte sich die Mürbeteigkrümel so unauffällig wie möglich vom grauen, geistlichen Gewand.

Beim Tee beschäftigte sich Justin mit den Sorgen des Pfarrers und versicherte ihm, daß sich alles zufriedenstellend mit den Versichungsleuten, dem Landeskirchenamt und allen anderen, die mit dieser betrüblichen Angelegenheit befaßt waren, regeln ließe.

Es war genau achtundzwanzig Minuten nach vier, als er aufstand und seinen alten Freund mit einem Händedruck verabschiedete.

»Übrigens«, sagte er auf dem Weg zur Tür, »ich gehe zum Jahresende in den Ruhestand.«

»Sie doch nicht!« entfuhr es Charles. »Ja, wissen Sie denn nicht, daß Sie überall der ›junge Mr. Venables‹ genannt werden! Wer übernimmt die Praxis?«

»Der junge Mr. Venables wird in diesem Jahr siebzig«, sagte Justin mit einem Lächeln, »und die Jünglinge hier gehen auf die Vierzig und Fünfzig zu. Sie können mir glauben, ich habe jede Menge tüchtige Jungs, die Twitter & Venables weiterführen können.«

»Ich fasse es nicht«, bekannte Charles. »Natürlich erzähle ich es niemandem, bis Sie es mir gestatten.«

»Ich gestatte es schon jetzt, alter Knabe. Es ist kein Geheimnis. Und jetzt will ich Sie nicht länger aufhalten.«

Er öffnete die Bürotür und begleitete Charles hinaus in den Sonnenschein.

Der Pfarrer ging nachdenklich nach Hause. Ihm wollte Justins Entschluß, sich zur Ruhe zu setzen, nicht aus dem Kopf gehen. In diesem Jahr siebzig, hat er gesagt. Na ja, vielleicht hat er Recht, wenn er das etwas düstere Büro aufgibt und, wenn die Sonne scheint, endlich Angeln und Golf genießt. Justin hat dieser Kleinstadt mit Sicherheit gute Dienste geleistet, genau wie vor ihm schon sein Vater. Zweifellos können seine überreifen Jungs die Arbeit gut fortführen, aber seine alten Klienten werden enttäuscht sein.

Ein Auto hielt an der Bordkante, als Charles gerade das Haus der Misses Lovelock erreicht hatte. Am Steuer saß der Pfarrer von Lulling, Anthony Bull, und die warme Brise wehte seine sonore Stimme heran.

»Steig ein, Charles, wenn du nach Haus möchtest. Ich will nach Nidden.«

Charles hatte sich schon auf den Heimweg im Frühlingssonnenschein gefreut gehabt, aber es wäre ungezogen gewesen, wenn er dieses Angebot abgelehnt hätte, und außerdem war er gern mit Anthony Bull zusammen.

Der war ein hochgewachsener, gut aussehender Mann mit einem schönen Kopf und ausdrucksvollen Händen. Als Junggeselle hatte er alle Mädchenherzen zum Flattern gebracht, und obwohl er glücklich mit einer reichen Frau verheiratet war, floß auch jetzt noch von seinen ihn vergötternden Gemeindemitgliedern ein stetiger Strom bestickter Hausschuhe, selbstgestrickter Socken und nützlicher Kladden, die mit den Weihnachtskarten des vorangegangenen Jahres verziert waren, ins Pfarrhaus.

»Wir sind erst gestern nach ein paar Tagen Devon nach Hause gekommen«, sagte der Pfarrer, »und waren entsetzt, als wir das mit deinem Haus gehört haben. Du wohnst augenblicklich wohl bei Harold, aber wenn ihr zu uns ziehen möchtet, Charles, unser Pfarrhaus bietet reichlich Platz, und wir würden uns wirklich freuen, wenn wir euch unterbringen dürften.«

Charles bedankte sich herzlich. Das Pfarrhaus war ein elegantes Queen-Anne-Haus, um das sich ausgedehnte Rasenflächen erstreckten. Es war allgemein bekannt, daß Mrs. Bulls Reichtum noch zu seiner Behaglichkeit beitrug. Sie hatte das alte Haus weiter verschönert, und Charles konnte sich keine hübschere Unterkunft vorstellen, falls er eine brauchte. Er bemühte sich, dem großzügigen Pfarrer seinen Gedanken zu vermitteln.

»Du hast wohl auch schon etwas läuten hören«, sagte Anthony Bull, »über die Neuorganisation der Pfarrbezirke in der Gegend hier? Wie es aussieht, will man uns dünner verteilen. Noch steht nichts fest, aber ich wäre nicht überrascht, wenn wir über kurz oder lang Bäumchen-wechsel-dich spielen.«

»Ach«, sagte Charles, »von dem Spiel ist seit meiner Kinderzeit nicht mehr gesprochen worden! Übrigens von Hänschen-sag-mal-Piep und Der-Plumpssack-geht-rum auch nicht. Ob diese Partyspiele noch immer gespielt werden?«

»Schön wär's«, antwortete der Pfarrer von Lulling und hielt vor Harolds Haus in Thrush Green, »aber bedauerlicherweise sind die Spiele heute raffinierter, wenn auch vielleicht weniger unschuldig.«

In diesem Augenblick sah Charles Dotty Harmer aus Ellas Haus treten, die Milchkanne in der einen, Flossies Leine in der anderen Hand. Der fühlte er sich nicht gewachsen, auch wenn er sie noch so bewunderte und achtete.

Hastig stieg er aus dem Auto.

»Noch einmal vielen Dank, Anthony, fürs Mitnehmen und für dein so liebes Angebot, uns zu helfen.«

Der Pfarrer winkte und fuhr nach Nidden weiter. Was für ein schönes, glänzendes Auto, dachte Charles ohne den geringsten Anflug von Neid. Es gehörte sich, daß ein so schöner Mensch wie der liebe Anthony stilvoll reiste und in einem solch prächtigen Haus lebte.

Er öffnete Harolds Gartenpforte und betrat dankbaren Herzens seine eigene, vorübergehende Unterkunft.

9. Ärger mit Tullivers

Die Einwohner von Thrush Green bemerkten schon bald, daß der junge Jack Thomas Tullivers jeden Morgen um acht Uhr verließ. Der schäbige Lieferwagen fuhr nach Norden in Richtung Woodstock und von dort, so wurde gemutmaßt, zu dem Maklerbüro, in dem er angestellt war.

Seine Frau Mary und die anderen beiden Bewohner ließen sich erst viel später blicken. Kritische Hausfrauen beklagten die Tatsache, daß Mary nur einmal beim Ausschütteln der Matten gesehen wurde, und das um halb zwölf vormittags. Was das namenlose Pärchen mit dem Motorrad anging, so machten sie sich die meiste Zeit über unsichtbar, obwohl Ella zu berichten wußte, sie eines Morgens beim Kaffee im *Fuchsienbusch* und später ihr Motorrad vor der Arbeitsvermittlung in der High Street gesichtet zu haben. Die guten Leute fragten sich, ob sie etwa vorhatten, sich in der Gegend niederzulassen?

Ungefähr eine Woche nach dem Brand in einer sternklaren Nacht zwischen elf und zwölf zerfetzten rauhe Popmusik und dröhnende Bässe den Frieden von Thrush Green. Gelegentlich unterbrach ohrenbetäubendes Gekreisch den Rhythmus, und über dem Krach war das Gejaule einer nasalen Stimme zu hören, die einer Frau oder einer Todesfee gehören mochte.

Unten in Tullivers brannte um die Zeit noch Licht, und der Lärm kam eindeutig aus diesem Haus. Ein paar hundert Meter weiter wurde Ella Bembridge von dem Rabatz geweckt, desgleichen Isobel und Harold Shoosmith, die in etwa gleicher Entfernung wohnten.

»Was zum Teufel ist da los?« knurrte Harold und beugte sich aus dem Schlafzimmerfenster. »Gedankenlose Rüpel! Sie wecken glatt alles bei den Youngs auf, und ich könnte mir vorstellen, daß es den armen, guten Robert Bassett bei dieser Lautstärke glatt aus dem Bett bläst.«

Robert Bassett und seine Frauen waren die betagten Eltern von Joan Young. Edward hatte die Stallungen in ihrem Garten zu einem Haus für sie umgebaut, und das lag Tullivers am nächsten. Robert war sehr krank gewesen, daher war es ganz natürlich, daß sich Harold zunächst um den alten Freund sorgte, der dem entsetzlichen Krach am meisten ausgesetzt war.

»Ich rufe sie an«, beschloß Harold. Isobel hörte ihn nach unten zum Telefon tapsen.

Sie mußte lange warten, bis er zurückkam.

»Die machen einen solchen Krach, daß sie nicht einmal das Telefon hören«, erregte er sich. »Am liebsten würde ich die Polizei anrufen.«

»Warte noch ein bißchen«, bat seine Frau. »Der Tumult wird nur noch größer, wenn du die Polizei rufst. Vielleicht hören sie ja bald auf.«

»Was ich bezweifeln möchte«, sagte Harold düster, aber er machte das Fenster zu und ging wieder zu Bett.

Er war nicht der einzige, der Tullivers anrief. Edward Young, der sich wegen seines Schwiegervaters furchtbar aufregte, kam auch nicht durch, und da er gerade aus der Badewanne gestiegen war, hatte er keine Lust, nach nebenan zu traben und persönlich zu protestieren.

Joan war zu ihren Eltern gelaufen und hatte sie recht vergnügt im Bett angetroffen. Sie hatten sich gottergeben Oropax in die Ohren gestopft, das sie auf Reisen immer bei sich hatten, und schienen sich weniger aufzuregen als ihre Kinder.

Winnie Bailey hatte sich damit begnügt, nach der schlafenden Jenny zu sehen und sich ihre Beschwerde für den nächsten Morgen aufzuheben. Gegen halb zwei hörte die Kakophonie auf. In Tullivers gingen die Lichter aus. Die Bewohner von Thrush Green atmeten erleichtert auf, schworen Rache zu einer christlicheren Zeit und schliefen dankbaren Herzens ein.

Nur Winnie Baileys Jenny konnte nicht einschlafen und dachte ernstlich über den geographischen Vorteil von Percy Hodges Bauernhaus nach, falls er sie jemals auffordern sollte, dort zu wohnen. Es konnte kein Zweifel daran bestehen, daß Percy eine zweite Frau suchte und sie deswegen mit Aufmerksamkeiten überschüttete.

Jenny war zunächst im Waisenhaus aufgewachsen und war später eine tüchtige Arbeitshilfe – wenn auch eine dankbare – für zwei alte Leutchen gewesen, die sie aufgenommen hatten. Daher rührte sie Percys Verehrung denn doch. Aber, wollte sie überhaupt heiraten?

Sie konnte sich kein größeres Glück wünschen, als bei der netten Winnie Bailey in Thrush Green zu leben. Noch nie hatte sie so luxuriös gewohnt: Eine eigene kleine Wohnung mit Blick auf den Dorfplatz. Winnie als Gefährtin war ihr doppelt teuer, weil sie noch nie einen so herzlichen und großmütigen Menschen kennengelernt hatte. Und wie gut sie während ihrer kürzlichen Krankheit zu ihr gewesen war! Und auch das Haus, das sie zusammen bewohnten, liebte sie. Es war ein Genuß, die schönen, alten Möbel zu polieren, die Küche in Ordnung zu bringen, die Fenster, das Silber, das Messing zu putzen. Der Gedanke, Winnie und das schöne, alte Haus zu verlassen, das sie teilten, war unerträglich.

Und trotzdem – der arme Percy! Wie ihm seine Gertie fehlte, und er war auch immer noch recht gut beisammen. Wenn sie sich zusammentaten, würde er gut für sie sorgen, und er brauchte sie vielleicht dringender als Winnie, oder? Jennys weiches Herz war gerührt bei dem Gedanken an die Knöpfe, die an seinem Jackett fehlten und an den abgewetzten Kragen, der umgenäht werden mußte. Was für ein Problem!

Von St. Andrew's schlug es vier, und Jenny seufzte. Das beste war, sie ließ die Sache erst einmal ruhen! Wenn sie nicht ein paar Stunden Schlaf bekam, war sie zu nichts fähig, und morgen wollte sie sich die Speisekammer vornehmen.

Sie zog die Bettdecke hoch, schüttelte ihr Federkissen auf und war binnen fünf Minuten eingeschlafen.

Harold Shoosmith rief Tullivers am nächsten Morgen um halb acht an und beschwerte sich bei dem jungen Jack Thomas, ehe der zur Arbeit fuhr. Der junge Mann entschuldigte sich so wortreich, wie man es von einem Menschen um diese

Zeit erwarten konnte, der erst halb angezogen war und noch frühstücken wollte. Es würde nicht wieder vorkommen. Sie würden nachsehen, ob auch alle Fenster geschlossen waren, und bei künftigen Proben würden sie auf die Lautstärke achten.

Ehe Harold Zeit hatte, der Sache weiter nachzugehen, wurde aufgelegt. Andere Leute aus Thrush Green, die später anriefen, bekamen keine so höfliche Antwort wie Harold.

Winnie Bailey beschloß, höchstpersönlich gegen Abend vorbeizuschauen, wenn der junge Jack Thomas vermutlich daheim war und nach der Tagesarbeit zu Abend gegessen hatte.

Sie traf ihn in der Küche mit Mary an. Da das Motorrad nicht neben der Haustür an seinem gewohnten Stellplatz stand, mutmaßte sie, daß das andere Pärchen nicht zu Hause war.

Die beiden Thomas' sahen sehr müde und jung aus, und Winnie überlegte bereits, ob ihre Beschwerde unfreundlich wäre. Aber bei dem Gedanken an eine weitere gestörte Nachtruhe, die Beunruhigung ihres Schützlings Jeremy und all der anderen Nachbarn ringsum verbat sie sich jegliches Mitleid.

Sie hörten sich ihre Beschwerde irgendwie teilnahmslos an. Sogar Jacks sonst so strahlendes Lächeln wirkte etwas matt, und er fuhr sich mit der Hand übers Haar, als wäre er benommen. Und das mit Recht, dachte Winnie bissig, nachdem er so spät ins Bett gekommen ist!

»Die Sache liegt so«, sagte er, als Winnie fertig war, »Bill und Lottie haben augenblicklich eine Pechsträhne, und da haben wir ihnen eine Bleibe angeboten, solange wir hier wohnen. Früher war ich Bandleader und Lottie unsere Sängerin. Bill sitzt am Schlagzeug – nein, an der Kesselpauke. Dazu noch Zimbeln, Triangel, das ganze Zeugs.«

»Aber kann er nicht von Ihnen übernehmen? Ich meine, Sie haben doch eine Stelle, die Sie sicherlich ziemlich fordert. Ich könnte mir denken, daß Sie, genau wie wir alle, ihren Schlaf brauchen.«

»Also, der Job bringt nicht gerade viel Knete.«

»Knete?«

»Mäuse. Geld«, übersetzte Mary. »Wenn wir ab und zu ein Engagement kriegen, würde es uns allen vieren helfen.«

»Das sehe ich natürlich ein«, sagte Winnie, »und ich bin sehr dafür, daß man Geld dazuverdient, wenn es möglich ist. Aber nicht auf Kosten des Wohlergehens Ihrer Nachbarn.«

»Wir müssen doch üben«, sagte Mary. »Niemand engagiert uns, es sei denn, wir sind Profis.«

»Wir haben ehrlich keine Ahnung gehabt, daß wir so laut waren«, wehrte sich Jack. »Ich verspreche auch, daß wir uns in Zukunft besser vorsehen. Aber ich kann nicht versprechen, daß wir ganz aufhören. Wir brauchen das Geld, und Bill und Lottie sind noch knapper bei Kasse als wir. Ich habe wenigstens noch ein festes Gehalt. Sie sind blank.«

»Für das, was sie haben möchten, scheinen sie Geld zu haben«, sagte Mary an ihren Mann gerichtet. Das hörte sich sehr verbittert an, und Winnie argwöhnte, daß zumindest sie drei Kreuze hinter ihren jungen Mitbewohnern machen würde.

»Mehr wollte ich auch nicht sagen«, sagte Winnie und stand auf, »aber ich möchte Sie bitten, Thrush Green weitere Nächte wie die letzte zu ersparen. Nach zehn Uhr abends herrscht hier für gewöhnlich Ruhe und Frieden.«

Die vier jungen Leute in Tullivers waren bei ihren Nachbarn unten durch. Abgesehen von denen, die ihre Beschwerde direkt vorgebracht hatten, gab es noch eine Menge, die sich austauschten, wie gestört sie sich fühlten und wie verwerflich solch rücksichtsloses Benehmen doch war.

»Aber so ist das eben«, sagte Ella zu Dotty, während sie sich eine Kanne Kaffee teilten. »Diese jungen Hupfer heutzutage machen genau das, was sie wollen. Keine Achtung vor der älteren Generation. Keine Disziplin, wie wir sie noch gelernt haben.«

»Ich für meinen Teil habe genug gehabt«, gestand Dotty. »Wie du weißt, war Vater etwas streng mit seiner Familie.«

Ella dachte bei sich, dieser milde Tadel ist die Untertreibung des Jahres. Bei den Geschichten über die Bestrafung von aufsässigen Schülern und der eigenen Kinder durch den alten Mr. Harmer konnte einem das Blut in den Adern gefrieren. Die Jungen der Familie hatten das Weite gesucht, sowie sie alt genug waren. Nur Dotty hatte ausgeharrt und sich um ihren alten, verwitweten Vater gekümmert, und dem Dorfklatsch zufolge hatte der ihr das Leben zur Hölle gemacht.

»Zu unserem Glück bleiben sie nicht viel länger«, sagte Dotty jetzt zufrieden.

Ähnlich äußerte sich auch Miss Watson gegenüber ihrer zweiten Lehrerin.

»Eine vorübergehende Belästigung«, bemerkte sie dazu. »Mr. Shoosmith und Mrs. Bailey sollen sich beide am nächsten Morgen beschwert haben, also mache ich mir nicht die Mühe, ihnen zu sagen, was wir von solch einem Benehmen halten. Aber wenn es noch einmal vorkommt –« Hier hielt Dorothy inne und setzte solch eine Schulmeisterinnenmiene auf, daß sogar die kleine Miss Fogerty bei dem Gedanken erschauerte, jemand in Tullivers könne sich noch einmal versündigen.

Mr. Jones in den *Zwei Fasanen* meinte, daß die Leutchen in Tullivers aus den Slums eines modernen Sodom und Gomorrah stammen müßten, wenn sie sich so aufführten, und er wüßte nicht, was die Hursts bei ihrer Rückkehr vorfinden – oder nicht mehr finden würden. Und für seinen Teil, so fügte er hinzu, könnten sie gar nicht schnell genug kommen, und dem stimmten seine Zuhörer im Lokal einhellig zu.

Albert Piggott, der sich an einem kleinen Bier festhielt, lieferte einen sehr farbigen Bericht von dem Rabatz, der ihn aufgeweckt hatte, und schilderte dann des weiteren in unappetitlichen Details, was er alles unternommen hatte, um seinen Magen mitten in der Nacht zu besänftigen.

Ein Zuhörer war empfindsamer als die übrigen und wechselte hastig das Thema zur bevorstehenden Pensionierung des jungen Mr. Venables, und der neue Gesprächsstoff beschäftigte Mr. Jones' Kundschaft bis zur Polizeistunde.

»Ohne ihn wird alles ganz anders«, versicherte Percy

Hodge. »Der konnte vielleicht vor Gericht auftreten. Wißt ihr noch, wie er unsere olle Dotty rausgepaukt hat, als sie einen Cooke überfahren hatte.«

»Miss Harmer«, so tadelte ihn der Wirt, »war es nicht. Darum.«

»Kann sein, kann auch nicht sein«, gab Percy zurück und fuhr unbeirrt fort. »Der springende Punkt ist, daß der junge Mr. Venables Lulling fehlen wird. Wie der für mich eingetreten ist, als meine Kühe ausgerückt waren und irgendso'n Dämlack mitten unter ihnen vom Motorrad geplumpst ist. Zum Glück hat er keiner was getan.«

»Und was war mit dem Dämlack?« fragte ein Unbekannter aus Nidden.

»Ach, der hat sich, glaube ich, einen Oberschenkel gebrochen und sich was am Rückgrat getan«, sagte Percy etwas unbestimmt. »Nichts Schlimmes. Den haben sie ins Krankenhaus gebracht, wo sie ihn wieder zusammengeflickt haben. Aber meine armen Kühe sind noch tagelang durcheinander gewesen.«

Der Pfarrer von Thrush Green war den Neuankömmlingen wohlgesonnen. Wenn man Harold Shoosmith gefragt hätte, er hätte gesagt, daß Charles Henstock allen Menschen wohlgesonnen war, und das machte ihn zu dem einzigartigen und fast heiligen Menschen, der er war.

Zufällig hatte der nächtliche Krawall ihn und Dimity überhaupt nicht gestört. Sie hatten beide den Schlaf der völlig Erschöpften geschlafen und nach ihrer eigenen Tragödie ein paar gute Nächte gehabt.

Und so machte der Pfarrer gut gelaunt seinen ersten seelsorgerlichen Besuch in Tullivers. Als er über den federnden Rasen schritt, gestand er sich etwas beschämt ein, daß sein Besuch reichlich spät kam, aber im Zusammenhang mit dem Brand waren so viele Dinge zu regeln gewesen, daß er wenig Zeit für seine Pflichten gefunden hatte.

Während er den Dorfplatz überquerte, bewunderte er die Krähen, die nach Norden um die hohen Bäume kreisten. Vielleicht »zogen sie ja das Wasser hoch«, wie die alten Leute auf dem Land behaupteten, und dann würde es nach diesem stillen und sonnigen Abend in der Nacht regnen.

Er bemühte sich, den Blick von der leeren Stelle abzuwenden, wo einst sein Haus gestanden hatte. Er ertrug den Anblick der Lücke nicht. Würde die Kirche ihm dort ein neues Haus hinsetzen? Grund und Boden gehörten natürlich ihr. Oder würde man das Grundstück möglicherweise verkaufen und für ihn ein anderes Haus suchen?

Es beunruhigte ihn, daß er nicht wußte, was da gespielt wurde. Harold und Isobel waren die Nettigkeit in Person, doch er und Dimity konnten nicht ewig bei ihnen wohnen. Daher wollten sie morgen die nette, alte Mrs. Jenner an der Straße nach Nidden besuchen. Sie soll eine Wohnung zu vermieten haben. Die lag günstig für Kirche und Gemeinde, und er war überzeugt, daß man ihm diese zeitweilige Bleibe genehmigen würde.

Inzwischen stand er vor der Haustür von Tullivers, und selbst einem schlechteren Beobachter als dem Pfarrer mußte auffallen, daß der mächtige Delphin-Türklopfer aus Messing des alten Admirals Trigg angelaufen war, als wäre er wochenlang nicht poliert worden.

Jack Thomas öffnete die Tür und blickte ein wenig erschrocken, als er den Priesterkragen bemerkte.

»Oh, bitte treten Sie doch herein«, sagte er und fand eilig seine guten Manieren wieder. »Mr. Hendrick, nicht wahr?«

»Henstock. Charles Henstock«, erwiderte der Pfarrer. »Und ich muß mich entschuldigen, daß ich erst so spät zu Ihnen komme, aber Sie wissen sicherlich, daß wir letztens ein wenig Ärger gehabt haben.«

»Davon haben wir gehört. So ein Pech aber auch. Haben Sie viel verloren?«

Er öffnete die Tür zum Wohnzimmer und bat den Besucher hinein. Charles fragte sich natürlich, wo die chintzbezogenen Sessel und das Sofa geblieben waren, mit denen der Raum sonst möbliert war. Jetzt standen längs der Wand nur drei, vier Eßzimmerstühle mit gerader Lehne, während sich ein Wirrwarr von Kabeln, ein Mikrophon und verschiedene Instrumente auf dem Teppich breitmachten.

Charles hockte sich auf einen der Stühle, zu denen man ihn hinwies. Jack Thomas drehte einen anderen um, setzte sich ihm gegenüber und verschränkte die Arme auf der Lehne. Charles verspürte eine aufsteigende Panik, so als sollte er ins Kreuzverhör genommen werden. Er riß sich zusammen.

»Meine Frau läßt fragen, ob wir Ihnen irgendwie behilflich sein können, solange Sie hier noch wohnen«, begann er.

»Das ist so, Mrs. Bailey ist sehr – hm, wie eine Mutter zu uns gewesen und hat uns ziemlich geholfen.«

»O ja, davon bin ich überzeugt! Wir wohnen augenblicklich bei den Shoosmiths. Ist für die Kirche günstig gelegen.«

Pause.

»Möglicherweise sind Sie regelmäßige Kirchenbesucher?« fuhr er vorsichtig fort. Im Haus roch es so eigenartig. Ob das Kräuter waren, die man zum Kochen verwendete? Ziemlich beunruhigend das Ganze.

»Möchten Sie die anderen auch kennenlernen?« fragte Jack abrupt. »Sie sind gerade etwas zu, aber ich könnte sie holen.«

»O nein, bitte nicht!« erwiderte der Pfarrer. Sie waren zu? Was für ein sonderbarer Ausdruck! »Aber würden Sie ihnen bitte ausrichten, daß ich vorbeigeschaut habe und hoffe, daß sie zum Gottesdienst kommen. Ich habe mir erlaubt, Ihnen die Liste mit den Terminen mitzubringen.«

Er legte ein Stück Papier auf den kleinen Tisch neben sich. Auf der schimmernden Oberfläche waren Wasserränder, und Charles war besorgt, als er sah, daß sich die Ecke seiner Liste feucht-dunkel färbte.

»Vielen Dank«, sagte Jack und bedachte den Pfarrer mit jenem Lächeln, mit dem er schon Winnie Bailey geblendet hatte. »Wie das mit Bill und Lottie ist, weiß ich nicht, aber Mary und ich sind früher zur Kirche gegangen. Wir sind nämlich beide getauft, und während der Schulzeit bin ich auch konfirmiert worden, in derselben Woche, in der man mich gegen Windpocken geimpft hat.«

Ehrlich, dachte der Pfarrer im Aufstehen, er redet, als ob er innerhalb von ein paar Tagen gleich doppelt rückversichert worden wäre!

Er erwiderte das Lächeln jedoch. Der junge Mann wirkte irgendwie frisch und anziehend, und er war bemerkenswert ehrlich wegen seines lauen Christentums.

»Bitte, grüßen Sie Ihre Frau und Ihre Freunde«, sagte der Pfarrer im Hinausgehen, »und hoffentlich sehen wir Sie alle demnächst.«

Jack begleitete ihn zur Gartenpforte, blickte sich um und atmete tief durch.

»Wir sind übrigens gern in Thrush Green«, gestand er dem Pfarrer. »Es ist ein wirklich herrlicher Wohnort.«

»Das finden wir auch«, antwortete Charles schlicht und gestattete seinen Augen, zu der verwüsteten Stelle zu wandern, auf der einmal sein Heim gestanden hatte.

Zum ersten Mal seit diesem gräßlichen Ereignis konnte er sie ansehen, ohne daß es schlimm schmerzte. Heilte die Zeit wirklich alle Wunden? Oder gewöhnte er sich einfach an die betrübliche Lücke in der Häuserreihe? Oder kam es daher, daß er wußte, eines Tages würde wieder ein Haus stehen, wo seines in sich zusammengefallen war.

Wie auch immer, der Pfarrer war dankbar für dieses kleine Geschenk und eilte leichteren Herzens zu den Shoosmiths zurück.

In Thrush Green atmete man auf, denn der wüste Lärm aus Tullivers wiederholte sich nicht. Natürlich wurde weiter geprobt, doch Jack Thomas hielt Wort. Die Fenster blieben geschlossen, und gegen Mitternacht ging das Licht aus – noch immer spät genug für Nachbarn, die mit den Hühnern ins Bett gingen, aber mit Sicherheit eine Verbesserung gegenüber dem Rabatz, der in der ersten Nacht bis in die Puppen gedauert hatte.

Gelegentlich wurde die musikalische Ausrüstung in den Lieferwagen geschafft, wenn Jack von der Arbeit im Maklerbüro zurückkam, und dann waren alle den ganzen Abend lang verschwunden. Vermutlich hatten sie ein Engagement, und in den *Zwei Fasanen* wurde herumgerätselt, wieviel man ihnen dafür zahlte.

»Ich würd eher dafür zahlen, daß ich gehen kann, wenn dieses Frauenzimmer, diese Lottie, loskreischt«, äußerte einer.

»Andere mögen so 'nen Rabatz«, sagte sein Nachbar. »Meine beiden Kinder sehen sich das andauernd im Fernsehen an.«

»Schön blöd, wenn du sie läßt.«

»Die kriegen alle zusammen doch nicht mehr als zwanzig Pfund«, mutmaßte ein anderer. »Das durch vier, damit kommt man nicht weit, oder?«

»Der Wirt vom *Stern* in Lulling-Forst soll denen für einen Abend zehn Pfund pro Nase gegeben haben.«

»Dann gehört er in die Klapsmühle«, beschied Mr. Jones und wechselte das Thema.

Aber die Einstellung zu den jungen Leuten hatte sich geändert, seitdem sie sich besser benahmen. Bill und Lottie ließen sich selten blicken, aber Mary und Jack sah man auf dem Dorfplatz und in den einheimischen Geschäften, und sie waren auch viel zugänglicher geworden.

Winnie Bailey, die wußte, daß die junge Frau schwanger war, lud sie eines Morgens auf eine Tasse Kaffee ein und erneuerte ihr Angebot, ihr zu helfen. Sie hatte die dunkle Ahnung, daß Mary die meiste Hausarbeit machte und auch den Einkauf und die Kocherei. Und sie argwöhnte, daß die junge Frau etwas gegen das andere Pärchen hatte. Ganz offensichtlich trugen sie nicht ihren Teil zur Hausarbeit bei, und die junge Frau wirkte abgespannt, was ihr angesichts ihrer fortschreitenden Schwangerschaft auch zustand.

Winnie fragte, wie es mit Jacks Wohnungssuche stünde, und da ging Mary zum ersten Mal aus sich heraus.

»In der Nähe des Büros wird ein kleines Haus angeboten – ein Reihenhaus, das Endhaus, und in einem Monat können wir wohl einziehen. Das heißt, wir müssen, wenn die Hursts zurückkommen, noch ein paar Tage ins Hotel, aber das macht nichts.«

»Und Bill und Lottie?«

»Wenn wir Glück haben, haben sie in ein, zwei Wochen

selber was gefunden. Obwohl sie sich nicht gerade die Beine ausreißen«, setzte sie hinzu.

»Können sie nicht zu ihren Eltern ziehen?«

»Können sie, aber sie wollen nicht. Als erstes brauchen sie Arbeit. Sie sind dauernd abgebrannt. Na ja, wer ist das nicht? Ich bin jedesmal ganz erschlagen, wieviel Geld wir in einer Woche ausgeben. Hoffentlich klappt das besser, wenn wir erst mal unser eigenes Haus haben. Wenigstens können uns Bill und Lottie dann nicht ewig anpumpen.«

»Das macht sicher alles einfacher«, meinte Winnie diplomatisch und schenkte ihrem Gast nach. »Nichts ist so aufregend wie das erste Heim.«

Sie blickte sich in dem vertrauten Wohnzimmer um, das die persönlichen Schätze aus vielen Jahren enthielt.

»Das hier ist mein erstes Heim gewesen«, erzählte sie der jungen Frau, »und hoffentlich auch mein letztes.«

»Wenn ich nur halb soviel Glück habe«, sagte Mary, »will ich ganz zufrieden sein.«

10. Ein goldener Mai

Mrs. Jenner, die eine Meile von Thrush Green entfernt ein geräumiges Bauernhaus an der Straße nach Nidden besaß, war eine Kusine von Percy Hodge.

Wie Dotty Harmer, ihre Altersgenossin, war auch sie die einzige Tochter gewesen und hatte nach dem Tod ihrer Mutter das Haus behalten und gelegentlich kranke Nachbarn gepflegt.

Sie war gelernte Krankenschwester, hatte in einem Lehrkrankenhaus in London gelernt und dort gearbeitet, bis ihre Mutter krank wurde. Sie war eine große, kräftige Frau, ausnehmend nett und praktisch veranlagt und genoß hohes Ansehen in Lulling und Thrush Green.

Nach dem Tod ihres Vaters hatte sie die leeren Schlafzimmer neu möbliert und zwei, drei zahlende Gäste aufgenommen, die Heimpflege brauchten. Das machte sie ganz hervorragend, und so manch alteingesessene Familie sang Mrs. Jenners ein Loblied in den höchsten Tönen, weil sie ihre betagten oder kranken Verwandten gepflegt hatte.

Doch als Mrs. Jenners siebzigster Geburtstag kam, zog sie Bilanz. Es fiel ihr immer schwerer, für ihre Patienten so zu sorgen, wie sie gerne wollte. Schwere Tabletts nach oben zu tragen, Matratzen sowie ältere Menschen anders zu betten und gestörte Nächte, all das forderte seinen Tribut. Mrs. Jenners Geist war zwar noch willig, doch der alternde Leib wurde allmählich schwach. Und so rang sie sich dazu durch, die Krankenpflege aufzugeben.

Als nächstes mußte sie sich ein kleines Einkommen verschaffen. Das alte Bauernhaus war ihre Trumpfkarte, und nach langem Überlegen beschloß sie, das obere Stockwerk in eine großzügig geschnittene Wohnung umzuwandeln und selbst zu ebener Erde zu wohnen.

Ihr letzter Patient hatte sie im Februar verlassen, und der Umbau war mehr oder weniger abgeschlossen, als das Pfarrhaus von Thrush Green den Flammen zum Opfer fiel. Nachdem sie gehört hatte, daß Charles und Dimity vorübergehend bei Harold unterkommen konnten, schrieb sie den Henstocks und bot ihnen die Wohnung an, falls ihnen das half. Diese begrüßten den Vorschlag. Eine bessere Vermieterin als Mrs. Jenner konnten sie sich nicht wünschen, und die Unterkunft lag günstig für die seelsorgerliche Arbeit des Pfarrers.

Das obere Stockwerk war hell und geräumig, die Möbel solide Arbeit von einheimischen Tischlern, aber Mrs. Jenner bot freundlicherweise an, sie woanders unterzustellen, falls die Henstocks lieber in eigenen Möbeln wohnen wollten.

In Wirklichkeit war das Bauernhaus weitaus behaglicher, als es das Pfarrhaus jemals gewesen war. Große Fenster gingen auf einen sonnigen Garten und die dahinterliegenden Felder.

»Die hat jetzt Perce«, sagte Mrs. Jenner. Das war Jennys Bewunderer. »Sein Vater und meiner haben das Ganze zusammen bewirtschaftet, und nach ihrem Tod ist alles aufgeteilt worden. Ich brauche bloß den Garten, das Land habe ich

Percy verpachtet, denn er kann es gebrauchen. Er ist mir eine große Hilfe, wenn Not am Mann ist. Versorgt mich mit Gemüse und Milch und kann toll mit Holz und Metall umgehen.«

»Ich weiß, er ist ein sehr geschickter Bursche«, bestätigte der Pfarrer.

»Ein Jammer, das mit Gertie. Sie fehlt ihm schrecklich«, fuhr ihre Vermieterin fort. »Aber das wissen Sie ja. Kommen Sie und sehen Sie sich die Küche an.«

Während sie sie von einem Raum zum nächsten führte, merkte Dimity, daß sie hier behaglicher untergebracht sein würden, als während ihrer ganzen Ehe. Teppiche und Vorhänge waren zwar abgenutzt, aber herrlich sauber. Die Sessel waren tief und gemütlich, die Fenster funkelten, die Möbel schimmerten vom jahrelangen Polieren. Aber vor allem war es warm.

Was auch immer die Zukunft bringen mochte, Dimity, die Mrs. Jenner durch das Haus mit den dicken Mauern folgte, wurde immer klarer, daß ihr neues Heim, wenn es jemals dazu kam, so hell, warm und behaglich werden mußte wie Mrs. Jenners Haus. Vermutlich würde es kleiner werden. Einige Pfarrhäuser waren heutzutage sogar Bungalows, wie sie gehört hatte. Wie schön wäre doch ein Haus, das leicht warm und sauber zu halten war! Mit innerem Schauder erinnerte sie sich an das trostlose, viktorianische Pfarrhaus – der Windkanal von einem Flur, der von der nach Norden gehenden Haustür zur Hintertür führte, seine hohen, gotischen Fenster, die im Wind klapperten, seine hohen Decken, seine winterlich kalten Schlafzimmer und der ständig feuchte Keller. Sie wußte, daß Charles ihm nachtrauerte. Sie übrigens auch, denn es war ihr erstes Heim als Frischverheiratete gewesen. Trotzdem dachte sie, was sie nie zu denken gewagt hatte, daß es nämlich ein häßliches, altes, unpraktisches Gemäuer gewesen war, dessen Unterhalt Unsummen verschlungen hatte.

Sie blickte sich in Mrs. Jenners ordentlicher Küche um. Ein kleiner Herd strömte stetige Wärme aus. Obendrauf summte ein Wasserkessel. An den Wänden blinkten Töpfe, und eine

Reihe prächtiger Geranien stand in der Sonne auf der Fensterbank.

»Vielleicht möchten Sie sich nicht gleich entscheiden«, sagte Mrs. Jenner. »Aber lassen Sie es mich wissen, wenn es soweit ist.«

Dimity blickte Charles an.

»Ich glaube, wir haben uns schon entschieden«, sagte der Pfarrer mit einem Lächeln.

»Darauf wollen wir eine Tasse Tee trinken«, sagte ihre neue Vermieterin und hob den Kessel vom Herd.

Am nächsten Morgen überquerte Dimity den Dorfplatz, sie wollte ihre alte Freundin Ella Bembridge besuchen und ihr von dem vorläufigen Heim berichten.

Sie traf sie in die Morgenpost vertieft an. Willie Marchant schob gerade sein Fahrrad von einer Gartenpforte zur nächsten und bedachte sie mit einem lässigen Kopfnicken, als sie an ihm vorbeiging.

»Etwas Aufregendes?« fragte Dimity.

»Zwei Rechnungen, ein Katalog mit Shetlandpullis und eine sehr vulgäre Reklame von einer abscheulichen Töpferei mit einem Bestellschein, auf dem steht BITTE SCHICKEN SIE MIR SCHNELLSTMÖGLICH – dabei vergeht einem doch von vornherein die Lust.«

Dimity pflichtete ihr bei.

»Abgesehen von diesen gräßlichen Töpferwaren fertigen sie noch Schmuck nach Wikinger-Vorlagen an. Die wollen sich doch nur an diese Fernsehsendungen anhängen, und dabei läßt sich meiner Meinung nach schwerlich ein unliebenswürdigeres Volk finden.«

»Na ja, als tapfer könnte man sie schon bezeichnen«, meinte Dimity zaghaft.

»Fang du nicht auch noch an«, knurrte Ella. »Je mehr ich von ihnen sehe und höre, desto mehr wächst meine Bewunderung für unseren guten alten König Alfred. Den kann man wirklich als ›den Großen‹ bezeichnen, schließlich hat er uns diese ekelhaften Kerls mit Namen wie Rachenkatarrh vom Hals geschafft.«

»Ich habe Neuigkeiten«, sagte Dimity, denn es wurde wirklich Zeit, zu einem weniger aufreizenden Thema als die Wikinger überzugehen. Sie berichtete von Mrs. Jenners Wohnung, und Ella geriet in ebensolche Begeisterung.

»Besseres konnte euch gar nicht passieren. An eurer Stelle würde ich mich auf Dauer dort einmieten.«

»Das wäre himmlisch, nicht wahr? Aber vermutlich hat die Kirche andere Pläne mit uns.«

In diesem Augenblick klopfte es an die Tür, und Winnie Bailey trat ein.

Nachdem man sich begrüßt hatte, entfaltete sie eine Serviette und zeigte den anderen ein klitzekleines Strickzeug.

»Meine liebe Ella, hast du zufällig Stricknadeln in Größe 2, die du entbehren kannst? Meine sind verschwunden. Jenny und ich haben das Haus auf den Kopf gestellt, aber vergeblich, und ich möchte die Babyschuhe für Mary Thomas doch fertigstricken, ehe sie wegzieht.«

»Tragen Babys denn immer noch Schühchen?« fragte Ella. »Ich hab gedacht, die wachsen in Stramplern auf?«

»Das nennt sich, glaube ich, Strampelanzug«, meinte Winnie unschlüssig, »aber ich denke, darunter haben sie diese Dinger noch immer an.«

»Mein kleiner Bruder«, sagte Dimity, »ist in eine Flanellure gewickelt worden, die wurde an den Füßen umgeschlagen und mit zwei großen Sicherheitsnadeln festgesteckt.«

»Strampelanzüge sind schlicht das moderne Gegenstück«, erklärte Ella, »und ich weiß auch nicht, ob ich irgendwo Nadeln Nr. 2 hab, es sei denn von der Hyacinthe im letzten Winter, die ich damit hochgebunden hab.«

Und schon kramte sie eine Schublade durch und verstreute Stricknadeln, Häkelnadeln, Teppichnadeln, Durchziehnadeln, Sicherheitsnadeln, Maschenhalter und ein buntes Sortiment anderer Handarbeitssachen aus Metall.

Während sie damit beschäftigt war, erzählte Dimity Winnie von ihren Zukunftsplänen.

»Ja, ich weiß schon«, sagte Winnie. »Percy Hodge hat es mir gestern abend erzählt, als er Jenny besucht hat.«

»Das hätte ich mir denken können«, sagte Dimity. »Jetzt weiß ganz Thrush Green Bescheid.«

»Also, ich nicht, oder?« tröstete Ella sie und schleppte eine ganze Handvoll stachliger Nadeln an.

»Da, Winnie. Alle Nr. 2, von Tante Millys Fischbeinnadeln, Pseudo-Schildkröte über Metall bis hin zu modernen Nadeln aus Plastik. Such dir was aus.«

Winnie musterte die Nadeln.

»Und wie geht es Jenny? Ob sie Percy heiratet, was meinst du?«

»Ich nehme die aus Metall, wenn ich darf? Und Jenny – also, ich weiß nicht so recht. Mir kommt sie noch immer schlapp vor, ich möchte sie ein paar Tage wegschicken. Meiner Meinung nach macht sie sich auch wegen Percy Sorgen. Ich möchte ihr nicht gerne abraten – sie könnte meine Motive für selbstsüchtig halten – und zuraten mag ich ihr auch nicht. Das muß ganz allein sie entscheiden. Ich bleibe völlig neutral. Mir geht es nur darum, daß es Jenny gutgeht.«

»Aber das tut es ihr vielleicht bei Percy«, entschlüpfte es Dimity bei dem Gedanken an ihre eigene späte Ehe mit ihrem geliebten Charles. »Ich meine, es kommt mir grausam vor, die Liebe eines so guten Mannes wie die des lieben Percy abzuweisen. Vor allem, da ihm seine Gertie so fehlt.«

Ihre beiden Freundinnen blickten sie halb liebevoll, halb verzweifelt an.

»›Tritt Zweifel ein, laß sein‹ lautet mein Motto«, sagte Ella unverblümt. »Und was die Liebe angeht, so wißt ihr ja, was die Versicherungstante behauptet. Die findet, daß ein hübsches Sparbuch und gute Zähne weitaus mehr wert sind.«

»Das kann ich Jenny kaum schmackhaft machen«, sagte Winnie und rollte die Nadeln zusammen mit den Schühchen zu einem weißen Bündel zusammen.

»Dann sag einfach, sie soll gut hinsehen, bevor sie springt«, empfahl Ella und brachte Winnie zur Tür.

»Ich kann nur aus persönlicher Erfahrung sprechen«, sagte Dimity, »aber ich habe meine Heirat noch nicht eine Minute bereut.«

»Klar doch«, bestätigte Ella, »aber Charles ist ja auch ein Goldstück.«

»Du hast wirklich Glück gehabt«, sagte Winnie.

»Als ob ich das nicht wüßte«, rutschte es Dimity heraus.

Ein goldener Maitag folgte dem anderen. In der zunehmenden Wärme des Frühsommers gediehen zur Freude der Bewohner von Thrush Green Blätter und Blumen.

Die Schulkinder verbrachten jede Pause draußen im Sonnenschein, und Miss Watson und Miss Fogerty konnten aufatmen, und selbst Albert Piggott sah weniger griesgrämig aus und hatte seine beiden Winterwesten und seinen scheußlichen, dicken Schal abgelegt.

Bauern musterten ihre vielversprechenden Weiden, Gärtner betätigten Hacken und Gabeln und hantierten mit Samenpäckchen, während ihnen Faden und Scheren aus der Tasche hingen. Vögel flitzten hin und her, fütterten ihre Jungen oder zankten sich mit anderen, die zu nahe an ihr Territorium herankamen. Überall regte sich Leben.

Nur bei Tullivers anscheinend nicht.

Dessen Garten verkam mehr und mehr, was Harold Shoosmith im Vorbeigehen mit besorgtem Blick bemerkte. Er überlegte, ob er ihnen anbieten sollte, den Rasen zu mähen und die Hecke zu schneiden. Er dachte dabei an Frank und Phyllida, nicht an die augenblicklichen Bewohner, deren Faulheit ihn entsetzte. Zufällig stellte sich jedoch eines Abends Frank mit dem Rasenmäher der Hursts ein und mähte den Rasen, und eines Sonntags schnitt er die am längsten gewucherten Zweige der Hecke.

Marys Zustand erlaubte offensichtlich keine Gartenarbeit, und das Pärchen ließ sich selten blicken. Winnie fragte sich schon, ob es überhaupt noch dort wohnte, und befragte Mary eines Tages über die Grenzhecke im Garten.

Sie staunte, denn die junge Frau wurde rot vor Zorn.

»Die haben wir rausgeworfen«, sagte sie knapp.

»Entschuldigung. Ich hätte nicht fragen sollen. Es war nicht böse gemeint.«

»Ich weiß. Aber ich kann Ihnen gar nicht sagen, wieviel Steine mir von der Seele gefallen sind. Sie haben nämlich überhaupt nicht hergepaßt.«

»Den Eindruck hatte ich auch.«

»Jack hat so ein weiches Herz. Gerade ehe wir hergezogen sind, haben sie ihm so eine Geschichte mit ihrer Stelle aufgebunden, und sie haben ihm so leid getan, daß er ihnen Unterkunft angeboten hat, bis sie Arbeit gefunden hätten.«

»Und haben sie?«

Mary rümpfte verächtlich die Nase.

»Die haben nicht mal den Versuch gemacht. Nur ein großes Tamtam, daß sie bei der Arbeitsvermittlung in Lulling gewesen sind, doch soweit ich sehen konnte, haben sie nie die Absicht gehabt, irgendeine Arbeit anzunehmen. Die haben wohl gedacht, daß sich die Band eine goldene Nase verdienen würde. Hat sie natürlich nicht. Wir hatten sowieso abgemacht, daß wir alle Honorare durch vier teilen, also hat keiner viel verdient.«

Sie schwieg kurz.

»Vor allem nicht, wenn man kifft«, fügte sie hinzu.

»Kifft? Sie meinen Rauschgift?«

»Marihuana und ein bißchen Kokain. Ich glaube nicht, daß sie schon auf harten Drogen sind, aber ich könnte wetten, daß es nicht mehr lange dauert. Bei dem Gestank von dem Zeugs ist mir immer so schlecht geworden. Das hat Jack dann endlich dazu bewogen, sie rauszuwerfen.«

»Na hoffentlich«, sagte Winnie.

»Was dem Faß den Boden ausgeschlagen hat«, berichtete Mary, »ist, daß sie letzte Woche Haushaltsgeld gemopst haben. Ich hab schon immer den Eindruck gehabt, da verschwindet in letzter Zeit was, ein Fünfer hier, ein Fünfer da. Sie wissen ja, wie leicht es ist, vor allem, wenn sich vier Leute aus dem Portemonnaie bedienen.«

»Wie war denn Ihr System?«

»Ach, wer gerade Fleisch oder Eier oder Gemüse einkaufen wollte, hat sich das Portemonnaie genommen. Am Wochenanfang haben wir alle einen Fünfer eingezahlt, und am Wochenende haben wir den Rest verteilt und wieder neu eingezahlt.«

»Hört sich vernünftig an.«

»In der Theorie ja. In der Praxis funktioniert es nicht, vor allem wenn die Hälfte für Drogen draufgeht. Mein goldener Armreif ist auch weg. Kann sein, daß ich ihn verloren habe – das Schloß war kaputt –, aber ich denke eher, sie haben ihn geklaut. Jack wollte mir nicht glauben – er ist viel edelmütiger als ich. Also hab ich mir das Pulver gekauft, was man in Registrierkassen und so streut. Davon färben sich die Hände eines Diebes feuerrot. Und letzten Donnerstag hat es auch bei Bill und Lottie geklappt. Wir haben sie auf frischer Tat ertappt. So wütend hab ich Jack noch nie gesehen. Binnen einer Stunde waren sie draußen.«

»Wohin sind sie gegangen?«

»Weiß ich nicht. Vielleicht zu ihren Eltern, was sie natürlich nicht wollten. Wir haben zum letzten Mal geteilt, und dann sind sie mit drei Pfund pro Nase abgezogen. Das Motorrad ist gut in Schuß. Jetzt müssen sie allein klarkommen. Ehrlich, hoffentlich seh ich sie nie im Leben wieder. Sie haben uns unseren Aufenthalt hier gründlichst vermiest.«

»Denken Sie nicht mehr an sie«, riet Winnie. »Es ist aus und vorbei, jetzt sollten Sie sich auf das Baby freuen und sich um sich selbst und Jack kümmern.«

»Sie haben ganz recht. Nächste Woche können wir wahrscheinlich in das neue Haus ziehen, und wir freuen uns alle beide auf den Neuanfang.«

Sie sah sich im sonnigen Garten um, wo die Bienen den Goldlack umsummten.

»Thrush Green wird mir fehlen. Es hätte alles so schön sein können, wenn wir allein gewesen wären.«

»Sie sind ja nicht aus der Welt«, sagte Winnie aufmunternd. »So können Sie uns hoffentlich besuchen und Thrush Green in einem besseren Licht sehen.«

»Der Garten Eden ohne die Schlange? Darauf freue ich mich.«

Am selben Tag – die Schulkinder waren nach Haus gerannt – genossen Miss Watson und Miss Fogerty ihre wohlverdiente Ruhe im Garten des Schulhauses. Wie fast überall in Thrush Green stand ein bescheiden bestücktes Teetablett vor ihnen.

Zwei Tassen mit Untertasse, Milchkännchen, Teekanne und ein Teller mit einem halben Dutzend köstlicher Zitronentörtchen, die tapfer der guten Sitte die Stange hielten.

Die beiden Freundinnen waren es zufrieden, sich Seite an Seite schweigend zu sonnen. Eine neugierige Amsel weidete die Hecke ab, und ihre leuchtenden Augen konzentrierten sich auf das Teetablett. Abgesehen von dem Getrippel auf den toten Blättern und dem fernen Geschrei trödelnder Kinder jenseits des Dorfplatzes umgab sie eine himmlische Stille.

Agnes erlaubte ihren Gedanken, von Schulangelegenheiten zu einem privateren Problem, nämlich ihrer bescheidenen Garderobe zu wandern. Sollte sie ein weiteres für die Schule geeignetes Baumwollkleid kaufen, oder sollte sie zu Miss Crookshank gehen und sich eins aus dem blaukarierten Baumwollstoff schneidern lassen, den sie umsichtigerweise gekauft hatte, ehe das Material so teuer wurde?

Das Dumme daran war, daß Miss Crookshank zum Nähen wahrscheinlich einen ganzen Monat brauchen würde und sich mit zuviel Arbeit, der Krankheit ihrer Mutter und anderen Ausreden entschuldigen würde, was durch die Bank weg stimmte, wie sich Miss Fogerty sagte, aber nichtsdestotrotz war die Schönwetterperiode vielleicht schon vorbei, wenn das Kleidungsstück endlich fertig war.

Und dann mußte sie natürlich ein neues Muster besorgen. Der Prinzeßstil, das heißt vorne durchgeknöpft, der so viele Jahre kleidsam gewesen war, hatte auch seine Nachteile. Wie viele Male war ihr nicht ein Knopf abgesprungen, wenn sie den Kindern auf dem Pausenhof ein munter galoppierendes Pferd vorgemacht hatte. Und gelegentlich hatte sie entdeckt, daß das Mieder klaffte, was, gelinde gesagt, unschicklich war. Vielleicht etwas mit Passe? Natürlich keinen Reißverschluß, und ganz gewiß keinen auf dem Rücken. Wer konnte schon auf seinen eigenen Rücken fassen?

Ein Kleid von der Stange hatte vieles für sich. Sie hatte ein paar hübsche in zwei Läden in Lulling gesehen, doch sie waren zu teuer gewesen, und es wäre eine furchtbare Verschwendung, den Baumwollstoff nicht verarbeiten zu lassen. Andererseits war er vielleicht zu hell für die Schule. Sie durfte nicht vergessen, wie schnell Kleider schmuddelig wurden, wenn sie in Kontakt mit Dingen wie Buntkreide, Töpferton, Kohlestiften, Knete oder Plakatfarben kamen, ganz zu schweigen von zahllosen Kinderfingern, die sie am Rock packten.

Während Agnes noch hin und her überlegte, wurde sie durch einen Aufschrei ihrer Gefährtin wieder in die Gegenwart zurückgeholt.

»Oh, meine Liebe, ich wollte dich nicht wecken«, sagte Dorothy.

»Ich habe nicht geschlafen, liebe Dorothy, ehrlich. Hat dich etwas gestochen?«

»Nein, nein. Ich wollte aufstehen und das Teetablett ins Haus tragen, und da ist mir der Schmerz ins Bein geschossen. Jetzt ist er weg. Ich bin wohl etwas ungeschickt gesessen.«

»Du solltest wieder den Arzt aufsuchen«, sagte Agnes mitfühlend.

»Nein, mir geht es recht gut. So gut, wie es mir überhaupt nur gehen kann, vermute ich.«

»Aber«, protestierte Agnes, »du wirst mit Sicherheit noch kräftiger? Es ist noch gar nicht lange her, daß –«

»Über ein Jahr«, sagte Dorothy. »Möglicherweise geht es mir einmal besser, aber ich scheine seit Monaten keine Fortschritte zu machen. Nicht, daß mich das besorgt, liebe Agnes, aber ich muß mich einfach damit abfinden, daß ich langsamer geworden bin und nicht mehr so weit gehen kann wie früher. Im großen und ganzen kann ich alles tun, was ich will.«

»Ich finde zuweilen, daß du zuviel tust«, sagte Agnes. »Du solltest dir mehr helfen lassen.«

Dorothy lachte.

»Du verwöhnst mich sowieso schon. Außerdem bist du noch ein paar Jährchen älter als ich.«

Agnes nickte, dann senkte sich wieder Schweigen herab.

Ein beherztes Rotkehlchen kundschaftete sie jetzt aus, und die Amsel kam herbeigerannt und schimpfte lauthals. Das Rotkehlchen wich und wankte jedoch nicht.

»Agnes«, sagte Dorothy nach einer Weile. »Hast du schon einmal an Ruhestand gedacht?«

»Ruhestand?« rief Agnes. »Ja, findest du, ich sollte? Ich meine, arbeite ich dir nicht genug? Gehe ich meiner Arbeit nicht gewissenhaft –«

Dorothy unterbrach ihren Aufschrei.

»Natürlich arbeitest du hervorragend, Agnes. Eine bessere Lehrerin gibt es gar nicht, und das weißt du auch. Nein, ich habe das nur gesagt, weil mich der Gedanke an Ruhestand augenblicklich stark beschäftigt.«

»Du und Ruhestand!« sagte Agnes entgeistert. »Ja, du bist gerade über fünfzig – und siehst keinen Tag älter aus, das kannst du mir glauben! Ich habe gedacht, du willst bis fünfundsechzig in Thrush Green bleiben.«

Dorothy nickte geistesabwesend und fixierte das Rotkehlchen.

»Ich auch. Aber seit meinem Sturz habe ich nachgedacht. Alles macht mir soviel mehr Mühe. Allmählich frage ich mich, ob ich nicht mit sechzig gehe. Am kommenden Geburtstag werde ich neunundfünfzig, ich könnte also ein Jahr im voraus kündigen. So ist reichlich Zeit, nach einem neuen Schulleiter zu suchen.«

Agnes, die so genüßlich über Kleider von der Stange im Gegensatz zu Miss Crookshands Kreationen nachgedacht hatte, war jetzt schlimm durcheinander. Wer hätte gedacht, daß die liebe Dorothy sich so etwas durch den Kopf gehen ließ! Sie hatte sie immer für jünger und kräftiger als sich selbst gehalten. Schließlich wurde sie an ihrem eigenen Geburtstag zweiundsechzig und hatte sich in ihr Schicksal ergeben, bis fünfundsechzig durchzuhalten. Jedenfalls wollte sie gern noch ein klein wenig mehr auf ihr Sparkonto einzahlen, ehe sie dann die Pension bezog. Sie hatte daran gedacht, sich eine bescheidene Wohnung zu nehmen, wenn auch für Dorothy die Zeit gekommen war, aus dem Schulhaus auszuziehen, vielleicht auch schon früher. Nicht, daß sie die Aussicht berauschte, aber sie konnte kaum erwarten, daß Dorothy bis ans Ende ihrer Tage mit ihr zusammenleben wollte, wenn es mit der Arbeit, die sie zusammen machten, vorbei war.

Sie war so verstört, daß sie kaum mitbekam, was Dorothy gerade sagte.

»Ich hätte schon früher darüber nachdenken sollen«, sagte Dorothy. »Etwas eher Bescheidenes, ein Bungalow, vielleicht mit einem kleinen Garten und Seeblick natürlich. Was hältst du davon, Agnes?«

»Ich kann dir nicht ganz folgen, Dorothy«, sagte die kleine Miss Fogerty unglücklich. In ihrem Kopf drehte sich alles.

»Falls ich tatsächlich mit sechzig in Pension gehe«, sagte ihre Schulleiterin geduldig, »müßte ich ein Haus haben. Ich habe eigentlich laut gedacht – habe überlegt, ob das liebe, gute Barton-on-Sea in Frage kommt. Was meinst du?«

»Du bist doch immer gern dort gewesen«, sagte Agnes vorsichtig.

»Aber würde es dir nicht auch gefallen?«

Agnes blickte sie benommen an.

»Wieso, bin ich denn auch da?«

Miss Watson rümpfte lautstark die Nase, wofür sie berühmt war.

»Aber natürlich bist du auch da! Ich will doch nicht hoffen, daß du mich verläßt, wenn wir beide pensioniert sind.«

»O Dorothy!« fing Agnes an, sie war entsetzt, daß sie jetzt als Verräterin dastand.

»Es sei denn«, sagte Dorothy auf einmal überraschend unsicher, »daß du lieber nicht mitkommen möchtest?«

»Lieber nicht?« wiederholte Agnes. »Laß mich erst einmal wieder Luft bekommen, liebe Dorothy, dann kann ich dir auch sagen, was ich empfinde.«

»Und während du überlegst, schenke ich uns noch eine Tasse ein«, sagte Miss Watson und griff nach der Teekanne.

11. Zwischenspiel am Meer

Der Juni zog ins Land, und Tullivers stand wieder leer und wartete auf die Rückkehr von Phil und Frank Hurst.

Als der Zeitpunkt näherrückte, wurde Jeremy immer aufgeregter, und Winnie teilte seine Vorfreude. Sie gestand sich ein, daß sie erleichtert war, als die jungen Leute von nebenan wegzogen und daß sie und Jenny froh waren, das verkommene Haus wieder herrichten zu können.

Sie brauchten auch nicht lange, und Tullivers sah wieder tipptopp aus, obwohl sich um ein, zwei Sachen ein Fachmann kümmern mußte, denn das waren Winnie und Jenny nicht.

Ein Couchtisch hatte böse Flecken, und dann hatte jemand Teer oder etwas ähnlich Garstiges in den Wohnzimmerteppich getreten. Letzteres widersetzte sich ihren vereinten Säuberungsversuchen. Das ganze Ding mußte eindeutig in einem Fachgeschäft gereinigt werden.

Das Waschbecken oben hatte einen Sprung, und an der Wand des hinteren Schlafzimmers gab es einen eigenartigen Fleck. Auf den ersten Blick empfing Tullivers seine Bewohner wie gewohnt beschaulich und tadellos.

»Wir haben getan, was wir konnten«, sagte Winnie und schloß die Haustür ab. »Am Ankunftstag stelle ich ihnen ein paar Blumen ins Haus. Wie schön, wenn sie wieder da sind!«

Sie gingen nach nebenan, und Jenny füllte Wasser in den Kessel für Winnies Tee. Die Kinder kamen bereits aus der Schule, und Jeremy freute sich sicher schon auf ein Stück von ihrem Honigkuchen.

»Gib mal eine Minute Ruhe, Jenny«, sagte Winnie, »und setz dich hin.«

Sie ging ins Wohnzimmer voraus, und Jenny seufzte erleichtert, daß sie sich nach der ganzen Plackerei in Tullivers ausruhen durfte.

»Hör zu, Jenny«, sagte Winnie, »Ich möchte dir etwas vorschlagen. Bist du hier glücklich?«

»Glücklich!« platzte Jenny heraus. »Aber das wissen Sie doch! Meine ganzen Träume sind wahr geworden.«

»Gut«, sagte Winnie. »Und ich bin genauso glücklich, abgesehen von einer Sache.«

Sie musterte Jennys verdutzte Miene.

»Und das ist deine Gesundheit, Jenny. Du hast dich von dieser elendigen Krankheit nie ganz erholt, und ich werde dafür sorgen, daß du ein bißchen Ferien machst.«

»Aber ich brauche überhaupt keine Ferien!« jammerte Jenny. »Ich wüßte gar nicht, was ich damit anfangen soll! Ehrlich, wirklich nicht.«

»Ich brauche selber etwas Ferien, wenn Jeremy wieder in Tullivers wohnt, und ich habe mich in einem sehr ruhigen Hotel in Torquay erkundigt, in das wir zusammen fahren sollten. Ich bleibe übers Wochenende und du noch die folgende Woche. Die Seeluft wird bei dir Wunder wirken.«

»Aber was –« setzte Jenny an, als Jeremy ins Zimmer stürmte.

»Ich bin am Verhungern!« rief er.

»Hörst du das?« sagte Winnie und stand auf. »Wir unterhalten uns später noch einmal darüber, Jenny, aber jetzt müssen wir den Tee zubereiten. Die Hursts sollen doch keinen zum Skelett abgemagerten Jungen vorfinden.«

Und Jenny, den Kopf voller Ferienpläne, ging und schnitt ein Stück Honigkuchen ab.

Am selben Nachmittag waren Joan und Molly in dem prächtigen Haus der Youngs dabei, die langen und schweren Samtvorhänge abzunehmen, die während Thrush Greens trostlosen Wintertagen vor Zugluft schützten, um dann die leichten Sommergardinen aus Chintz aufzuhängen.

»Weißt du eigentlich«, sagte Joan, »daß diese Fenster fast viereinhalb Meter hoch sind? Hoffentlich halten die Vorhänge, solange wir leben, denn neue können wir uns nie im Leben leisten.«

Molly, die auf einem Küchenstuhl stand, reckte sich nach besten Kräften, um an die Haken oben heranzukommen, aber ohne Trittleiter ging es einfach nicht.

»Wieviel Meter würden Sie denn brauchen?«

»Keine Ahnung, aber ich habe nicht vor, das in meinem Alter noch auszurechnen. Ich müßte den Leuten im Laden die Meterzahl geben und ihnen das Rechnen überlassen.«

In diesem Augenblick schrie Molly leise auf, schwankte gefährlich auf ihrem Stuhl und wurde von der besorgten Hausfrau aufgefangen.

Sie half der halb ohnmächtigen jungen Frau in einen Sessel und drückte ihr den Kopf auf die Knie. Sie war aufgelöst. Molly war doch nie krank.

Sollte sie nach ihrem Schwager, Doktor Lovell, schicken? Aber der machte um diese Zeit wahrscheinlich Krankenbesuche.

Sie hockte sich auf den Fußboden und musterte ihre Patientin ängstlich. Zu ihrer Erleichterung kehrte die Farbe in Mollys Wangen zurück, und die junge Frau richtete sich auf.

»Schön brav zurücklehnen«, befahl Joan, »ich hole dir was zu trinken.«

Hastig ging sie in die Küche und holte ein Glas Wasser und Brandy. Was war nur mit Molly los?

»Nur Wasser«, flüsterte diese, »von dem anderen Zeug wird mir schlecht.«

Joan sah ihr beim Trinken zu.

»Ist dir schon mal schwindlig geworden?«

»Ein-, zweimal. Nicht schlimm. Wollen wir mit den Vorhängen weitermachen?«

»Auf gar keinen Fall! Die können warten. Du gehst jetzt nach oben und legst dich hin. Wie soll ich Ben in die Augen sehen, wenn du mir krank wirst.«

»Wissen Sie, was ich glaube?« sagte Molly.

»Ja?«

»Ich bekomme ein Baby. Um die Wahrheit zu sagen, hab ich das schon länger vermutet, aber jetzt bin ich mir sicher.«

»Wie schön für dich, liebe Molly. Morgen früh gehst du als erstes zu Doktor Lovell. Wann, meinst du, wird es kommen?«

»Wenn ich richtig gerechnet hab, Ende Dezember.«

»Ein Weihnachtskind!« rief Joan. »Also, wenn das keine

frohe Botschaft ist? Wie konntest du nur auf den Stuhl klettern. Wenn ich das nur geahnt hätte!«

»Ist doch nichts passiert«, sagte Molly fröhlich und stand auf. »Ich möchte nämlich lieber hier weitermachen als nach oben gehen.«

»Dieses eine Mal tust du, was man dir sagt«, entschied Joan. »Und Edward geht mir mit den Vorhängen zur Hand, wenn er nach Hause kommt. Wozu ist man schließlich verheiratet?«

Jeremy empfing die Hursts ganz außer sich vor Freude, und auch ihre alten Freunde in Thrush Green freuten sich von Herzen.

Zunächst verzichteten sie darauf, ihnen von den Fehlern der zeitweiligen Bewohner von Tullivers zu erzählen, doch wie Harold Shoosmith zu Isobel sagte: »Es ist nur eine Frage der Zeit, und alles kommt heraus – und zweifellos sehr aufgebauscht.« Seine prophetischen Worte sollten sich binnen einer Woche erfüllen.

Doch noch ehe jemand häßliche Bemerkungen machte, hatten Winnie Bailey und Jenny ihre Koffer gepackt und den Zug nach Torquay genommen.

Jennys Aufregung, nachdem sie zum erstenmal von den Plänen hörte, war allmählich einer angenehmen Vorfreude gewichen. Die steigerte sich noch, als ihr einfiel, daß eine Freundin aus Kinderzeiten in dem Waisenhaus einen Textilhändler in dieser Stadt geheiratet hatte. Natürlich schrieb man sich zu Weihnachten, schickte sich gegenseitig Taschentücher oder Badesalz, aber man teilte vor allem Erinnerungen an das frühere Heim und war sich herzlich zugetan.

Winnie freute sich sehr, als sie davon hörte. Harry und Bessie wurden zum Sonntagstee ins Hotel eingeladen und nahmen freudig an.

Das Hotel selbst sagte Jenny auf der Stelle zu. Insgeheim hatte sie Angst gehabt, es könnte überwältigend prächtig sein. Doch hier stimmte alles, er herrschte eine gepflegte Atmosphäre, was Jennys Hausfrauenherz sofort ansprach. Und obendrein war das Personal zuvorkommend, der Service unaufdringlich und fachmännisch, und die Fenster gingen auf einen gepflegten Garten, hinter dem sich das funkelnde Meer erstreckte. Jenny war also bestens gelaunt, als sie in dem Zimmer neben Winnies auspackte, und bei jedem Gang zum Kleiderschrank mußte sie erst einmal hinsehen. Wer hätte gedacht, daß sie einmal in solch einem schönen Hotel wohnen würde? Und noch dazu so weit von Thrush Green entfernt?

Sie staunte über sich selbst, denn sie empfand eher Erleichterung als Trauer bei dem Gedanken an die Entfernung, die zwischen ihrem augenblicklichen Zimmer und ihrem Zuhause lag. Irgendwie tat es gut, einmal alles hinter sich zu lassen, den alten, vertrauten Anblick, die Kastanienallee, die zur Schule rennenden Kinder, Mr. Jones, wie er die Hängekörbe vor den *Zwei Fasanen* begoß.

Und vor allem, gestand sie sich ein, tat es gut, Percy Hodge zu entkommen. Vielleicht würde sie jetzt klarer sehen, wenn er sich nicht immer so aufdrängte und sie durcheinanderbrachte.

Na schön! Morgen würde sie Bessie wiedersehen und ihren Mann kennenlernen. Sie freute sich auf alles Neue, würde Thrush Green ein Weilchen vergessen und diesen herrlichen Urlaub in vollen Zügen genießen.

Die Sonne, die Torquay für Jenny am ersten Tag so verschönte, beschien das ganze Land.

In Thrush Green zierten erste Rosen die Fensterbank von Miss Fogertys Klassenzimmer. Mr. Jones' Geranien prangten in voller Blüte, und überall hörte man die Rasenmäher laufen.

Die Wiese, die sich zum Lulling-Forst zog, leuchtete golden von Butterblumen. Überall in Thrush Green blühten die Gänseblümchen, und Mütter erlaubten ihren Kleinkindern, sich ganze Patschhände voll zu pflücken. Die Holzbänke waren vorgewärmt, und Jung und Alt saß mit geschlossenen Augen, träumte und döste selig vor sich hin, denn die Sonne schien hell.

Sogar Albert Piggott wirkte weniger mißmutig und bewies mit der Hippe in der Hand, daß er seine Pflichten nicht vernachlässigte; er sonnte sich jedoch auf einem flachen Grabstein an der Friedhofsmauer.

Längs des Feldwegs nach Nod und Nidden schäumte der Wiesenkerbel und verstreute in der Brise zarte Blüten. Dotty Harmer bewunderte seine duftige Schönheit, als sie mit Flossie ihren Nachmittagsspaziergang machte. Was Flossie anging, so hätte sie den Nachmittag lieber im Garten im Schatten von Dottys Pflaumenbaum verbracht, aber zuvorkommend wie immer begleitete sie ihr geliebtes Frauchen mit gespielter Begeisterung. Sie war ihrer Besitzerin dankbar und würde es ihr nie vergessen, daß sie sie gerettet und ihr solch ein liebevolles Heim gegeben hatte. Da konnte sich der weiche Teer noch so unangenehm zwischen ihre Pfoten treten! Was war das alles gegen einen schönen, gemeinsamen Spaziergang mit Dotty, wenn sie diese damit glücklich machte.

Die Blüten des Holunders wollten sich gerade öffnen und wandten die mattweißen Gesichter zur Sonne. Dotty überlegte, ob sie Holundersekt machen sollte, aber wo war ihr Rezept abgeblieben? Hinter der Küchenuhr? In der Coalport-Gemüseschüssel? Im Sekretär ihrer Mutter? Wenn sie zu Hause war, mußte sie gründlich suchen.

Jetzt war auch Thrush Green zu sehen, wie es in der Hitze schimmerte. Vielleicht wäre es eine gute Idee, bei Ella vorbeizuschauen. Schließlich hatte sie das Rezept von ihr.

Sie überquerte den Dorfplatz, eine dürre, schäbige Gestalt mit einem zerfledderten Kulihut aus Stroh auf dem Kopf, was zur Belustigung der jungen Mütter beitrug, die sich auf den Bänken räkelten. Die treue Flossie japste folgsam hinterher.

Ella saß im Liegestuhl im Garten. Auf ihrem Schoß lag ein kleiner Beutel und darauf einige Stränge Bast in leuchtenden Farben. Ella hielt eine große Nadel mit einem dunkelroten Bastfaden in der Hand, doch die wurde nicht betätigt.

Ella war eingeschlafen, ihr Mund stand offen, der Kopf war ihr zur Seite grollt. Dotty musterte sie kurz und war sich nicht schlüssig, ob sie sich auf Zehenspitzen davonschleichen sollte. Andererseits brauchte sie ihr Rezept sofort, wenn sie richtig frische Holunderblüten verwenden wollte.

Sie hustete taktvoll, und Ella wachte auf.

»Junge, Junge!« rief Ella und gebrauchte in ihrem schlaftrunkenen Zustand einen Begriff aus ihrer Kindheit. »Hast du mich erschreckt!«

»Tut mir leid, aber die Haustür hat sperrangelweit offengestanden, da bin ich einfach durchspaziert.«

»Vollkommen richtig«, sagte Ella. »Hol dir den anderen Stuhl und mach es dir gemütlich. Ein Wetter zum Eierlegen! Darum hab ich auch die Haustür aufgemacht. So kann frischer Wind durchs ganze Haus wehen, auch wenn die Polizei das sicher nicht gutheißt.«

»Hat der junge Beamte gut gesprochen? Ich konnte letzten Mittwoch leider nicht zum Landfrauenverein kommen. Eine von den Hennen war unpäßlich, da mochte ich nicht weggehen.«

»Ach«, sagte Ella, und vor ihrem inneren Auge erschien ein Bild von Dotty, die im Hühnergehege hockte und eine schlaffe Hühnerklaue in der eigenen mageren Hand hielt. »Wie geht es ihr jetzt?«

»Oh, danke, sie ist wieder völlig hergestellt. Schade, daß ich den Vortrag verpaßt habe. Über Sicherheitsvorkehrungen, nicht wahr? Als ob ich jemals das Haus abschließen würde, selbst wenn man das tun sollte.«

»Er war anscheinend der Meinung, daß es noch viel gefährlicher ist, Fremden die Tür zu öffnen.«

»Aber wieso denn? Schließlich muß man doch aufmachen, sonst weiß man ja nicht, ob es sich um Bekannte oder Fremde handelt.«

»Und die haben offensichtlich nichts anderes im Sinn, als einem eins überzuziehen«, erwiderte Ella, »und dann alles von Wert mitgehen zu lassen, ehe du dich berappelt hast.«

»Weiß Gott unangenehm! Ich kann nicht behaupten, daß bei mir viel Fremde anklopfen, du etwa?«

»Ab und an ein Landstreicher. Dem fülle ich das Kochgeschirr mit heißem Wasser, wie er es haben will, und gebe ihm eine Scheibe Brot und Käse.«

»Das mache ich offen gestanden auch. Mein Vater hat

Landstreichern gegenüber nie ein Blatt vor den Mund genommen und hat, wie ich fand, sehr kränkende Dinge zu ihnen gesagt. Na, du weißt schon, durch Faulheit sinken die Balken, da hat Satan ein leichtes Spiel, und gesunde Männer finden immer Arbeit, wenn sie wirklich wollen. Die sind kein zweites Mal gekommen.«

»Ich muß gestehen, ich schütze mich vor einem Strom von Landstreichern, indem ich sie warne, daß sie mir ja keine Geheimzeichen an den Torpfosten anbringen.«

»Tun sie das?«

»Wie ich gehört habe, ja. Also – ein Kreis bedeutet ›Die hier hat ein weiches Herz‹ und ein Kreuz ›Aufgepaßt! Die alte Hexe kommt dir mit Wasser!‹ So in der Art.«

»Das muß ich überprüfen. Übrigens, Ella, was soll aus dem Beutel werden?«

Ella hielt ihre Handarbeit hoch.

»Ein Klammerbeutel. Verkauft sich auf Basaren immer gut, und mit dem Bast wirken die Farben lebendiger, findest du nicht?«

»O ja, in der Tat«, bestätigte Dotty unschlüssig. »Aber verlaufen die Farben nicht, wenn der Beutel naß wird?«

»Warum sollte er?« hielt Ella dagegen. »Wer läßt schon seinen Klammerbeutel im Regen liegen?«

»Niemand«, sagte Dotty.

Dotty schon, dachte Ella.

»Aber es ist ein guter, robuster Beutel, den ich vor Jahren aus Vaters altem Burberry gemacht habe, dem passiert schon nichts.«

Flossie, die sich den spärlichen Schatten unter einem Fliederbusch zunutze gemacht hatte, gähnte jetzt herzhaft und pochte mit dem Schwanz auf ein paar wehrlose Vergißmeinnicht.

Dotty verstand den Hinweis.

»Wir müssen wieder los, liebe Ella.«

»Bleibst du nicht zum Tee?«

»Nein, vielen Dank. Dulcie muß für den Rest des Tages noch umgepflockt werden. Sie ist schwanger und frißt mir die

Haare vom Kopf, und so habe ich mir gedacht, ein Weilchen bei den Haselsträuchern verschafft ihr etwas Abwechslung im Speiseplan. Ziegen sind wahre Leckermäuler. Darum werde ich auch niemals böse, wenn sich die Gute als Zwischenimbiß etwas von der Wäscheleine holt. Dann fehlt ihr eindeutig ein spezielles Mineral oder Vitamin.«

Flossie erhob sich und kam zu ihrem Frauchen getapst.

»Sie spürt die Hitze«, meinte Ella und übersah gnädig die Verheerungen, die der Spaniel im Blumenbeet anrichtete.

»Bilderbuchwetter«, fuhr sie fort, »falls man Urlaub macht. Das wird Winnie und Jenny am Meer so richtig gut-tun.«

Ella begleitete Dotty durch die kühle Diele hinaus in den Sonnenschein von Thrush Green. Sie sah ihrer alten Freundin nach, wie sie den Dorfplatz überquerte und auf dem von goldenem Cotswold-Stein eingefriedeten Weg in Richtung Lulling-Forst zu der verwöhntesten Ziege der Umgegend zurückkehrte. Erst am nächsten Morgen merkte Dotty, daß sie vergessen hatte, Ella nach dem Rezept zu fragen.

Der Sonntagstee in Torquay war ein Riesenerfolg, und Winnie fuhr Montagmorgen sehr erleichtert nach Hause, weil Jenny so gute Freunde am Ort hatte.

Bessie und Harry wohnten über dem Geschäft unweit des Hafens, und von ihrem Wohnzimmer im ersten Stock bot sich ein hinreißender Blick auf das Meer.

Jenny war für Dienstag zum Lunch eingeladen, und als Harry an seine Arbeit unten zurückkehrte, machten es sich die beiden Freundinnen gemütlich und verglichen, wie es ihnen seit dem Verlassen des Waisenhauses ergangen war.

Sie saßen behaglich auf einem kleinen Balkon, der auf die steile Straße und das ferne Meer ging, die Füße auf dem dekorativen Eisengitter und den Kopf im Schatten der Markise.

Jenny seufzte zufrieden.

»Wer hätte im Waisenhaus gedacht, daß es uns mal so gut-gehen würde?«

»Wir haben beide Glück gehabt«, bestätigte Bessie. »Und

Harry ist der ideale Ehemann. Warum hast du eigentlich nicht geheiratet, Jenny? Du bist doch immer hübsch gewesen.«

»Keine Gelegenheit«, antwortete Jenny. »Ma und Pa haben mir nicht die Zeit dazu gelassen. Nicht etwa, daß ich ihnen das verdenke. Sie sind gut zu mir gewesen, und ich war froh, daß ich es ihnen vergelten konnte, aber dadurch bin ich nicht viel raus und unter Leute gekommen.«

»Aber die sind jetzt tot«, beharrte Bessie. »Denkst du nie daran?«

In dem darauffolgenden Schweigen kreischten nur die Möwen in der Ferne. Jenny überlegte, ob sie sich ihrer alten Freundin anvertrauen und vielleicht ihren Rat einholen sollte. Andererseits ließ sie ihre angeborene Schüchternheit zögern.

Doch die Sonne schien so schön warm auf ihre Beine. Die Seeluft war wie Sekt. Thrush Green und seine Lästerzungen waren weit, und so ließ Jenny dieses eine Mal alle Vorsicht fahren.

»Ehrlich gesagt, Bessie, es gibt da jemanden«, gestand sie, und schon schoß die ganze Geschichte heraus: Wie Percy sie umwarb, wie verlegen und unschlüssig sie das machte, wie nett Winnie Bailey war.

Bessie hielt die Augen geschlossen, denn die strahlende Nachmittagssonne blendete, und lauschte aufmerksam. Wie jeder, so hatte auch Bessie ein Faible für gute Geschichten, und die hier war romantisch und aus dem prallen Leben gegriffen – und die Heldin lag neben ihr und fragte sie sogar noch um Rat.

»So steht's also«, schloß Jenny unendlich erleichtert nach ihrem Redeschwall, »und hoffentlich weiß ich bei meiner Rückkehr, was ich tun soll. Ich glaube, Mrs. Bailey hat mich weggeschickt, damit ich Gelegenheit hab, mir über meine Gefühle klar zu werden, nicht wegen meiner Gesundheit.«

»Schwer zu wissen, wo das eine aufhört und das andere anfängt«, sagte Bessie weise. »Als Harry mir den Hof gemacht hat, hab ich ein Gerstenkorn nach dem anderen gekriegt, aber kaum hatte ich ›ja‹ gesagt, schwupps waren sie weg.«

»Aber was hältst du davon? Er ist wirklich ein lieber Kerl, und seine Gertie fehlt ihm so schrecklich. Die ist eine wunderbare Hausfrau gewesen und die beste Köchin weit und breit, sagen welche. Ohne sie ist er kein Mensch mehr und läuft schon ganz abgerissen rum – Knöpfe ab, Manschetten ausgefranst – du weißt ja, wie Männer ihre Sachen zurichten.«

Bessie setzte sich auf und stützte das Kinn in die Hand. Als sie dann redete, blickte sie aufs Meer.

»Ich glaube, das ist so, Jenny. Sicher braucht er eine Frau, und sicher findet er auch bald eine, wenn er ein so netter Kerl ist, wie du sagst. Aber ich denke dabei an dich. Willst du für den Rest deines Lebens mit Percy leben? Willst du alles aufgeben, was du eben erst gefunden hast, bloß weil Percys Sachen geflickt werden müssen? Du bist schon immer so selbstlos gewesen. Das weiß ich noch aus unserer Kindheit, und dann hast du dich all die Zeit um Ma und Pa gekümmert. Ich sag ja nicht, daß Percy dir nicht dankbar wäre und auch gut zu dir wäre. Ganz sicher wäre er das. Aber was willst du?«

»So wie du es hinstellst«, sagte Jenny, »hätte ich nie an Percy gedacht, wenn er nicht gekommen wäre – na ja, man könnte es auf Freiersfüßen nennen.«

»Ich sag dir noch was, Jenny, was mir immer geholfen hat, wenn ich mir bei einem Mann klar werden wollte. Nicht etwa, daß ich flatterhaft gewesen bin, aber da waren so einige, ehe ich Harry kennengelernt hab, und wenn die ernst machen wollten, hab ich zu mir gesagt: ›Bessie, brich dir das Herz, wenn du ihn mit einer anderen siehst?‹ Und weißt du was, bei der Hälfte der Jungs hab ich gedacht, wäre doch schön, wenn sie eine andere finden würden! So bin ich mir über meine Gefühle klargeworden!«

Jenny lachte.

»Wie vernünftig! Ich kann dir gar nicht sagen, wie du mir geholfen hast, Bessie, und ich glaube, ich weiß, was ich will, ehe ich nach Thrush Green zurückfahre. Ich möchte Percy nur nicht weh tun.«

»Nette Männer leiden nicht lange«, sagte Bessie resolut. »Die finden ganz leicht jemand anders, das kannst du mir glauben. Wetten, daß dein Percy kein Jahr zum Heiraten braucht, auch wenn du ihm einen Korb gibst! Das hab ich immer wieder erlebt, und Herzen sind dabei auch nicht zu Bruch gegangen.«

Damit war das Problem Percy vom Tisch, und in den folgenden Stunden ging es darum, was aus Mary Carter und Joan King und den beiden Schwestern geworden war, die ausgerissen waren und sich damit den Zorn der Heimleiterin zugezogen hatten.

Später ging Jenny dann in einem rosigen und lavendelfarbenen Sonnenuntergang zum Hotel zurück und spazierte durch den Garten, ehe sie auf ihr Zimmer ging.

Die Luft duftete nach Levkojen, Reseda und würzig nach Zypressen.

Zum erstenmal seit Monaten kam Jenny zur Ruhe. Das alte Sprichwort von den geteilten Sorgen gleich halbe Sorgen stimmt absolut, dachte sie, als sie dankbaren Herzens zu Bett ging.

12. Bessies Empfehlung

Winnie kehrte in ihr leeres Haus zurück und stellte zu ihrer Überraschung fest, daß sie recht gern allein war.

Jennys Gegenwart war zwar tröstlich, besonders nach dem Dunkelwerden, und auch Jeremys Geplapper fehlte ihr nach seinem mehrwöchigen Aufenthalt bei ihr. Doch jetzt hatten sie Hochsommer, und Düfte und Gerüche von Thrush Green wehten durchs offene Fenster herein, so daß sich Winnie keine Spur einsam vorkam und ein gewisses, stilles Vergnügen darin fand, daß niemand ihre Gedankengänge störte, während sie in dem Haus herumging, in dem sie nun schon so lange lebte.

Vielleicht würde ihr Jenny am Ende doch nicht so schrecklich fehlen, falls Percys Brautschau Erfolg haben sollte. Ein erstaunlicher Gedanke und einer, der Winnie irgendwie auch freute. Das mußte doch heißen, daß sie nach dem Tod ihres geliebten Donald das Schlimmste hinter sich hatte. Die Zeit schien, wie jeder ihr versichert hatte, tatsächlich Wunden zu heilen. Sie hatte es nicht wahrhaben wollen, aber jetzt wollte es ihr so vorkommen. Zumindest war dieses neue Zutrauen schön, und falls Jenny sie verlassen sollte, würde sie es mit mehr Fassung tragen, als sie für möglich gehalten hatte.

Ihre glückliche Stimmung hielt die ganze Woche über an. Jenny wollte am Samstag zur Teezeit zurückkommen, und Winnie hatte ihr gesagt, sie solle sich am Bahnhof in Lulling ein Taxi nehmen, auch wenn Jenny wegen der Kosten abgewehrt hatte.

»Du gehst mir nicht über eine Meile den Berg hoch, und das noch mit Koffer und Handgepäck. Und wenn es regnet? Nein, du tust, was ich sage.«

Und Jenny hatte zugestimmt.

Aber am Freitagnachmittag stand Percy Hodge mit einem Strauß von Mrs. Sinkins Bartnelken so groß wie Blumenkohlköpfe auf der Schwelle und verkündete, er wolle Jenny vom 16.10-Uhr-Zug abholen.

»Aber wir haben abgemacht, daß sich Jenny ein Taxi nimmt«, erklärte Winnie ein wenig erschrocken.

»Ich weiß. Aber ich möchte ein Wörtchen mit Jenny reden, und dazu würde ich sie gern vom Bahnhof abholen. Wozu ein Taxi, wenn ich ein Auto hab.«

Winnie konnte ihm also nur danken, doch der Ausdruck ›ein Wörtchen mit Jenny reden‹ hörte sich unheilverkündend an. Wollte er ihr zwischen Bahnhof und Thrush Green einen Heiratsantrag machen? Und was würde Jenny denken, wenn sie Percy am Bahnhof warten sah? Und angenommen, Percy kam ein wenig zu spät und Jenny hatte sich schon ein Taxi genommen? Du liebe Zeit, was für ein Kuddelmuddel!

Gegen sieben Uhr abends wurde Winnie immer unruhiger, obwohl ihr klar war, daß Percys und Jennys Angelegenheiten sie nichts angingen. Schließlich rang sie sich dazu durch, Jenny in Torquay anzurufen und ihr mitzuteilen, daß Percy sie abholen würde, und es dabei zu belassen. So war die junge Frau zumindest vorgewarnt.

Unvorhergesehenerweise verbrachte Jenny ihren letzten Abend mit Bessie und Harry, doch Winnie hinterließ bei dem Mädchen von der Telefonzentrale eine Nachricht und konnte nur noch hoffen, daß Jenny diese erhielt, wenn sie heimkam. Irgendwie war Winnie erleichtert, daß sie nicht mit Jenny hatte sprechen müssen. Das hätte möglicherweise langatmige Erklärungen erforderlich gemacht.

Winnie ging zu Bett und sagte sich, daß sie sich für diesen Tag genug Sorgen gemacht hätte, morgen war ein neuer Tag.

Zufällig stand am nächsten Morgen Ella Bembridge um zehn Uhr vor der Tür.

Winnie war im Garten gewesen, hatte Rosen gepflückt und die Himbeersträucher begutachtet. Es sah danach aus, als würde es dieses Jahr eine gute Ernte geben, doch die Beeren brauchten Regen, sonst vertrockneten sie. Der Himmel war wolkenlos wie schon seit einer Woche, und trotz der dürstenden Himbeersträucher brachte es Winnie nicht übers Herz, um schlechtes Wetter zu bitten.

»Schon wieder ein herrlicher Tag!« begrüßte sie Ella.

»Nicht für die Lovelock-Mädels!« erwiderte Ella. Da alle drei Schwestern schon über fünfundsiebzig waren, fand Winnie das Wort ›Mädels‹ denn doch nicht ganz passend für ihre betagten Freundinnen.

»Doch nicht etwa krank?« fragte Winnie erschrocken.

»Ausgeraubt!« sagte Ella und ließ sich auf einen zierlichen Sheraton-Stuhl plumpsen, daß er knarzend aufbegehrte.

»Nein! Wann? Wie? Was ist weg?«

»Die Antworten sind: Ja. Gestern. Von einem oder mehreren Unbekannten. Und sie wissen noch nicht genau, was alles weg ist, aber wohl fast ihr ganzes antikes Silber.«

»Ach, die Ärmsten! Das bricht ihnen das Herz. Sie haben so an ihrer Silbersammlung gehangen.«

»Man hat ihnen oft genug geraten, sie im Safe oder in der Bank aufzubewahren, aber du kennst sie ja! Sie haben gesagt, sie möchten sich lieber an ihrem Anblick erfreuen.«

»Und warum nicht? Es macht doch keinen Spaß, wenn man

schöne Dinge hat und sich nicht an ihnen freuen kann. Meine Mutter hatte von ihrer Großmutter ein Diamantarmband geerbt, das war so furchtbar wertvoll, daß es nie das Licht des Tages gesehen hat, sondern immer im Banktresor gelegen hat. Das hat meine Mutter meines Wissens oft betrübt.«

»Da war es auch am besten aufgehoben«, sagte Ella resolut. »Erinnerst du dich noch, was uns der Polizeibeamte gesagt hat, daß wir keine Wertsachen herumliegen lassen sollen?«

»Natürlich erinnere ich mich. Übrigens schließe ich jetzt die Haustür ab, wenn ich nach Lulling zum Einkaufen gehe. Und dann hatte ich vergessen, wo ich den Schlüssel hingelegt hatte, und mußte auf Jenny warten, daß die mich ins Haus ließ. Also ich finde, in unserer Jugend waren die Leute nicht so unehrlich. Es macht das Leben für alle so furchtbar kompliziert.«

»Ich hab gedacht, ich sag dir Bescheid, falls du die Mädels demnächst mal siehst.«

»Ich rufe sie an und erkundige mich, ob ich helfen kann«, sagte Winnie, »aber wie bloß? Das Silber muß ein Vermögen wert sein. Sie sind doch wohl versichert, was meinst du?«

»Wer weiß, wer weiß!« antwortete Ella und hievte sich von dem aufseufzenden Stuhl hoch. »Übrigens, kannst du Stachelbeeren gebrauchen? Ich hab eine Rekorderne, also bediene dich. Die Lovelock-Mädels waren gerade am Pflücken, als bei ihnen eingebrochen wurde.«

»So ein Unglück! Und ja, bitte, ich hätte gern Stachelbeeren zum Einkochen. An einem trostlosen Dezembertag gibt es nichts Schöneres als eine warme Stachelbeertorte. Kann ich nächste Woche kommen, wenn Jenny zurück ist?«

»Wann immer es dir in den Kram paßt«, sagte Ella und stampfte hinaus in den strahlenden Morgen.

Miss Violet nahm ab, als Winnie anrief, und obwohl sie sich verstört anhörte, war ihr Bericht über den Einbruch bemerkenswert klar und detailliert.

»Es ist die Dreistigkeit, die uns so erschüttert«, empörte sie sich mit hoher, zitternder Stimme. »Wir waren nämlich im Garten und haben eifrig Stachelbeeren gepflückt, du weißt, die schönen goldenen, die wollten wir einmachen. Der Unmensch muß die Haustür aufgestoßen und uns durch das Fenster von der Diele aus erblickt haben. Von da aus kann man nämlich den Garten wunderbar einsehen.«

»Aber warum hat er die Tür geöffnet?«

»Na ja, normalerweise stellt der Milchmann unsere Flaschen in einen recht hübschen Übertopf neben die Schwelle, aber seit es so heiß ist, hat Bertha gesagt, es wäre besser, wenn er die Milch in die Diele gleich hinter der Haustür stellt und hat ihm einen dahingehenden Zettel in den Übertopf gelegt. Den muß der Dieb gelesen haben.«

»Sehr gut möglich.«

»Der Milchmann ist in letzter Zeit so unpünktlich. Wir wissen nie, wann er aufkreuzt. Er ist hinter May Miller vom Textilgeschäft her, sein Lieferwagen steht stundenlang vor dem Laden. Ich überlege, ob man ihn wegen absichtlichen Trödelns vor den Kadi bringen kann?«

»Liebe Violet, du kannst doch keinen Lieferanten wegen Trödelns verklagen.«

»Wie auch immer«, fuhr Miss Lovelock fort, »dieser Unmensch hat sich am Garderobenständer eine Tragetasche geschnappt, ist ins Eßzimmer gegangen und hat alles – einfach alles – von der Kredenz abgeräumt. Und auch alles von Dielentisch.«

»Und niemand hat ihn gesehen?«

»Na ja, vielleicht hat ihn jemand im Bus gesehen. Der Dieb muß aus dem Haus getreten und gleich einen Bus bekommen haben. Ein Riesenglück für ihn, wenn man bedenkt, wie schlecht es heutzutage um den öffentlichen Verkehr bestellt ist. Dieser Mann – ich meine, der, der ihn gesehen hat – hat der Polizei eine Beschreibung gegeben. Ihm ist aufgefallen, daß es in der Tragetasche geklirrt hat, denn die war von Debenham's – eine wirklich anständige Firma – und da hat er einfach angenommen, daß der Mann irgendwelche Küchengeräte gekauft hat, Töpfe oder Fischkochtöpfe oder ähnliches.«

»Verkauft Debenham's denn auch Küchengeräte?«

»Ich weiß nicht recht. Heutzutage verkaufen Läden die

merkwürdigsten Dinge, nur nie das, was man haben will. So kann Bertha beim besten Willen kein doppelseitiges Babysatinband bekommen, was sie aber für ihr bestes Nachthemd braucht. Anscheinend ist es vom Markt verschwunden.«

»Was passiert jetzt, Violet? Ist die Polizei hilfreich?«

»O ja, sehr! Ungemein mitfühlend. Das Dumme ist nur, es fällt uns so schwer, eine genaue Liste aufzustellen. Ich wache mitten in der Nacht auf und denke: ›Also, habe ich den Pseudo-Lamerie-Milchbecher aufgeschrieben, der zwar 1905 in Birmingham gemacht, trotzdem aber echt Silber und ganz reizend war?‹ Der junge Beamte, der den Fall bearbeitet, ist die Geduld in Person und freut sich immer über eine Tasse Earl-Grey-Tee. Gott sei Dank nimmt er keinen Zucker.«

Da spricht die echte Lovelock, dachte Winnie, sparsam bis zum Letzten.

Sie legte auf, nachdem sie ihr Mitgefühl noch einmal zum Ausdruck gebracht hatte, und machte sich an die Hausarbeit.

Die Neuigkeit, daß bei Molly ein Baby unterwegs war, hatte sich überall in Thrush Green herumgesprochen. Alle, mit Ausnahme des künftigen Großvaters Albert Piggott, freuten sich mit ihr.

»Viel Geschrei und wenig Wolle«, knurrte Albert, als ihn seine Kumpels in den *Zwei Fasanen* beglückwünschten. »Wenn ihr mich fragt, so gibt es schon zuviel Menschen auf der Welt, da sollte man nicht mehr produzieren.«

»Jetzt mußt du dich mehr um dich selber kümmern, alter Knabe«, sagte ein Schlauberger. »Kannst ja nicht erwarten, daß Molly noch soviel für dich tut, jetzt, wo was unterwegs ist.«

»Glaubste etwa, daß wüßt ich nicht«, blaffte Albert ihn an und starrte verdrießlich in sein leeres Glas.

Die kleine Miss Fogerty beschloß, die Strickjacke, die sie für den kommenden Winter strickte, beiseite zu legen, Babywolle zu kaufen und ein Jäckchen für den Neuankömmling zu stricken.

Doch die Wahl der Farbe für das Kleidungsstück stellte sie vor Probleme.

»Ich für mein Teil mag Rosa«, sagte sie zu Miss Watson, als sie ihr gekochtes Ei aufklopften, »und ich könnte mir denken, daß Molly dieses Mal gern ein Mädchen haben möchte. Aber wenn es wieder ein Junge wird, sieht Rosa zu weiblich aus, findest du nicht auch? Mit Blau würde ich auf Nummer sicher gehen. Mädchen sehen in Blau auch niedlich aus, nicht wahr?«

Miss Watson stimmte etwas geistesabwesend zu, und Agnes merkte sofort auf.

»Sag, Dorothy, tut dir dein Bein weh?« Ihre eigenen Probleme waren wieder einmal vergessen.

Miss Watson seufzte.

»Ehrlich gesagt, Agnes, es hat mir eine sehr unruhige Nacht beschert.«

»Dann wollen wir sofort Doktor Lovell holen.«

»Nein, nein. Du weißt doch, ich bin erst kürzlich bei ihm gewesen, und er hat gesagt, es gibt keinen Grund zur Sorge. Es sind lediglich Phantomschmerzen, hat er gesagt.«

»Na und!« zürnte Miss Fogerty im Namen ihrer Freundin. »Schmerzen sind Schmerzen! Wo ist der Unterschied zwischen richtigen Schmerzen und Phantomschmerzen?«

»Du hast ja recht«, gestand Miss Watson und zuckte zusammen, als sie an ihrem Stuhl rückte. »Das ist alles sehr unbefriedigend, aber soll ich mich mit ihm anlegen? Ich denke, wir warten ein, zwei Tage ab und sehen, wie sich die Sache entwickelt. Vielleicht habe ich mich nur verlegen und mir ein wenig das Becken verrenkt.«

»Kann sein«, meinte Agnes. »Das ist der Haken mit den Knochen. Überall sind sie miteinander verzahnt, und ich muß schon sagen, manchmal höchst bedenklich. Aber ich warne dich, Dorothy, ich hole auf alle Fälle den Arzt, wenn ich sehe, daß du Schmerzen hast.«

Miss Watson schenkte ihrer lieben Freundin ein Lächeln. Wenn sie, was selten geschah, in Rage geriet, sah sie aus wie eine wildgewordene Maus.

»Ich bin überzeugt, morgen bin ich so springlebendig wie ein Floh«, versicherte sie Agnes.

Aber selbst Flöhe, sagte sie bei sich, als sie mühsam aufstand, haben schlechte Tage.

Dimity und Charles Henstock, die sich wunderbar bei Mrs. Jenner eingelebt hatten, trafen Dotty Harmer auf dem Feldweg, der von Thrush Green nach Nidden führte. Sie erzählten ihr, daß bei Molly etwas unterwegs war.

Dotty stand wie angewurzelt und wirkte benommen, während Flossie glücklich Charles Henstocks Beine beschnupperte und freudig erregt mit dem buschigen Schwanz wedelte.

»Im Dezember? Das dauert aber lange. Bist du dir da ganz sicher, Charles? Ich weiß gar nicht mehr, wie lange Menschen tragen. Bei Ziegen, Kaninchen und Katzen kenne ich mich hervorragend aus, aber bei Babys…«

»Du kannst mir glauben, Dotty, Dezember stimmt«, sagte Dimity. »Es dauert nämlich neun Monate, und jetzt haben wir Juni, also kommt das Baby in sechs Monaten.«

»Ja, ja, sicherlich weiß Molly Bescheid. Sie ist so eine gute, kleine Mutter. Es war mir nur entfallen.«

»Komm mit und trink in unserem neuen Heim Tee mit uns«, schlug Charles vor. »Übrigens, du hast doch hoffentlich den Plan aufgegeben, ein Kind zu adoptieren?«

»Ich kann nicht behaupten, daß man mich darin unterstützt hat«, gab Dotty zurück. »Weder die Adoptionsvermittlungen – noch du, mein lieber Charles, falls du dich noch erinnerst. Also gebe ich den Plan auf. Sehr zu meinem Bedauern.«

Charles atmete auf.

»Und ja, ich würde gern bei Mrs. Jenner eine Tasse Tee mit euch trinken.«

Sie machten sich auf den Rückweg, und Flossie sprang vor ihnen her.

»Natürlich«, plauderte Dotty, als sie durch Mrs. Jenners Gartenpforte traten, »Elefanten tragen ja ihre Jungen zwei Jahre aus. Ich glaube, das hat mich durcheinandergebracht. Die Ärmsten!« setzte sie mitleidig hinzu.

Charles und Dimity, die hinter dieser Vogelscheuche hergingen, warfen sich einen belustigten Blick zu.

Was würden sie ohne Dotty anfangen?

Während Jennys Zug von Torquay aus ostwärts eilte, ließ sie sich ihren Urlaub sehr zufrieden noch einmal durch den Kopf gehen.

Allein schon der Seeaufenthalt wäre himmlisch genug gewesen. Sie hatte das Meer so selten gesehen, daß sie noch immer über seine unermeßliche Größe und die wechselnden Stimmungen staunte, die sie vom sicheren Standort auf Meadfoot Beach erlebt hatte und die sie ehrfürchtig und aufgeregt gestimmt hatten.

Sie erinnerte sich an den Genuß, im Wasserrand zu waten und zu beobachten, wie ihr die Wellen um die Knöchel schäumten. Sie hatte nicht gewagt zu baden, waten aber traute sie sich zu, und sie fand ihre unter dem grünen Wasser grotesk verzerrten Füße lustig.

Das Meer selbst und die milde Salzluft hatten Wunder gewirkt, was ihre Stimmung anging. Jenny merkte allmählich, wie abgeschlagen sie gewesen sein mußte, und sie würde Winnie Bailey ewig dankbar sein, daß sie ihren Zustand erkannt und sich so rasch und großzügig um sie gekümmert hatte.

Während sie sich vom Zug wiegen ließ, beobachtete Jenny die vorbeifliegenden Telegraphenmasten vor einem Hintergrund aus grünen Wäldern und Feldern. Sie würde Winnie ihre Freundlichkeit nie zurückzahlen können. Der Urlaub war wunderbar gewesen, und zu allem Überfluß hatte sie auch noch Bessie wiedergetroffen. Die warme Zufriedenheit, die sie jetzt einhüllte, verdankte sie Bessies Freundschaft und guten Ratschlägen wie auch den heilenden Kräften von Meer und Seeluft in Torquay.

Gestern abend war Bessie noch einmal auf das Thema Percy Hodge zu sprechen gekommen, denn sie erriet, daß Jenny etwas Angst vor der Rückkehr nach Thrush Green und vor ihrem Verehrer hatte.

Natürlich wußte sie nicht, daß Percy Jenny vom Zug abholen wollte. Winnie Baileys verschlüsselte Nachricht wartete noch im Hotel auf Jennys Rückkehr. Doch sie dachte, es könne nicht schaden, wenn ihre alte Freundin dem Ganzen etwas gefaßter entgegensah. Taktvoll schnitt sie das Thema an, und Jenny seufzte.

»Ich weiß noch, wie du gesagt hast, ich soll mir meinen Verehrer mit einer anderen vorstellen«, sagte sie, »und weißt du was, es hat funktioniert. Wenn irgendeine nette Frau mir Percy abnehmen würde, Steine würden mir von der Seele fallen. Er braucht wirklich jemanden.«

»Freut mich zu hören«, erwiderte Bessie. »Aber das mußt nicht unbedingt du sein. Und wenn dich seine abgesprungenen Knöpfe und ausgefransten Kragen so bekümmern, kannst du sie ihm doch flicken, als Freundschaftsdienst. Dazu mußt du den Mann ja nicht gleich heiraten, oder?«

Und Jenny hatte gelacht und ihr recht gegeben.

Wie vernünftig Bessie doch war! Natürlich war es die richtige Art, mit Percys Liebesglut fertigzuwerden. Wenn sie so viele Verehrer gehabt hätte wie Bessie in ihrer Jugend, Percys Aufmerksamkeiten hätten sie nicht so verstört. Es kam einfach unerwartet, daß sich jemand um sie bemühte, und das hatte sie durcheinandergebracht. Wahrscheinlich hatte Bessie recht, daß Percy binnen eines Jahres jemand anders finden würde. Hoffentlich. Er war ein netter Mann und verdiente eine gute Hausfrau und Lebensgefährtin.

Was ihre eigenen Gefühle anging, na ja – es war nett gewesen, umworben zu werden. Sie würde Percy immer dankbar sein, daß er sie erwählt hatte. Aber wie würde sie aufatmen, wenn sie ihm nicht mehr verlegen für Blumen, Eier, Seife, Pflanzen und alle möglichen Geschenke danken mußte, die er anschleppte!

Sie schloß die Augen, während die Wiesen von Wiltshire vorbeiflogen, und seufzte zufrieden. Jetzt wußte sie, was sie zu tun hatte. Jetzt konnte sie Percy auf dem Bahnhof in die Augen sehen. Wahrscheinlich würde er sehr wenig sagen und einfach ihren Koffer nehmen und über das Wetter reden. Und sie müßte nicht viel sagen, nur von Torquay erzählen. Das würde bis Thrush Green wunderbar reichen. Viel Zeit, über Gefühle zu sprechen, bleibt da nicht, dachte Jenny erleichtert, und Percy zeigte seine Gefühle sowieso nicht offen. Und wer weiß, vielleicht hatte sie Glück, und seine Leidenschaft – falls es sich darum handelte – hatte sich während ihrer Abwesenheit abgekühlt und das Abholen vom Zug war lediglich ein Freundschaftsdienst.

Wie mein Angebot, gelegentlich seine Sachen zu flicken, dachte Jenny. Wenigstens war sie sich ihrer Sache jetzt sicher und konnte alles abschlagen, was Percy vorschlug.

Sie döste ein wenig, während die Sonne durchs Abteil wanderte. Die Bremsen quietschten, der Rhythmus änderte sich. Jenny wachte auf und sah vertraute Felder vorbeiziehen.

Sie hob ihren Koffer aus dem Gepäcknetz, stellte sich ans Fenster und schwankte im Takt des ratternden Waggons. In der Ferne konnte sie ein Grüppchen Menschen ausmachen und eine einsame Gestalt, Percy.

Er lief neben dem Zug her und riß die Tür auf. Jenny lächelte und reichte ihm den Koffer herunter, während der Zug quietschend hielt.

Vollkommen gefaßt wollte sie aussteigen, doch ehe ihr Fuß den Bahnsteig berühren konnte, wurde sie einfach von Percy heruntergehoben und fest in die Arme geschlossen.

»O mein Mädchen, du hast mir ja so gefehlt!« rief Percy.

Und Jenny sank das Herz.

13. Jenny entscheidet sich

Winnie Bailey wartete begierig, wenn auch ängstlich auf Jenny. Hatte sie die Nachricht bezüglich Percy bekommen? Wie würde Percy sie begrüßen? Hatte sie sich in Torquay zu einem Entschluß hinsichtlich ihrer Zukunft durchgerungen?

Der Zug mußte kurz nach vier Uhr in Lulling ankommen. Winnie bereitete den Tee vor. Jenny würde sich nach der Reise gerne stärken wollen, und dabei würde sie selbst von

Jennys Plänen hören, desgleichen einen Bericht über ihre Ferien.

Viertel vor fünf begann Winnie, sich etwas Sorgen zu machen. Falls Percy auf der High Street schnurstracks durch Lulling gefahren war und dann den steilen Hügel nach Thrush Green hoch, hätte er mit Jenny spätestens um halb fünf da sein müssen. Natürlich, so tröstete sie sich, kann der Zug Verspätung gehabt haben, doch was sie so beunruhigte, war der Gedanke, daß Percy einen Umweg machte, weil er ein ruhiges Fleckchen für seinen Heiratsantrag suchte.

Sie musterte das Tablett. Da standen zwei Tassen mit Untertassen, Tomaten-Sandwiches und selbstgebackene Kekse. Vielleicht stellte sie besser noch eine Tasse hin, falls Percy jetzt Verlobtenstatus hatte. Winnie bemühte sich, ihrer Aufregung Herr zu werden, holte eine weitere Tasse und sah nach dem Wasserkessel.

In diesem Augenblick hörte sie ein Auto halten und eilte zum Fenster.

Jenny stieg aus, und Percy hob ihren Koffer vom Rücksitz. Sie unterhielten sich kurz, und Winnie fand, daß Jenny ziemlich mitgenommen wirkte. Percys Miene war, wie gewöhnlich in Jennys Gegenwart, fröhlich und benommen, und anscheinend wollte er ihr den Koffer zur Tür tragen.

Jenny griff selbst danach, verabschiedete sich von ihrem Freier und kam schlanken Schrittes den Gartenweg entlang. Percy winkte und stieg wieder ins Auto, während Winnie zur Haustür eilte und aufmachte.

»Will Percy nicht hereinkommen«, fragt sie.

»Er muß zurück«, sagte Jenny kurzangebunden und sah hinter dem Auto her, das jetzt losfuhr.

»Wie schön, daß du wieder zu Hause bist, ich mache gerade Tee, komm, setz dich.«

»Ich könnte eine Tasse gebrauchen«, sagte Jenny dankbar. »Percy kann einem manchmal ganz schön auf die Nerven gehen.«

Und Winnie, die kochendes Wasser in die Teekanne schüttete, atmete erleichtert auf.

Beim Tee berichtete Jenny von der überraschenden Begrüßung auf dem Bahnhof.

»Hab ich mich erschrocken, wie Sie sich ja denken können, und ich hab ihm sofort gesagt, er soll sich nicht so albern benehmen. Aber, du liebe Zeit, bei dem braucht man eine Bratpfanne, wenn der sich mal was vorgenommen hat, und dann ist er ganz hintenherum gefahren – wollte dem Verkehr ausweichen, aber da waren nur meine Wenigkeit und Betty Martin – und darum komme ich so spät. Und dann hat er in der alten Allee angehalten und gesagt, wie ich ihm gefehlt hab, aber jetzt, wo ich wieder da wäre, könnten wir ans Heiraten denken, bis ich ihn am liebsten geohrfeigt hätte.«

»Und was hast du gesagt, Jenny?«

»Als ich ein Wort einwerfen konnte, hab ich gesagt, es täte mir leid, aber ich wollte überhaupt niemanden heiraten, und ganz sicher nicht ihn. Aber statt mit Percy Hodge könnt man sich genausogut mit einer Backsteinmauer unterhalten. Anscheinend hat er nichts kapiert. Bis ich durchgedreht bin und ihn gebeten hab, mich rauszulassen, ich wolle zu Fuß nach Haus, weil das ein bißchen beruhigt. Aber das hat er nicht zugelassen.«

»Ein hartnäckiger Bursche«, meinte Winnie, der von Minute zu Minute leichter ums Herz wurde.

»Noch Tee, liebe Jenny?«

Jenny reichte ihr die Tasse.

»Körbeverteilen macht durstig, das kann ich Ihnen sagen«, meinte sie, »vor allem, wenn jemand so dickköpfig ist wie Percy. Am Ende hat er gesagt, morgen früh will er nach Wales und Vieh holen, also ist er ein, zwei Tage nicht da, und da könnte ich mich ja an den Gedanken gewöhnen, daß ich verlobt bin, er würde mich besuchen, wenn er zurück ist.«

»Ach, liebe Jenny! Bist du dir auch ganz sicher?«

»Mrs. Bailey«, sagte Jenny ernst, »ich hab seit meiner Abreise an nichts anderes gedacht, und ich will Percy auf keinen Fall heiraten. Und außerdem möchte ich Sie nicht verlassen.«

Winnie war so erleichtert, daß ihr die Tränen in die Augen stiegen.

»Das ist für mich natürlich sehr schön, und ich bin froh, daß du dich entschieden hast. Aber es wäre mir gar nicht recht, wenn du aus Anhänglichkeit zu mir ein künftiges Glück wegwerfen würdest. Percy ist ein netter Kerl und gibt einen guten Ehemann ab, davon bin ich überzeugt, und er hängt sehr an dir, das merkt man. Wie gut, daß du noch ein paar Tage hast, um dir das Ganze zu überlegen.«

»Dazu brauche ich keine paar Tage«, sagte Jenny resolut. »Ich weiß, was ich will, und seitdem ich das weiß, geht es mir auch besser. Wenn Percy zurück ist, stelle ich das eindeutig klar.«

»Aber nett!« bat Winnie. »Er wird so enttäuscht sein.«

»Bessie sagt, sie wettet, daß er binnen eines Jahres glücklich verheiratet ist«, meinte Jenny. »Aber nicht mit mir! Ich gehe jetzt und spüle das Teegeschirr ab.« Sie sprang auf.

»Das tust du nicht«, sagte Winnie. »Du hast in der letzten Stunde genug am Hals gehabt. Das Teegeschirr kann warten.«

Es konnte kein Zweifel daran bestehen, daß Jennys Urlaub sie wiederhergestellt hatte, denn sie machte sich mit neuer Kraft an die Arbeit. Winnie freute sich, daß sie so gesund und munter war.

Bezüglich Percy sagte sie nichts mehr zu Jenny, und sie erzählte auch in Thrush Green kein Sterbenswörtchen davon, doch irgendwie schien es gegen Ende der Woche durchgesickert zu sein, daß Percy Hodge abgeblitzt war.

Die Kommentare dazu in den *Zwei Fasanen* waren das genaue Gegenteil von dem, was man dort früher gehört hatte. Niemand äußerte, daß Jenny dumm sei, da sie es als Percys zweite Frau gut gehabt hätte, nein, allgemein wurde befunden, daß es sehr vernünftig von ihr gewesen war, Percys Annäherungsversuche abzuschmettern.

Einige gingen sogar noch weiter.

»Ihr könnt mir glauben«, sagte einer der ehrenwerten Herren, »die hat da unten in Devon was Besseres aufgetan. Kann man der doch ansehen. Ist seit Torquay richtiggehend aufgeblüht. Dahinter kann nur ein Mann stecken, mich sollt es jedenfalls nicht wundern.«

»Kann man ihr auch nicht verdenken. Wo der gute Percy seit Gerties Tod nur noch ein Jammerlappen ist. Jenny muß auch an sich denken, und bei Doktor Bailey hat sie's gut.«

»Und dann wird immer behauptet, daß Frauen Klatschbasen sind«, rief der Wirt, »aber ihr Jungs seid viel schlimmer! Zählt zwei und zwei zusammen und kriegt zwölfe raus! Vielleicht hat Perce sie ja noch gar nicht gefragt.«

»Der hat einen Bogen um ihr Haus gemacht, seit er aus Wales zurück ist. Und das, wo er, ehe sie weg war, andauernd mit einem verdammich großen Riechbesen angetrabt ist. Und seht ihn euch jetzt an! Stimmt's?« fragte er seine Zechgenossen.

Beifälliges Geknurre. Albert Piggott hatte das letzte Wort.

»Kumpels, ich glaub, die sind beide schlau geworden. Diese Heiraterei und Verheiraterei ist doch übertrieben und kann eine schöne Pleite werden. Und bitte noch ein kleines Bitter, schließlich bin ich ein freier Mann und hab keine zänkische Ehefrau.«

Schon bald danach gaben Harold und Isobel Shoosmith eine kleine Party. Das herrliche Juniwetter ermutigte dazu. Rosen und Bartnelken standen in voller Blüte und waren so bezaubernd wie sonst nie, und die Sonne war um neun Uhr abends noch nicht untergegangen, daher luden sie an die zwei Dutzend alte Freunde auf einen Drink ein.

Die Henstocks und die Hursts kamen zur gleichen Zeit. Frank Hurst und Harold waren seit vielen Jahren befreundet, und Frank hatte durch ihn Phyllida kennengelernt, als diese in der Not der Verzweiflung versuchte, als freiberufliche Autorin Geld zu verdienen, und sich dazu in Thrush Green niedergelassen hatte.

Agnes Fogerty war eine von Isobels ältesten Freundinnen. Sie hatten sich als junge Mädchen im Internat kennengelernt und freuten sich beide, daß sie jetzt Tür an Tür wohnten. Dorothy Watson, schick in marineblaue Seide gekleidet, begleitete ihre zweite Lehrerin. Die Youngs, die Bassetts, Winnie

Bailey, Ella Bembridge und Dotty Harmer waren auch anwesend, desgleichen mehrere Freunde aus Lulling, darunter auch Anthony Bull, der Bilderbuchpfarrer aus Lulling.

Der Abend war warm und windstill, und die Gäste wanderten durch den Garten und gratulierten Harold und Isobel zu ihrem tadellos gemähten Rasen und den Beeten ohne Unkraut.

»Alles Harolds Werk«, sagte Isobel. »Ich bin nur Mitläufer, schneide Rosen und Stiefmütterchen – ein ganz bescheidener Gartengehilfe.«

»Gibt es etwas Neues über dein neues Heim?« fragte Anthony Bull Charles, als sie zusammen unter einer Rotbuche standen.

»Soviel ich weiß, diskutiert man darüber, ob man auf dem alten Grundstück etwas Kleineres baut oder ein bereits stehendes Haus kauft und das Grundstück verkauft. Vermutlich bringt es einen guten Preis, obwohl ich wenig von diesen Dingen verstehe.«

»Es ist nicht sehr groß«, sagte Anthony. »Ob man damit einen guten Preis erzielt? Ich habe so meinen Zweifel. Aber sag, seid ihr bei Mrs. Jenner gut untergebracht?«

Charles' pausbäckiges Gesicht strahlte.

»Unvorstellbar behaglich! Dimity und ich hatten ja keine Ahnung, daß man es so warm und schön haben kann. Die Fenster gehen nämlich nach Süden und geben so wunderbar viel Licht. Ich muß am Schreibtisch nie die Lampe anknipsen, wenn ich schreibe. Es ist einfach zu schön.«

»Ein Haus, das ich immer bewundert habe«, sagte Anthony. »Ungefähr das gleiche Alter wie unser Pfarrhaus. Die Architekten des achtzehnten Jahrhunderts wußten noch, was sie taten, nicht wahr?«

»Ganz zweifellos«, bestätigte Charles. »Ganz zweifellos. Ich trauere zwar noch immer unserem alten, abgebrannten Haus nach, aber allmählich sehe ich ein, daß es schlecht entworfen war und daß sich die gute Dimity mit einer sehr ungemütlichen Umgebung abfinden mußte, aber sie hat sich nie beklagt.«

»Ach! Du hast einen Engel geheiratet, Charles, ich übrigens auch. Wir können uns wirklich glücklich preisen.«

Phyllida Hurst gesellte sich zu ihnen.

»Gute Nachrichten! Das Baby der Thomas' ist gestern zur Welt gekommen. Ein Junge, und Jack hat sich am Telefon sehr zufrieden angehört. War doch lieb von ihm, daß er angerufen hat, oder?«

»Ich habe ihn immer für einen reizenden jungen Mann gehalten«, sagte Charles. »Und es versteht sich von selbst, daß er euch anruft. Schließlich sind sie euch zu großem Dank verpflichtet, weil sie in Tullivers wohnen durften.«

Anthony Bull hatte sich entfernt, weil er sich mit Miss Watson und Miss Fogerty unterhalten wollte. Phil hakte rasch ein.

»Ich habe erst jetzt herausgefunden, daß das andere junge Paar für euch eine herbe Enttäuschung gewesen sein muß.«

»Ach?« fragte Charles und legte die Stirn in bestürzte Falten. »Ich muß gestehen, daß ich sie kaum gesehen habe.«

»Sie haben nämlich Drogen genommen.«

»Die Sorte, die man raucht?«

»Soviel ich weiß, ja.«

»Das muß dann der eigenartige Geruch gewesen sein, der mir bei meinem Besuch aufgefallen ist. Ich habe gedacht, sie kochen – mit Kräutern oder so ähnlich.«

»So kann man es auch sehen!«

»Wie hast du es herausbekommen? Hat Jack Thomas dir das erzählt?«

»Nein. Jeremy.«

»Jeremy!« rutschte es dem Pfarrer heraus, »aber wie um alles –?«

»Einer der Jungs in der Schule hat eine ältere Schwester, die das Zeug genommen hat. Sie hat gewußt, daß Freunde der Thomas' es kaufen und hat es ihrem Bruder erzählt, und der hat es offensichtlich Jeremy erzählt. Soviel ich weiß, ist sie jetzt Gott sei Dank davon los. Dumm von ihr, überhaupt damit anzufangen.«

»Das ist ja eine schlimme Sache«, sagte Charles. »Ich kann

nur hoffen, daß die beiden anderen ihrem Beispiel folgen. Und das mit dem Baby freut mich sehr. Richte bitte den Thomas unsere Glückwünsche aus, wenn ihr wieder telefoniert.«

Sein Auge fiel auf die drei Lovelock-Schwestern, die zwei Silberschälchen mit Nüssen bewunderten.

»Bitte, entschuldige mich, Phyllida. Ich muß mich mit den Lovelock-Mädels unterhalten. Die habe ich seit dem Einbruch nicht mehr gesehen.«

Er entfernte sich eilig. Phil bemerkte in Miss Violets Augen ein Raubtierfunkeln, als sie das Schälchen auf den Tisch zurückstellte.

Sucht sie schon Ersatz für ihre geraubte Sammlung, fragte sich Phyllida? Hastig unterdrückte sie diesen unwürdigen Gedanken, ging zu den Youngs hinüber und unterhielt sich mit ihnen.

Abends ruhten sich Dorothy Watson und Agnes Fogerty dann im Wohnzimmer aus und gingen die aufregenden Ereignisse der Party durch.

»Ich fand das flaschengrüne Kleid sehr kleidsam an Joan Young. Ein wirklich hübscher Ausschnitt.«

Dorothy verstand viel von Kleidern, das wußte Agnes, und sie interessierte sich auch ungemein für die Kleidung anderer. Agnes wiederum war es zufrieden, sauber und anständig auszusehen, fand jedoch die Bemerkungen ihrer Freundin zur Garderobe anderer immer faszinierend.

»Und ist dir aufgefallen«, fuhr Dorothy fort, »daß Ada Lovelocks Abendtäschen neuerdings mit Jettborte besetzt ist, die mir ganz danach aussah, als gehörte sie zu dem Krimskrams, den ich ihr kürzlich für ihren Basar geschickt habe? Wenn es um Schnickschnack geht, ist mir noch nie so etwas Habgieriges untergekommen wie diese Lovelock-Schwestern.«

»Wie kannst du ihre schönen Sachen nur als Schnickschnack bezeichnen«, protestierte Agnes. »Und außerdem weißt du nicht genau, ob es auch die Borte ist, die du ihnen geschickt hast.«

»Liebe Agnes, da bin ich mir ganz sicher«, sagte Dorothy entschieden. »Ich weiß deinen Gerechtigkeitssinn wirklich zu schätzen, aber täusche dich nicht. Die Lovelocks haben sich diese Borte zweifellos schon lange vor dem Basar angeeignet, man könnte auch sagen entwendet.«

»Kann sein«, gab Agnes nach, »aber die Ärmsten haben so unter dem Verlust all ihrer wunderschönen Sachen gelitten, da finde ich, man sollte es ihnen verzeihen, daß sie die Jettborte gekauft haben. Vielleicht stehen sie noch immer unter Schock.«

»Unter diesem speziellen Schock stehen sie, solange ich sie kenne«, sagte Dorothy. »Sie sind jedoch viel zu alt, um sich noch zu ändern, verschwenden wir also keine Zeit damit, über sie zu richten. Liebe Agnes, nach dem ganzen Sherry bin ich ungewohnt durstig. Was hältst du von einem Glas Orangensaft für uns beide?«

»Viel«, sagte Agnes und stand sofort auf. »Und du legst die Beine hoch, liebe Dorothy, du hast lange genug gestanden, während ich uns beiden etwas zu trinken hole.«

Eines Tages, dachte Dorothy, während sie ihrer Freundin nachblickte, die in die Küche eilte, kann ich hoffentlich die Güte dieser vollkommen selbstlosen Seele vergelten. Nur, ob mir das gelingt?

Ein paar Tage später saß Charles Henstock morgens an seinem Schreibtisch und blickte hinaus in den sonnenbeschienenen Garten. Er versuchte, die Predigt für den kommenden Sonntag aufzusetzen, was immer schwierig war und durch den herrlichen Junitag und die ganze Schönheit draußen vor dem Fenster durchaus nicht leichter wurde.

Eine Blaumeise mit mimosengelber Brust klammerte sich an eine halbe Kokosnußschale, die am Ast eines alten Pflaumenbaums hing. Sie spielte possierlich und anmutig damit. Unter ihr saß eine Amsel, die versuchte, sie einzuschüchtern, und alle anderen Tiere am Boden von den Krumen, die die Meise aus der Kokosnuß pickte, verscheuchte.

Über ihnen zog ein kleines, silbriges Flugzeug einen schnell verblassenden Streifen am blauen Himmel, und auf Percy

Hodges Weide graste eine widerkäuende, rotbraune Kuh und war genauso geistesabwesend und selig wie der gute Pfarrer. Und neben ihm hatte sich eine Katze im Sessel zusammengerollte und fühlte sich bei Mrs. Jenner genauso wohl wie er und Dimity.

Die war zum Einkaufen in Lulling, daher kam Charles seine neue Unterkunft sehr still vor. Dimitys Abschiedsworte hatten dahingehend gelautet, daß er nun in aller Ruhe seine Predigt ausarbeiten könne.

Und Ruhe habe ich, dachte er, legte den Füller beiseite und stützte den Kopf in die Hand. Wie hübsch doch die frischen Blätter am Pflaumenbaum aussahen! Wie schön geformt der Flügel der aufflatternden Meise war! Wie leuchtend der Schnabel der Amsel!

Hier ließ es sich behaglich leben, und er dankte Gott demütig, daß er ihn nach dem tragischen Brand hierhergeführt hatte. Wo werde ich irgendwann eine neue Heimat finden, fragte er sich zum x-ten Mal. Es wurde Zeit, daß die Kirche von sich hören ließ. Anthony Bull, der immer viel besser informiert war als er, hatte gemeint, daß die Neuordnung der Pfarrbezirke vielleicht an Charles' speziellem Problem schuld sei, aber das Ganze beunruhigte ihn sehr. Er hätte gern gewußt, wohin die Reise ging.

Der gute Pfarrer seufzte und griff wieder zum Füller. Bevor Dimity zurückkehrte, mußte er zumindest angefangen haben. Eine große, schwarze Krähe setzte sich jetzt ins Gras und hüpfte schüchtern zu einer Brotkruste hin, die Mrs. Jenner in den Garten geworfen hatte. Die kleinen Vögel beachteten den großen Vogel in ihrer Mitte überhaupt nicht.

Dem Pfarrer kam die Idee, die Trödelei für seine Arbeit zu nutzen. Er würde über Lebensfreude und Freude an der Gegenwart reden und über die Wunder, die einen umgaben. Hatte der Herr seinen Jüngern nicht geboten, sich nicht zu sorgen, was sie morgen essen oder anziehen würden?

Mit dieser Inspiration begab sich Charles wieder an seine Predigt, in der er seine eigene Freude mit seinen geliebten Gemeindemitgliedern teilen wollte.

Während er emsig schrieb, ließ sich Molly Curdle zur Schwangerschaftsvorsorge ins Kreiskrankenhaus fahren. Doktor Lovell war überzeugt, daß alles in Ordnung war, meinte aber, sie solle vorsichtshalber seine eigene Diagnose in der prächtigen, neuen gynäkologischen Abteilung überprüfen lassen.

Joan Young hätte sie gern gefahren, hatte aber für eine Sitzung des Landfrauenvereins im benachbarten County zugesagt. Das bedeutete einen Lunch mit der ihr noch unbekannten Vorsitzenden, eine Rede als Jurymitglied des monatlichen Wettbewerbs – fast genauso risikoreich und undankbar wie einen Baby-Schönheitswettbewerb zu jurieren – und dann an die fünfundzwanzig Meilen Rückfahrt. Daher ließ sie sich von Arthur Tranter vertreten.

Er war ein fröhlicher Mann, ein paar Jährchen älter als Molly, aber beide waren in Thrush Green zur Schule gegangen und kannten sich recht gut.

Sie saß neben ihm im Taxi und plauderte mit ihm angeregt über dies und das. Molly hütete sich, ihren Zustand zu erwähnen, und freute sich, daß sie noch ziemlich schlank war. Die Mühe hätte sie sich jedoch sparen können, denn dem scharfsichtigen Mr. Tranter blieb nichts verborgen.

»Willst wohl im KKH ein Baby kriegen?« ließ er ganz nebenbei fallen.

»Schon möglich«, sagte Molly.

»Wenn du willst, bring ich dich hin«, bot er ihr an. »Ich fahr haufenweise werdende Mütter aus Lulling hin. Wenn du mich fragst, so ist es ein bißchen weit. Manchmal zu weit. Dreien hab ich schon auf die Welt geholfen, du brauchst dir also keine Sorgen zu machen.«

Molly schwieg sich aus.

»Ich sag immer, sie können sie ja nach meinem alten Taxi nennen, Morris oder, sagen wir, Austin – beides anständige Namen. Ich hab mal einen Hundayi gehabt, den hatte ich einem Amerikaner auf dem Luftwaffenstützpunkt abgekauft, aber nach dem wollte keine junge Mutter ihr Kind nennen. Hätt ja den Spitznamen Hund kriegen können.«

Er lachte schallend über seinen eigenen Witz, Mollys Miß-
billigung machte ihm nichts aus. Sie war froh, als sie durch die
Vororte der Kreisstadt fuhren. Auch ohne Arthurs Kalauer
war es schlimm genug, daß ein fremder Arzt sie untersuchen
würde.

»Du willst zur Schwangerschaftsvorsorge, was mein Mädchen. Ich wart auf dich. Hab 'ne Thermoskanne Kaffee und
die Tageszeitung dabei, also mach dir keine Sorgen, wenn's
länger dauert. Bei Krankenhäusern weiß man nie.«

»Nein, wirklich nicht«, bestätigte Molly beklommen.
Jetzt, so direkt vor der Eingangstür, bekam sie Angst, und so
unangenehm ihr Arthur Tranter auch war, zumindest kannte
sie ihn schon lange, und er war ein Bindeglied zum vertrauten,
fernen Thrush Green.

Er konnte wohl Gedanken lesen, denn er beugte sich aus
dem Wagen und tätschelte ihr den Arm.

»Keine Bange, Mädchen. Das hast du in Nullkommanichts
hinter dir, und dann tret ich aufs Gas und bring dich im Nu
nach Haus.«

Sie schenkte ihm ein dankbares Lächeln und sah der unan-
genehmen Untersuchung gefaßt entgegen.

14. Nach dem Sturm

Die Schönwetterperiode im Juni endete eines schwülen
Abends mit einem heftigen Gewitter. Schon einige Stunden
vorher zuckten gespenstische Blitze, bis sich auch der Donner
einstellte und der Regen auf die ausgedörrte Erde prasselte.
Regenrinnen gurgelten, Bäche flossen den Hügel nach Lulling hinunter und Wassertonnen, die seit Wochen leer standen, füllten sich rasch.

Das Unwetter tobte so fürchterlich, daß Harold und Isobel
gegen drei Uhr nachts fanden, eine Tasse Tee würde ihnen
guttun. Harold ging nach unten und machte den Tee. Während er darauf wartete, daß das Wasser kochte, musterte er
durchs Fenster das nasse Thrush Green.

Anscheinend waren noch mehr Leute wach. In Tullivers brannte gedämpftes Licht, und er riet ganz richtig, daß es an war, damit der kleine Jeremy keine Angst bekam. Auch Ella Bembridge hatte Licht. Die macht sich sicherlich genau wie ich eine Tasse Tee, dachte Harold.

Sonst war nirgendwo Licht zu sehen. Vermutlich lagen die Youngs, die Bassetts, Winnie Bailey, Jenny und die übrigen Bewohner von Thrush Green in tiefem Schlummer oder standen das Gewitter im Dunkel des Schlafzimmers durch.

Harold dachte nicht zum erstenmal, was für ein Glück er doch gehabt hatte, daß er sich in Thrush Green niedergelassen hatte. Tausende von Meilen entfernt hatte er während seines Arbeitslebens bereits von diesem kleinen, englischen Dorf gehört gehabt, aus dem Nathaniel Patten, ein leidenschaftlicher Missionar, stammte, den Harold zutiefst bewunderte. Und Harold hatte dann auch dafür gesorgt, daß Geld für das schöne Denkmal des bedeutendsten Sohnes von Thrush Green gesammelt wurde. Er konnte es jetzt sehen, als ein Blitz es erhellte. Wie schön, daß dieser gute Mensch angemessen geehrt worden war. Harold war stolz darauf, daß er dazu hatte beitragen können.

Worauf er nicht zu hoffen gewagt hatte, war die großzügige Aufnahme bei den Bewohnern seines erwählten Ruhesitzes. Das war ein weiteres Plus. Er hatte in der kleinen Gemeinde mehrere Leute seines Alters kennengelernt, die seine Interessen teilten und gute Freunde geworden waren. Liebevoll und dankbar wanderten seine Gedanken zu den Henstocks, den Baileys, den Hursts und vielen anderen, die ihm das Leben so angenehm machten. Was für ein Glück, daß er so gute Nachbarn hatte und daß sich Betty Bell um sein häusliches Wohlergehen kümmerte.

Aber das höchste Glück, sagte er sich, während er den Tee mit kochendem Wasser aufgoß, hat mir unabsichtlich die kleine Miss Fogerty von nebenan beschert. Ihre Freundschaft mit Isobel, ihrer alten Internatsfreundin, hatte ihm eine Frau und ein Glück geschenkt, auf das er in seinem Alter nicht mehr zu hoffen gewagt hatte.

Er trug das Tablett sehr behutsam nach oben, ohne sich von dem Sturm stören zu lassen, der an den Fensterscheiben rüttelte.

Isobel saß so schön wie eh und je aufrecht im Bett und überhörte gelassen das draußen tosende Unwetter.

»Viertel nach drei«, rief sie, als sie zufällig auf die Uhr auf dem Nachttisch blickte. »Eine unchristliche Zeit für Tee!«

»Christlich oder unchristlich«, erwiderte Harold, »Tee kann man jederzeit trinken.«

Ungefähr eine halbe Meile in Richtung Westen lag Dotty Harmers Häuschen, das von Thrush Green aus nicht einzusehen war. Auch Dotty wurde von dem Krach geweckt und lag im Bett und sorgte sich um ihre Tiere.

Würde das Unwetter Dulcie, die Ziege, erschrecken? Sie wurde leicht nervös, und es war allgemein bekannt, daß Ziegen wetterfühlig waren. Hühner und Enten waren von Natur aus phlegmatischer und hockten sicherlich ungerührt in ihren Nestern. Und was die vielen Katzen anging, so hatten sie eine gottergebene Einstellung zum Leben, und die liebe, gute Flossie lag anscheinend ruhig im Bett zu Dottys Füßen und zuckte nur gelegentlich bei einem besonders lauten Donnerschlag zusammen.

Nein, die liebe Dulcie war die einzige, um die sie sich Sorgen machen mußte. Sie hatte Riesenkräfte und schlief in einem, selbst nach Dottys Standard, etwas baufälligen Schuppen und riß sich vielleicht los und richtete in ihrem eigenen und in den Nachbargärten großen Schaden an.

Da hilft nichts, sagte sich Dotty, ich muß aufstehen und nachsehen. Regen peitschte gegen die Fensterscheiben, der Wind heulte, und die Blitze zuckten nur so, doch Dotty wußte, was sie zu tun hatte, und stieg aus dem Bett.

So wie sie war, barfuß und im Nachthemd, ging sie die Treppe hinunter, gefolgt von der treuen Flossie. In der Küche schlüpfte sie in ihre Gummistiefel und zog sich einen alten Regenmantel über.

Als Zugeständnis an die Elemente band sie noch ein Kopftuch über die spärlichen grauen Locken, nahm eine Taschenlampe und machte sich zu Dulcies Schuppen auf.

Der Regen klatschte ihr ins Gesicht, daß es ihr den Atem verschlug. Aber sie kämpfte sich unter den windgepeitschten Zweigen der alten Obstbäume, die mit jedem Windstoß Wasser und Blätter verteilten, den Weg entlang.

Sie warf einen Blick ins Hühnerhaus, wo abgesehen von gelegentlichem Gegacker ihrer aufgestörten Schützlinge alles in Ordnung war. Aus dem Entenstall kam kein Laut, den ließ sie lieber in Ruhe.

Sie kämpfte sich weiter und merkte auf einmal, wie schwer ihr das fiel. Ihre Beine waren wie aus Blei. Ihr Herz raste. Wasser lief ihr von dem bereits völlig durchnäßten Kopftuch übers Gesicht, aber sie hielt durch.

Im Schein der Taschenlampe sah sie, daß sich Dulcie hingesetzt hatte. Ihre Kette hing schlaff und ordentlich herunter, und sie leckte offensichtlich genüßlich an einem Salzbrocken.

»So ist es brav«, sagte Dotty. »Du liebes Tier! Hör einfach nicht auf diesen gräßlichen Krach, mein Schatz. Morgen früh ist alles vorbei.«

Aufatmend machte sie wieder die Tür zu. Sie rollte obendrein noch die naß schimmernde Gartenwalze dagegen und hoffte, daß das Ganze bis zum Morgen halten würde.

Mit dem Wind im Rücken fiel ihr der Rückweg leichter, aber Dotty war doch froh, als sie den Vorbau erreichte, wo Flossie, die nur einen Blick auf das Wetter geworfen hatte, vernünftigerweise auf ihr Frauchen wartete.

Die Küche war das reinste Paradies, und Dotty ruhte sich erst einmal dankbar auf dem Küchenstuhl aus, ehe sie die nasse Kleidung auszog. Fünf Katzen sahen ihr von ihren verschiedenen Ruheplätzen aus zu, vom Zeitungsstapel bis hin zu einem Berg Unterwäsche, der noch gebügelt werden mußte.

Als sie wieder leichter atmete, zog sich Dotty mühsam Mantel und Stiefel aus. Der Saum ihres Nachthemds war durchnäßt, aber sie machte sich nicht die Mühe, es zu wechseln.

Ob ihr etwas Heißes zu trinken guttun würde? Sie war ungewöhnlich erschöpft. Möglicherweise benötigte sie ein Stärkungsmittel? Vielleicht sollte sie Doktor Lovell einen Besuch abstatten? So ein komisches Herzrasen hatte sie noch nie gehabt.

So saß sie noch ein paar Minuten, genoß die Wärme der Küche, die Anwesenheit der Katzen und überlegte, ob sie Doktor Lovell nicht doch aufsuchen sollte.

»Ach, diese verflixten Ärzte!« sagte sie dann laut und stieg erschöpft die Treppe hoch.

Die meisten Leute in Thrush Green waren im Schlaf gestört worden, doch der Morgen dämmerte still und grau herauf.

Leichter Nebel verschleierte die Ferne, und die warme Erde, die von dem starken, nächtlichen Regen vollkommen durchtränkt war, dampfte, daß es Harold an seine Zeit in den Tropen erinnerte.

Betty Bell kam wie der Wirbelwind von Lulling-Forst und erstattete einen lebhaften Bericht von den Verwüstungen, die das Unwetter in ihrem sonst so verschnarchten Dörfchen angerichtet hatte.

»Und die Windeln von meiner Nachbarin – also, die Windeln von ihrem Baby natürlich, aber Sie wissen ja, was ich mein – also die hat es von der Leine gerissen und in alle Winde verstreut. Ja, eine ist doch bis auf den Schweinestall geflogen! Man denke bloß!«

Harold, der im Arbeitszimmer seine Post lesen wollte, gab ein paar höfliche Worte von sich. Trotz der Tatsache, daß seine Frau jetzt den Haushalt führte, erwählte Betty noch immer ihn, kaum daß sie da war, und hielt ihn über das Dorf auf dem laufenden. Das konnte recht lästig sein.

»Und dann soll auch noch eine von den Pappeln den Sportplatz getroffen haben. Einfach umgekippt, hat mir Willie Marchant erzählt, und überall angekokelt. Wenn man bedenkt – das hätten genausogut Sie oder ich sein können!«

»Ich glaube kaum, daß wir um zwei Uhr nachts auf dem Sportplatz herumgestanden hätten«, äußerte Harold dazu und schlitzte einen unangenehm amtlich wirkenden Briefumschlag auf.

»Ich wollte noch bei Miss Harmer vorbeigucken, ob da alles in Ordnung ist, aber ich bin ein bißchen spät dran, mußte noch ein paar Blumentöpfe und einen Eimer und was sonst noch in unsere Hecke geflogen ist einsammeln. Ich tu's dann auf dem Heimweg.«

»Das wäre nett«, sagte Harold.

»Bin ich froh, daß hier nichts passiert ist«, sagte Betty. »Keine Dachziegel runter, keine Bäume abgebrochen und so. Ich fang dann am besten an. Soll ich was Besonderes machen? Fenster, sagen wir, oder Silber?«

»Das fragen Sie lieber meine Frau«, sagte Harold.

»Wird gemacht«, erwiderte Betty und verzog sich.

Miss Fogerty von nebenan stellte fest, daß ihre Schützlinge ungewohnt schläfrig waren. Sie hatte sie ein reizendes, kleines Gedicht von Humbert Wolfe lehren wollen, gab aber auf, weil der Schlafmangel die Kinder benommen machte und sie nur noch seufzten und gähnten.

Realistisch wie sie war, fand sie, solch ein entzückendes Gedicht verlangte volle Aufmerksamkeit, deswegen mußte sie im Augenblick mit intellektuell anspruchsloseren Sachen vorlieb nehmen.

»George, mein guter Junge, teile bitte Ton aus«, sagte sie zu dem kleinen Curdle. »Ihr könnt euch aussuchen, was ihr machen wollt. Entweder einen Korb voller Obst oder ein Teetablett mit Tassen und Untertassen und dazu auf einem großen Teller etwas Leckeres zu essen.«

»Oder Zuckerstücke in einer Schale?« fragte Anne Cooke.

»Natürlich. Und vergeßt die Teelöffel nicht.«

Das Interesse nahm merklich zu, als Bretter und glänzende, nasse Tonklumpen verteilt wurden.

Miss Fogerty sah zu, wie sich alle an die Arbeit machten, und lächelte.

Obstkörbe und Teetabletts halten mindestens zwanzig Minuten vor, dachte Agnes zufrieden.

Nur wenige Meter von der Dorfschule entfernt fühlte sich Albert Piggott genauso träge und schlapp wie die Kinder. Er ärgerte sich, weil der Sturm Blätter und Äste ins Portal der Kirche geweht hatte und Plakate abgerissen und die schwere Matte durchnäßt hatte, die trocken schon schwer genug war.

Er begab sich mißmutig an die Arbeit, behielt jedoch die Tür der *Zwei Fasane* im Auge.

An diesem Morgen war sein Magengrimmen schlimmer als gewöhnlich. Vielleicht war Gebratenes nicht gut für ihn, aber was konnte der Mensch schon kochen, wenn die gesetzlich angetraute Ehefrau mit einem Heizölkerl durchgebrannt war? Sollte er etwa mit Teig und Gemüse und Bratensoße und dem ganzen anderen Kram herumhantieren, mit dem Nelly immer gekocht hatte?

Teilnahmslos betätigte er seinen Besen. Reine Zeitverschwendung, die ganze Saubermacherei. Morgen war doch alles wieder dreckig.

Von der Tür des Pubs kam das ersehnte Klappen. Jones machte auf, und das wurde auch Zeit! Ein kleines Bierchen vielleicht und ein Stück kalter Auflauf zur Beruhigung seines Magens.

Albert lehnte den Besen am Plakat der Zenana Mission an, das der Wut des Sturms getrotzt hatte, und machte sich beschwingter auf den Weg, als er es den ganzen Morgen gewesen war.

»Na, Albert, das war vielleicht 'ne Nacht, was?« begrüßte ihn der Wirt. »Ich bin heute morgen etwas durch den Wind, könnte man sagen.«

Damit sprach er ganz Thrush Green aus der Seele.

Ein paar Tage später staunte Ella Bembridge, als sie Dotty Harmer schon morgens mit der Milchkanne kommen sah, in der sie normalerweise nachmittags die regelmäßig bestellte Milch brachte.

Unsere gute Dotty wirkt noch magerer und grauer als sonst, dachte Ella, als sie diese ins Wohnzimmer bat. Flossie folgte Dotty wie ein Schatten.

»Du bist heute früh dran«, sagte sie und nahm Dotty die Milchkanne aus der knochigen Hand. »Ehrlich, du fühlst dich kalt an. Dotty! Geht es dir schlecht?«

»Nein, sehr gut!« erwiderte Dotty und blickte sich zerstreut um. »Ich habe Dulcie gerade gemolken, und da habe ich mir gedacht, ich bringe dir deine Milch gleich, solange sie noch frisch ist.«

»Ich freue mich wirklich, dich zu sehen«, gab Ella zurück. »Aber normalerweise bringst du mir die Nachmittagsmilch.«

Dotty antwortete nicht. Ella fand sie noch zerzauster und müder als üblich.

»Ich hole dir was zu trinken«, drängte sie. »Kaffee? Tee? Orangensaft?«

»Könnte ich einen Schluck Whisky haben? Vater nennt das einen Dämmerschoppen.«

»Natürlich kannst du einen Schluck Whisky haben, aber dämmern tut es noch lange nicht. Es ist noch nicht mal zehn Uhr.«

»Ja, ja, die Abende sind so hell«, bestätigte Dotty. »Wenn ich zu Hause bin, schließe ich die Hühner ein. Da fällt mir ein, ich kann nicht lange bleiben. Vater hat heute morgen wieder mal ein bißchen Theater gemacht, er wollte nicht, daß ich weggehe.«

Ihr Kopf wackelte, und sie schien nicht zu merken, daß Ella entsetzt schwieg.

Was um alles in der Welt war mit der armen Dotty los? Ihr gräßlicher, alter Vater war seit zwanzig Jahren tot! ›Das bißchen Theater‹ war geschmeichelt, denn das hatte selbst die Beherztesten in Furcht und Schrecken versetzt, solange er lebte, doch jetzt deckte ihn und andere Honoratioren aus Thrush Green der grüne Rasen, den Albert Piggott so nachlässig pflegte.

»Dotty«, fing Ella an, »es geht dir nicht gut. Es ist erst zehn Uhr morgens, und deine Eltern sind schon lange tot! Ich mach dir jetzt einen Kaffee. Whisky ist, glaube ich, augenblicklich nicht das Richtige für dich.«

»Ich will ja auch gar keinen Whisky«, gab Dotty zurück. »Wenn Vater meine Fahne riecht, bekommt er Zustände.«

Sie senkte den Blick und sah Flossie.

»Was macht der Hund hier drinnen?« wollte sie wissen. »Du hast mir gar nicht gesagt, daß du dir einen zulegen wolltest.«

Mittlerweile war Ella ernstlich in Sorge. Die Ärmste war geistig nicht voll da, aber was um alles machte man mit so jemandem? John Lovell war jetzt sicherlich in der Praxis, doch sie wollte Dotty nicht alleinlassen. Es war wohl besser, sie ging zum Telefon in der Diele, da hatte sie die Haustür gut im Blick, falls Dotty ausrücken sollte.

»Ich setz Wasser auf, Dotty, und du lehnst dich zurück und ruhst dich aus. Ich muß auch noch den Schlachter anrufen, also mach dir keine Sorgen, falls ich ein, zwei Minuten wegbleibe.«

»Laß dir ruhig Zeit«, sagte Dotty zuvorkommend. »Es bleibt ja fast bis elf Uhr hell, nur keine Eile.«

Gehorsam lehnte sie sich zurück und schloß die Augen.

Und Ella rief aufgeregt und hastig Hilfe herbei.

John Lovell kam höchstpersönlich, ehe er seine anderen Krankenbesuche machte.

Ellas Begrüßung fiel ziemlich verworren, aber dankbar aus, Dottys bemerkenswert herablassend.

Als Ella den Kaffee ins Zimmer brachte, schlief Dotty tief und fest und schnarchte ungemein damenhaft. Ella fielen Steine vom Herzen, und sie hoffte, daß Dotty weiterschlafen würde, bis der Arzt kam. Sie wachte auf, als Ella zur Haustür ging.

»Ich würde sie gern auf einem Bett untersuchen, Ella«, sagte er. »Geht das?«

»Natürlich«, sagte sie. »Meine liebe Dotty, du hast doch nichts dagegen, daß Doktor Lovell dich mal ansieht?«

»Sehr viel sogar«, empörte sich Dotty, und ihre papiernen Wangen wurden rosig, »aber da er nun einmal geholt worden ist – und das nicht auf meine Bitte hin, was ich klarstellen möchte – darf er mich untersuchen, aber bitte nur, wenn du dabei bist.« Seit ihrem Nickerchen schien sie wieder die Alte zu sein.

Ella und John Lovell wechselten einen Blick.

»Natürlich kann Ella bleiben«, sagte der Arzt. »Gehen wir nach oben.«

Ella merkte, daß er wunderbar zartfühlend mit ihrer guten Freundin umging. Aber sie merkte auch zu ihrem nicht geringen Entsetzen, wie rührend zerbrechlich Dotty war. Arme und Beine waren wie Stöcke. Man konnte jede Rippe einzeln zählen, und Hals und Schultern standen hervor.

Ella drehte sich um und sah aus dem Fenster, während Dotty untersucht wurde. Die ertrug es schweigend, seufzte aber erleichtert auf, als sie sich wieder anziehen konnte.

Dabei ließen sie sie allein und gingen nach unten.

»Was hat sie?« fragte Ella.

»Das ist mit einem Wort gesagt. Unterernährung. Sie ist in einem ziemlich erbärmlichen Zustand, Ella, und ich weise sie auf der Stelle ins Cottage-Krankenhaus ein. Darf ich mal telefonieren?«

»Aber ja doch. Das haut mich vom Hocker, überrascht mich aber nicht. Sie ißt fast gar nichts und arbeitet viel zu hart für ihre ganze Menagerie.«

Auf einmal blieb sie stehen und faßte sich an den Kopf.

»Wir müssen jemand finden, der die Tiere versorgt. Ich übernehme die Katzen und das Geflügel, und die liebe, gute Flossie kann hierbleiben – aber diese verdammte Ziege geht, offen gestanden, über meine Kräfte.«

»Machen Sie sich keine Sorgen. Das kriegen wir schon auf die Reihe. Aber sie muß auf der Stelle in gute Pflege.«

Er ging in die Diele, und Ella ließ sich unelegant aufs Sofa plumpsen. Sie hatte das Gefühl, als hätte man ihr einen Kinnhaken versetzt.

Flossie kam durchs Zimmer getrabt und legte den schweren Kopf auf Ellas Knie. Ella streichelte ihr die goldenen Ohren.

»Flossie, mein Mädchen«, sagte sie, »heute morgen sitzen wir ganz schön in der Tinte.«

Zu ihrer nicht geringen Überraschung willigte Dotty ungewohnt fügsam in alles ein. John Lovell fuhr die beiden Freundinnen und Flossie zum Lulling-Forst zurück, wo sie für
Dotty eine Tasche packten, während er weitere Krankenbesuche machte.

Ella hatte einen Schwall von Anweisungen bezüglich des
Futters für die Tiere und sonstiger häuslicher Arbeiten erwar-
tet, doch Dotty redete kaum. Sie sagte Ella mit schwacher
Stimme, wo sie saubere Nachthemden, einen Kulturbeutel,
Seife und so weiter finden könne, und ließ sie gewähren.

Sie wirkte, als hätte sie ihre augenblicklichen Probleme satt
und überließe sich dem Vergessen. Ella hatte noch nie einen
derart erschöpften Menschen gesehen, und das beunruhigte
sie sehr. Zu ihrer großen Erleichterung kam dann der Kran-
kenwagen, und sie stieg mit der Patientin ein.

Eine muntere Schwester, deren Gesicht Ella irgendwie bekannt vorkam, nahm sich Dottys an und teilte Ella mit, daß
sie diese jederzeit besuchen könne. Das klang Ella, die wenig
über moderne Krankenhausführung wußte, sehr verdächtig.
Sie hatte die verworrene Vorstellung, daß Besucher nur dann
jederzeit zugelassen wurden, wenn jemand im Sterben lag.
Sonst mußte man zwischen zwei und vier oder sechs und sieben erscheinen und dann auch nur ein Besucher zur gleichen
Zeit, oder?

Sie küßte Dotty zum Abschied und trat hinaus auf die High
Street. Es war schon komisch, gegen zwölf Uhr mittags frei
in der Stadt herumzulaufen. Sie hatte weiche Knie, und der
Anstieg den Hügel hoch nach Thrush Green stand ihr vor
Augen. Also auf in den *Fuchsienbusch* zu einer Tasse Kaffee
und kurzer Rast.

Seit er andere Öffnungszeiten hatte, war sie nicht mehr da-
gewesen. Man hatte ihn in einem gräßlichen Dunkelrot reno-
viert, das sich schrecklich mit den alten, hell-lila Vorhängen
biß und eine unangenehm düstere Atmosphäre schuf.

Zwei Kellnerinnen, die sich gerade die Nägel lackierten,
ließen von ihrer Unterhaltung ab, und die größere kam wider-
willig an Ellas Tisch.

»Nur eine Tasse Kaffee, bitte.«

»Nach zwölf schenken wir keinen Kaffee mehr aus.«

»Es ist noch nicht ganz zwölf«, bemerkte Ella.

»Aber bis ich den Kaffee gebracht habe, schon«, gab die junge Frau zurück und pustete auf ihre Nägel, damit sie schneller trockneten.

Der gerechte Zorn verlieh Ella ihre gewohnte Kraft.

»Wenn ich nicht binnen drei Minuten meinen Kaffee hab«, sagte sie barsch, »laß ich den Geschäftsführer holen.«

»Na schön!« erwiderte die junge Frau, stolzierte davon und verdrehte die Augen, als sie an ihrer Freundin vorbeikam.

So eine Traute, dachte Ella, während sie ihre Tabakdose hervorholte und sich mit zitternden Fingern eine Zigarette drehte. Schlimm genug, daß sie das Lokal zur Teezeit dichtmachen und es wie ein drittklassiges Bordell ausstaffiert haben – wie auch immer das aussehen mag –, und dann noch junge Naseweise, denen ein Zacken aus der Krone fällt, wenn man sie um eine Tasse Nescafé bittet.

In den alten Zeiten hat es hier ein paar sehr zuvorkommende Kellnerinnen gegeben, dachte Ella und blies eine Wolke beißenden Rauchs aus.

Ah, jetzt hatte sie's! Die nette Krankenschwester hatte hier vor Jahren gearbeitet. Kein Wunder, daß ihr das Gesicht bekannt vorgekommen war. Irgendeine Verwandte der lieben, guten Mrs. Jenner, wenn sie sich recht entsann.

Der Kaffee kam mit einem kleinen Fußbad. Er war heiß und belebend, und als Ella eine halbe Tasse getrunken hatte, war sie beinahe wieder die Alte.

Sie mußte auf dem Rückweg Fleisch für Flossie kaufen, sie bei Dotty abholen und sich darum kümmern, daß die übrigen Tiere bis zum Abend versorgt waren. Was Dulcie anging, so mußte sie jemanden finden, der dieses elende Vieh melkte, doch im Augenblick fiel ihr kein Heldenmutiger ein, der es mit dem Untier aufnehmen konnte.

Sie drückte ihre Zigarette aus, bezahlte die Rechnung mit abgezähltem Geld – Trinkgeld konnte sich die junge Frau heute abschminken – und trat nach draußen in den Sonnen-schein.

Belebt durch ihr kleines Gefecht wegen des Kaffees nahm sie den Hügel und alles, was in Thrush Green ihrer harrte, beherzt in Angriff.

15. Dotty sieht den Tatsachen ins Auge

Während Dotty ungewohnt friedfertig auf der Frauenstation des Cottage-Krankenhauses von Lulling im Bett lag und Ella den Hügel nach Thrush Green hochächzte und überlegte, ob sie Flossie jetzt gleich oder erst nach einem frühen Lunch ab-holen sollte, besprach Dimity Henstock eifrig Haushaltsan-gelegenheiten mit Charles.

»Wir müssen wirklich Bettwäsche kaufen, Charles. Die alte ist allesamt verbrannt, wie du weißt, und der Sommerschluß-verkauf fängt an. Ich könnte also eine Menge Geld sparen.«

»Meine Liebe, das wirst du natürlich am besten wissen, aber die Versicherung hat noch nicht gezahlt, und unser Bankkonto ist leider so mager wie eh und je.«

»Das weiß ich auch. Das Dumme ist, daß wir so viel kaufen müssen. Betten zum Beispiel. Ich fände es vernünftig, wenn wir fürs Gästezimmer zwei Einzelbetten nehmen würden. Bei einem Doppelbett müssen die Laken größer sein, und die sind in der Wäscherei teurer.«

»Aber nur zwei Laken«, bemerkte Charles, »statt vier.«

»Eben fällt mir ein«, sagte Dimity, »daß Ella noch zwei kleine Laken von mir hat, das waren meine, als ich noch bei ihr gewohnt habe. Sie sind dagebliebeen, aber ich glaube nicht, daß sie die benutzt. Ich werde mich erkundigen.«

»Aber wir können Ella doch nicht die Laken wegnehmen!« protestierte Charles.

»Streng genommen sind es meine. Klar, falls sie in Ge-brauch sind, überlasse ich sie Ella, andererseits müßte ich nicht so viele neue kaufen. Und natürlich brauchen wir auch neue Decken und Bettdecken.«

»Reichen fünfzig Pfund für alles, was du haben willst?«
fragte Charles und legte das pausbäckige Gesicht in besorgte
Falten.

»Nein, Charles. Das reicht leider nicht. Aber du kannst mir
glauben, daß ich aus den fünfzig Pfund so viel wie möglich
herausschlage.«

»Das weiß ich.«

»Wenn die Versicherung doch nur zahlen würde! Könntest
du sie nicht anschreiben oder Justin Venables dazu bewegen,
daß er nachhakt?«

»Das ist mir sehr unangenehm.«

»Charles, die Lage wird langsam unhaltbar. Ich weiß, daß
wir es hier mit Mrs. Jenners Sachen sehr schön und behaglich
haben, aber wir müssen an die Zukunft denken, wenn wir
wieder ein eigenes Heim haben.«

Der Pfarrer seufzte.

»Das hier ist wirklich ein Geschenk. Ach, Dimity, wenn
wir doch nur ein so warmes und helles Haus wie das hier
bekommen würden.«

»Und ein so altes und schönes«, bestätigte seine Frau.
»Aber was auch immer, ich freue mich, wenn ich wieder
etwas Eigenes habe. Heute nachmittag besuche ich Ella und
erkundige mich wegen der Laken.«

»Du nimmst sie ihr aber nicht weg, ja?« bat Charles.

»Du liebe Zeit! Ich kenne die gute Ella länger als du,
Charles, und du kannst mir glauben, wegen ein paar schäbiger
Bettlaken verzanken wir uns schon nicht!«

Damit mußte sich der Gute zufriedengeben.

Dimity machte sich zu ihrem Spaziergang auf, eine gute
halbe Meile von Mrs. Jenner nach Thrush Green. Es war ein
stiller Tag – weiches Wetter, wie die Iren es nennen – und es
waren nur wenig Menschen unterwegs.

Sie genoß die Ruhe ringsum, ging langsam und freute sich
an den ländlichen Geräuschen, die in der stillen Luft zu hören
waren. Links muhte in der Ferne eine Kuh auf Percy Hodges
Weide. In den hohen Ästen der Walnußbäume rechts hörte
sie aufgeregtes Gezwitscher, das vermutlich von einer der

langschwänzigen Meisen stammte, die emsig nach Insekten suchten, und an einem Gatter blieb sie stehen und lauschte dem Summen der Zikaden im Gras, ein seltener Laut im Sommer.

Alles wirkte beruhigend. Dimitys Ängste schwanden in der frischen Luft dahin, und sie konnte das langsamere Lebenstempo ringsum genießen. Wenn sich doch nur ihre Pläne definitiver gestalten würden. Sicherlich wußte die Kirche mittlerweile, ob auf dem alten Grundstück ein neues Haus gebaut werden würde, obwohl sie in ihren kühnsten Erwartungen darauf hoffte, daß man etwas anderes für sie finden würde. Sie war für einen Neuanfang. Nicht etwa, daß sie sich von ihren Freunden in Thrush Green trennen wollte, aber sie fühlte sich den Anforderungen nicht gewachsen, die eine Überwachung der Arbeiten für eine neue Bleibe mit all ihren unvermeidlichen Verzögerungen mit sich brachte.

Wenn man ein nettes Haus wie Mrs. Jenner in, sagen wir, einer Meile Umkreis von ihrem alten finden könnte, wäre das himmlisch! Sie und Charles hatten den ersten betäubenden Schreck über ihren Verlust überwunden und sehnten sich nach einem eigenen Haus. Dimity kannte ihren Charles zu gut, er würde sich nie einmischen und ihre eigenen Bedürfnisse anmelden. Er gab sich damit zufrieden, demütig zu warten, was die Kirche ihnen verschaffte, und glaubte steif und fest, daß alles zu ihrem Besten geriet. Dimity war nicht so fügsam, sie fragte sich allmählich, ob man nicht doch lieber ein wenig Druck machen sollte.

So schlenderte sie dahin und wurde bald Thrush Greens ansichtig. Eine stämmige Gestalt mit einem Spaniel an der Leine tauchte auf dem Feldweg auf, der zum Lulling-Forst führte, und Dimity erkannte ihre alte Freundin.

Sie holte sie ein, als sie über den Dorfplatz auf das Haus zugingen, das sie früher geteilt hatten.

»Dich wollte ich gerade besuchen«, rief sie und bückte sich, um Flossie zu streicheln. »Wie geht's Dotty?«

Und Ella erzählte ihr die ganze trostlose Geschichte.

»Ella, wenn du mich fragst«, meinte Dimity ungewohnt

resolut, »so hat die Sache durchaus ihr Gutes. Sie sieht seit Monaten richtiggehend krank aus, schlägt aber allen Rat in den Wind. Ich bin sehr erleichtert, daß sich endlich einmal jemand ordentlich um sie kümmert.«

»Aber doch nur vorübergehend, Dim, und das macht mir Sorgen. Irgendwie glaube ich, daß diese Adoptionssache auf Dottys konfuse Art ein Schrei nach Gesellschaft und ein wenig Hilfe bei der Arbeit gewesen ist. Ehrlich, mich haut so schnell nichts um, aber nachdem ich die schlimmste Unordnung in ihrer Küche beseitigt hab, bin ich erschlagen. Da muß vom Keller bis zum Dachboden gründlich durchgeforstet werden, aber wer übernimmt das schon?«

»Ob ihre Nichte wohl für ein Weilchen kommen könnte, wenn Dotty aus dem Krankenhaus entlassen wird?«

»Connie? Schon möglich. Aber sie hat, glaub ich, selbst ein kleines Anwesen. Nicht, daß sie nicht gut miteinander auskommen würden, Connie ist nämlich blitzgescheit. Aber ich glaube nicht, daß sie sich von Dotty rumkommandieren läßt. Übrigens, hast du was Besonderes auf dem Herzen?«

Dimity erklärte ihr die Sache mit der Bettwäsche.

»Freut mich, daß sie nun endlich gebraucht wird«, antwortete Ella. »Sie liegt sowieso nur noch im Wäscheschrank. Tut ihr gut, wenn sie mal wieder ans Tageslicht kommt.«

»Und hast du auch ganz sicher genug? Charles macht sich große Sorgen, daß wir dir etwas wegnehmen, was du vielleicht gebrauchen könntest.«

»Meine liebe, gute Dim, ich hab alles, was ich brauche, und nach Mutters Tod hab ich ihre Wäsche geerbt, darunter auch einige schwere Leinenlaken mit Spitzeneinsatz. Im Winter gefriert man darunter zum Eiszapfen, aber sie sind himmlisch für heiße Sommernächte. Was das angeht, mußt du dir keine Sorgen machen. Und zufällig hab ich auf dem Boden auch noch ein paar Vorleger von ihr, die ich noch nie gebraucht hab. Du mußt nur sagen, ob du sie haben willst, wenn ihr in euer neues Haus zieht. Schon was gehört?«

Dimity erzählte ihr, wie die Dinge standen und daß sie sich wegen der Verzögerung allmählich Sorgen machte.

»Das wird sich schon alles fügen«, sagte Ella und stand auf. »Laß uns die Laken holen, ehe wir's vergessen. Und möchtest du schwarze Johannisbeeren haben? Die Büsche hinten im Garten brechen fast zusammen.«

»Ja, bitte. Charles ißt sie für sein Leben gern. Im Winter geht doch nichts über eine Torte mit schwarzen Johannisbeeren.«

»Abgesehen vom guten, alten Rhabarber«, sagte Ella. »Ich weiß gar nicht, warum die Leute bei Rhabarber so die Nase rümpfen. Tut doch dem ganzen Körper gut, oder?«

Sie gingen nach oben, um Dimitys Laken zu holen, als Ella einen Blick auf ihre Uhr warf.

»Ich mache mir besonders Sorgen um Dulcie. Sie muß noch vor dem Abend gemolken werden, aber ich hab dafür noch niemanden gefunden. Der Teufel soll mich holen, wenn ich das selbst mache. Hast du eine Idee?«

Dimity hielt ihre Laken fest und dachte über Ella nach.

»Vielleicht Percy Hodge, aber der hat ziemlich viel um die Ohren. Rufen wir doch Charles an. Vielleicht kennt der jemanden. Auf seinen seelsorgerlichen Besuchen erfährt er so manches Interessante.«

»Und sag ihm, er soll zum Tee kommen«, rief Ella, als ihre Freundin wählte. »Du brauchst einen Wagen, sonst kriegst du die Wäsche nicht nach Hause, ganz zu schweigen von den schwarzen Johannisbeeren.«

Dimity richtete die Nachricht aus und schnitt dann das Thema Dulcie an.

»Albert Piggott hat früher Ziegen gehabt«, sagte Charles wie aus der Pistole geschossen. »Ich denke doch, ich kann ihn überreden, daß er diese kleine Aufgabe übernimmt. Ganz sicher freut er sich riesig, wenn er Dotty helfen kann.«

Dimity war von Alberts riesiger Freude nicht so überzeugt wie ihr warmherziger Gatte, doch sie gab die gute Botschaft an Ella weiter.

»Gott segne unseren Charles!« rief diese. »Wenn jemand Albert rumkriegt, Mehrarbeit zu übernehmen, dann Charles.«

Und Charles hielt Wort. Er stellte den Wagen vor Ellas Cottage ab und ging an der Kirche vorbei zu Alberts Häuschen.

Er traf seinen Küster an der Spüle an, wo dieser Geschirr in trübem Wasser abwusch, auf dem so unappetitliche Dinge schwammen, daß sich Charles insgeheim fragte, ob es nicht gesünder wäre, das Geschirr überhaupt nicht abzuwaschen. Er erläuterte ihm den Zweck seines Besuches, während Albert verdrießlich in dem Angebrannten in einer Auflaufform herumkratzte. Seine Miene hellte sich beträchtlich auf, als die Ziege ins Spiel kam.

»Also, das sind mir mal Tiere mit Charakter«, sagte Albert. »Mein Dad, nicht ich, hat sich Ziegen gehalten. Wir haben zwei Hippen und einen Bock gehabt. Wir sind mit Ziegenmilch großgeworden, allesamt. Meine gute Mum war nicht davon abzubringen, daß man von Kuhmilch Tuberkulose kriegt. Aber klar kann ich die Dulcie von der ollen Dotty – ich meine Miss Harmer – melken, und das mit links.«

Er wedelte siegesgewiß mit dem tropfenden Küchentuch.

»Wie überaus nett von Ihnen, Albert«, sagte der Pfarrer. »Das bezahle ich aus eigener Tasche, solange es nötig ist natürlich. Und ich bin mir sicher, Miss Harmer möchte, daß Sie übrigbleibende Milch behalten. Sie würde sich ganz sicher segensreich auf Ihre Magenverstimmungen auswirken.«

»Gegen einen Becher Ziegenmilch hab ich noch nie was einzuwenden gehabt«, sagte Albert. »Und meine Katze hilft mir sicher dabei.«

»Dann ist es also abgemacht«, sagte Charles und stand auf. Nachdenklich betrachtete er das schmutzige Wasser im Abwaschbecken.

»Ist noch heißes Wasser im Kessel?« fragte er.

»Noch viel. Möchten Sie ein Täßchen Tee?«

»Danke, nein. Ich bin zum Tee bei Miss Bembridge eingeladen, und die ist Ihnen sicher dankbar, wenn Sie sich morgens und abends um Dulcies Milch kümmern. Nein, ich dachte nur, daß frisches Wasser Ihnen die Sache erleichtern würde. Ich habe Sie wohl bei der Arbeit gestört.«

»Das ist jetzt sauber genug«, sagte Albert und musterte seiner Hände Werk mit flüchtigem Blick. »Wird sowieso wieder schmutzig, wenn ich's gebrauch. Hausarbeit ist bestenfalls eine undankbare Arbeit. Taugt nur für Frauen, sag ich immer.«

Charles freute sich, daß keine Frau zugegen war und den Fehdehandschuh aufnahm, und beeilte sich, an die frische Luft zu kommen.

Während der Sommer ins Land ging, jagte ein Ereignis das andere, Sportfest, Tag der offenen Tür, Schulabgängergottesdienst und Abschlußprüfungen, all das fand in den letzten paar Wochen statt. Dorothy und Agnes schafften es mit gewohnter Tüchtigkeit, aber eines Sommerabends gestanden sich beide ein, daß sie ungewöhnlich ausgelaugt waren.

»Du bist sowieso entschuldigt«, sagte Agnes zu ihrer Freundin. »Schließlich ruht auf deinen Schultern die Hauptlast der Verantwortung, und du mußt jederzeit Eltern und Vertreter und Leute vom Schulamt empfangen, wenn irgendwo ein Problem auftaucht. Und das alles mit deinem armen Bein«, fügte sie hinzu.

»Meine große Sorge ist«, antwortete Miss Watson, »es könnte auch das Alter sein. Wie oft habe ich schon zu Freunden gesagt, daß sie nicht erwarten können, so viel Arbeit zu schaffen wie vor zwanzig Jahren, und jetzt merke ich, daß ich mich an meine eigene Nase fassen sollte, nur daß man sich selbst nie für alt hält.«

Das klang unterschwellig so niedergeschlagen, daß Agnes' mitleidiges Herz sofort gerührt war.

»Du tust aber auch zuviel. Ich möchte mich nicht aufdrängen, Dorothy, aber ich würde dir gern ein paar nicht so verantwortungsvolle Dinge abnehmen, falls das eine Hilfe ist.«

»Das weiß ich. Du bist mir eine große Stütze und ein Trost, aber ich glaube, die Zeit ist reif, daß ich mich wegen der Pensionierung entscheide. In vierzehn Tagen werde ich neunundfünfzig, und gleich im neuen Schulhalbjahr teile ich dem Schulamt inoffiziell mit, daß ich zum Ende des nächsten Schuljahrs gehe.«

»Du wirst schon dir richtige Entscheidung treffen«, sagte die loyale kleine Miss Fogerty, »aber fällt dir die Trennung nicht furchtbar schwer?«

»Das fällt zu jeder Zeit schwer«, sagte Dorothy. »Ich bin jedoch viel glücklicher, seit das Ende in Sicht ist. Hast du eine Ahnung, wieviel Zeit im voraus man offiziell um die Versetzung in den Ruhestand bitten muß?«

»Drei Monate, glaube ich.«

»Dann schreibe ich am Ende des Winterhalbjahres. Das gibt der Behörde reichlich Zeit für die Stellenausschreibung. Um die Schule in Thrush Green werden sich sicher viele bewerben. Es lebt sich hier so angenehm, und es ist eine gute Schule, falls ich das sagen darf.«

»Wenn einer das sagen darf, dann du. Und wer auch immer hier die Stelle übernimmt, der wird dir für eine hervorragende Arbeit und eine glückliche Schule zu danken haben.«

»Vielen Dank, Agnes, aber vergiß meine Kollegen nicht. Das einzige große Problem allerdings ist, wo sollen wir leben? Bist du noch immer für Barton-on-Sea oder für etwas in der Nähe?«

»Es hört sich sehr gut an.«

»Dann schlage ich vor, wir verbringen dort ein paar Tage, wenn hier Schluß ist, und sehen uns einige der Projekte an, die uns die Makler geschickt haben. Wir können in der netten Pension wohnen und uns Zeit damit lassen. Abgemacht?«

»Aber ja doch, Dorothy. Ich freue mich schon darauf.« Miss Watson seufzte.

»Es ist ein Trost, daß man auf den Ruhestand zusteuert. Und das beste daran ist, daß du, liebe Agnes, meinst, du könntest dort mit mir glücklich werden. An irgendeinem Abend, wenn wir nicht so müde sind, müssen wir über Mittel und Wege reden, aber ich glaube, meine Ersparnisse reichen für etwas Bescheidenes und Behagliches.«

»Hoffentlich machst du auch von meinen Gebrauch«, sagte Agnes. »Kann ich dir jetzt etwas holen? Etwas zu trinken? Etwas zu lesen? Dein Strickzeug?«

»Wie wäre es mit einer Partie Scrabble? Das beruhigt so schön, finde ich.«

Und die kleine Miss Fogerty holte eiligst das Brett.

Thrush Green machte Augen, denn Albert Piggott betrieb seine neue Arbeit mit ungewohntem Feuereifer.

Man erblickte ihn, wie er schon kurz nach acht Uhr morgens zu Dotty aufbrach und dann noch einmal gegen sechs Uhr abends. Ella wurde wie üblich bei seiner Rückkehr abends mit Milch beliefert, und Betty Bells Milch wurde in Dottys kühle Speisekammer gestellt, wo diese sie auf dem Heimweg von ihren vielen Arbeitsstellen in Thrush Green abholen konnte.

Dulcie, die immer großzügig Milch spendete, schien sich für Albert zu erwärmen, und so trug er auch für sich und seine Katze reichlich Milch nach Hause. Beide schienen davon aufzublühen, und obwohl die gewohnte Stammkundschaft in den *Zwei Fasanen* Albert hänselte, weil er statt eines großen Bitter nur noch ein kleines bestellte, ertrug er ihre Witze ungewohnt gut gelaunt.

»Um Tiere kümmere ich mich vermuckt nochmal lieber als um die Kirche und den Friedhof«, äußerte er ihnen gegenüber. »Diese Dulcie hat mehr Grips im Kasten als alle hier zusammen. Wir kommen bestens miteinander aus. Ziegen sind intelligente Viecher. Und das ist mehr, als man von Menschen sagen kann.«

»Du wirst noch ganz fett«, sagte einer, »wennste so viel Milch schluckst.«

»Ich glaub, mir tut sie gut«, verkündete Albert. »Beruhigt so schön den Magen. Wenn Miss Harmer wieder da ist, werd ich ihr wohl regelmäßig was abkaufen. Dann brauch ich auch nicht zu kochen. Doktor Lovell hat selbst gesagt, daß in Milch alles drin ist, und der ist ja nun kein Schwachkopf nicht.«

Zu Ellas Freude bot er sich auch noch an, morgens die Hühner und Enten zu füttern, so daß sie den Weg nicht zweimal täglich machen mußte. Ein derartiger Sinneswandel bei solch einem Bärbeißer war ein faszinierendes Thema für die guten Leutchen von Thrush Green, und alle waren sich darin einig, daß Charles Henstock ein wahres Meisterstück gelungen war, als er Albert um Hilfe bat.

Dotty blieb unterdessen im Krankenhaus. Sie erholte sich nur langsam und hatte dadurch viel Zeit, ihre Angelegenheiten zu überdenken.

Sie war eine erstaunlich artige Patientin. Als es sich beim Pflegepersonal herumsprach, daß Dotty auf der Frauenstation lag, hatte es Bedenken gegeben. Dotty war in Lulling als exzentrisch, aber mehr noch als dickköpfig verschrien. Ihrem Vater ging noch immer ein schrecklicher Ruf nach, und so war denn auch einer der Belegärzte Schüler bei ihm gewesen und wußte haarsträubende Geschichten über die Erziehungsmethoden des seligen Schulleiters zu erzählen.

Doch in Wirklichkeit war Dotty Realistin und bereit, alles fröhlich zu erdulden, was erduldet werden mußte. In die Kissen gelehnt wurde ihr klar, daß es dumm von ihr gewesen war, ein so tätiges Leben zu führen, ohne der Maschine, nämlich ihrem alternden Körper, anständig Nahrung zuzuführen.

Die Fürsorge der Schwestern ließ sie sich taktvoll und dankbar gefallen. Sie glaubte dem Arzt, der sich noch an ihren Vater erinnerte, als er ihr ernstlich die Risiken darstellte, wenn sich ein Mensch vernachlässigte. Er machte ihr klar, warum sie unter Schwindel gelitten hatte, warum ihr Rücken ständig weh getan hatte, warum es in ihren Beinen pochte und warum ihr Herz so beunruhigend hüpfte. Sie würde ihren Lebensstil ändern müssen, sagte er. Falls sie jedoch so viele Tiere behalten wolle, brauche sie Hilfe. Es sollte wirklich jemand bei ihr im Haus wohnen. Hatte sie schon einmal daran gedacht, alles aufzugeben und in ein Seniorenheim zu ziehen? Er könne ihr mehrere sehr behagliche Heime empfehlen, wo die Heimleiter alles gut im Auge hatten.

Auf Dotty wirkte diese Aussicht äußerst niederschmetternd. Nicht etwa, daß sie etwas gegen Heime für alte Menschen gehabt hätte, denn als ihr Vater noch lebte und sie jung und aufgeschlossen war, hatte sie die örtlichen Altenheime gern und regelmäßig besucht. Und mehrere ihrer Freundinnen lebten auch in Häusern, wie sie Dr. Stokes empfahl, und wirkten außergewöhnlich glücklich mit ihren kleinen Kaffeekränzchen und Handarbeiten und den Besuchen beim Friseur und bei der Pediküre, die die mobileren Freundinnen für sie organisierten.

Doch Dotty wußte nur zu gut, daß diese Lebensweise einfach nicht für sie taugte.

Zum einen müßte sie aufräumen. Der planlose Wirrwarr unter ihrem eigenen Strohdach, das für Dotty Heimat bedeutete, würde aussortiert, verschenkt oder schlicht dem Feuer übergeben werden müssen. Sie glaubte nicht, daß sie eine derartige Umwälzung überleben würde.

Und der Gedanke, ohne die Tiere zu leben, war einfach unerträglich. Dotty liebte ihre tierischen Freunde weit mehr als die menschlichen. Wie Walt Whitman könnte sie sich einfach ›abwenden und mit Tieren leben, die so friedlich und selbstgenügsam waren‹. Sie forderten so wenig und gaben so viel zurück. Wie der Dichter wußte sie zu würdigen, daß

sie in ihrer Lage nicht schwitzen und nicht greinen,
Nicht wach im Dunkel liegen und ihre Sünd' beweinen

und daß sie sich dem Leben mit der gleichen Tapferkeit stellten wie sie. Der Gedanke, im Heim zu leben, und wenn sie es noch so warm und sauber hatte und gepflegt wurde, doch ohne ein Tier zur Gesellschaft, der war unerträglich.

Am Ende schloß sie einen Kompromiß. Jedes Tier, das starb, würde nicht ersetzt werden. Sie konnte sie nicht verraten, indem sie sie fortgab, es sei denn, in so gute Hände wie jetzt. Vielleicht hätte der kleine Jeremy Hurst gern zwei von den Kaninchen? Oder Joan Youngs Paul? Sie wußte, daß sie dort gut aufgehoben waren.

Die Hühner und Enten waren betagt, und Mr. Jones von den *Zwei Fasanen* würde human mit ihnen verfahren, wenn ihre Zeit gekommen war, wie er das schon öfter für sie getan hatte. Und sie mußte der Versuchung widerstehen, Küken nachzukaufen oder einer brütenden Henne zwölf perlfarbene Eier unterzulegen. Ach, wie würden ihr die herumwirbelnden gelben Küken fehlen!

Die Katzen waren glücklicherweise sterilisiert, also würde es keinen Nachwuchs mehr geben, auch wenn sie der Gedanke betrübte. Was Dulcie und Flossie anging, so mußten sie bleiben, und hoffentlich noch recht lange. Dotty hatte sich gewundert, wie bereitwillig Albert Piggott das Melken übernommen hatte. Mit ein bißchen Glück konnte sie ihn zum Weitermachen bewegen, und wenn Dulcie trockenstand, durfte sie sie nicht mehr zum Bock bringen.

Ach, wie ist das alles traurig, dachte Dotty und seufzte abgrundtief. Eine kleine Lernschwester kam herbeigeeilt.

»Fehlt Ihnen was, Miss Harmer?«

»Nein, vielen Dank. Ich habe nur Pläne für die Zukunft gemacht. Ziemlich aufreibend.«

»Möchten Sie eine Tasse Tee?« fragte die junge Frau, denn das war ihr Allheilmittel gegen alle Übel.

»O ja, gern«, sagte Dotty, setzte sich auf und zog sich das Bettjäckchen zurecht, »das wäre mir sehr recht. Mit nur wenig Milch und ohne Zucker, bitte.«

Sie fühlte sich bereits wohler.

16. Sonntagslunch bei den Misses Lovelock

Eines Sonntagmorgens trippelten die Misses Lovelock die High Street in Richtung St.-John's-Kirche entlang. Das große, schöne Gebäude stand im Süden der Stadt auf einem freien Gelände, und sein hoher Turm war im Umkreis vieler Meilen ein Wahrzeichen.

Sie war dreimal so groß wie St. Andrew's in Thrush Green und für ihre Buntglasfenster berühmt, die aus dem sechzehnten Jahrhundert stammten. Während des ganzen Sommers kamen Busladungen mit Touristen und besichtigten die Kirche und photographierten besonders gern das schöne Ostfenster über dem Altar.

In ihren jüngeren Jahren hatten sich die Misses Lovelock gern an dem bescheidenen Verkaufsstand in der Nähe der Sakristei abgelöst, wo Bücher und Broschüren, Lesezeichen und Dias von den Sehenswürdigkeiten der Kirche feilgeboten wurden. Und nach der Besichtigung marschierten die Besucher unweigerlich über den Rasen in die High Street zum Tee in den *Fuchsienbusch*.

In Gedanken daran unterhielten sie sich über dieses Thema, während sie zum Morgengottesdienst schritten.

»Ich kann mir nicht vorstellen, daß der *Fuchsienbusch* besser läuft, wenn er zur Teezeit schließt. Weißt du noch, Violet, wie wir erst gestern einen Bus haben halten und den Fahrer auf die Tür einhämmern sehen. Er hatte an die dreißig Leute an Bord, und die sahen mir alle danach aus, als wollten sie Sandwiches, Teeküchlein und selbstgebackenen Kuchen haben.«

»Ein paar«, sagte Miss Violet und rümpfte die Nase, »haben auch ausgesehen, als wollten sie Fish'n Chips.«

»Aber meine liebe Violet, damit will ich doch nur sagen, daß der *Fuchsienbusch* gutes Geld in den Schornstein schreibt«, meinte Miss Ada.

»Das nehmen sie wohl abends, beim Abendessen ein.«

»Ich glaube nicht. Ich habe im Fischgeschäft mit jemandem vom Personal gesprochen, und die sagt, daß sie nie mehr als halb voll sind. Es ist den Leuten zu teuer, hat sie gesagt, die essen lieber zu Hause.«

»Was ja auch sehr vernünftig ist«, warf Miss Bertha ein. »Ich kann nur hoffen, daß der *Fuchsienbusch* seine Dummheit einsieht und sich daran erinnert, daß er den Menschen eine Dienstleistung erbringen soll. Und die wollen ab vier Uhr Tee haben. Und wenn sie dann Fish 'n Chips zu sich nehmen wolen, warum sollte er das nicht führen?«

Sie bedachte Miss Violet mit einem strengen Blick, doch die übersah ihn lieber und zupfte ihren taubenblauen Handschuh zurecht.

»Winnie Bailey ist am Überlegen, ob man eine Bittschrift mit vielen Unterschriften aufsetzen sollte, damit die Geschäftsleitung wieder zur Teezeit aufmacht.«

Bertha stellte die Stacheln auf.

»Die werde ich ganz gewiß nicht unterzeichnen. Ich habe nicht die Absicht, wegen einer Tasse Tee zu katzbuckeln, die ich nebenan besser haben kann.«

»Ich habe an die anderen Besucher gedacht, Bertha«, sagte Violet zaghaft.

In diesem Augenblick gesellte sich zum Gebimmel der Kirchenglocken eine sonore, große Glocke.

»Wir müssen einen Schritt zulegen«, sagte Bertha und ging schneller. »Ich habe den Eindruck, unsere Standuhr geht nach.«

Während der Predigt ließ Violet ihren Blick auf dem leuchtenden Glas des berühmten Fensters verweilen. Leider war es ihr nie gelungen, richtig herauszubekommen, was die Bilder darstellten. Sie wußte, daß darauf der Fischzug Petri, Jairus' Töchterlein und das Wunder der Verwandlung von Wasser in Wein dargestellt waren. So stand es in der illustrierten Broschüre zu lesen. Die Farben waren wirklich prächtig, doch jedes Bild bestand aus so vielen Einzelteilchen und die waren allesamt so kunstvoll zusammengesetzt und hatten überall solch schlängelige Bleifassungen, daß sie sich schon oft gefragt hatte, ob das wirklich ein Netz voller Fische war oder schlicht das Unterteil der Fischergewänder. Vielleicht nicht gerade die praktischste Kleidung für Fischer, wenn man es recht bedachte.

Nachdenklich ließ sie den Blick von den rätselhaften Fenstern zu dem offenen und schönen Gesicht des lieben Anthony Bull schweifen, der gerade mit seiner prächtigen Stimme las.

Was hätte der für einen Schauspieler abgegeben, dachte Violet! Was für eine Präsenz, was für eine männliche Schönheit, was für eine klare Aussprache! Und obendrein predigte er wirklich erbaulich, nicht zu abgehoben und dennoch nicht herablassend schlicht, so als bestünde seine Gemeinde aus intellektuellen Schwachköpfen. Heute morgen ging es beispielsweise um den guten Gefährten und daß man die Gefühle anderer im alltäglichen Leben achten solle, und das konnte er sehr gut vermitteln.

Sie hoffte, daß Bertha, die zuweilen unnötig zickig war, aufmerksam zuhörte. Hatten sie ein Glück, daß Lulling solch einen Pfarrer hatte! Er verdient wirklich eine größere Gemeinde, die mehr von der Sache versteht, als diese zu einem Viertel gefüllte Kirche. Ein besseres Haus, wie man es in Theaterkreisen nannte. Wirklich, dieser Star, dieser Darsteller, dachte Violet, während sie seine anmutigen Gesten bewunderte, verdient echt anspruchsvolle Zuhörer, und die bekommt er eines Tages ganz sicher.

Bis dahin konnte man nur hoffen, daß er noch lange Pfarrer in Lulling blieb und alle mit seiner männlichen Schönheit, seiner Liebenswürdigkeit und seinem wahrhaft vorbildlichen Lebensstil bezaubern würde.

Sonntagmittag blieb die Küche bei den Lovelocks kalt. Violet hatte vor dem Kirchgang bereits den Tisch gedeckt. Gestärktes Leinen, schweres Silber und Waterford-Gläser machten sich gar prächtig auf dem Tisch. Ein Jammer, daß die darauf servierte Mahlzeit so mager ausfiel.

In einer Coalport-Schüssel lagen sechs dünne Scheiben Corned Beef, umsäumt von kalten Kartoffelscheibchen und ebenso eisigkalten Möhrchen. Eine wunderschöne kleine Schale aus geschliffenem Glas enthielt rote Bete in Essig. Zu diesem einfallsreichen Menü gab es Barley-Wasser mit Zitronengeschmack zu trinken. Es befand sich in einem Glaskrug, den ein Spitzentuch mit perlengesäumten Kanten bedeckte.

»Eine sehr gute Predigt heute morgen«, bemerkte Bertha, während sie mit den restlichen Zähnen vorsichtig an ihrer Scheibe Corned Beef knabberte.

»Was für ein Jammer, daß ihn nicht mehr Leute gehört haben«, bestätigte Violet. »Das habe ich schon in der Kirche gedacht.«

»Nun ja, wir wissen unseren lieben Anthony zu schätzen, auch wenn wir nur wenige sind«, sagte Ada. »Ich finde, wir hier in Lulling können uns etwas auf unseren guten Geschmack einbilden und uns glücklich preisen, daß wir ihn haben.«

Bertha teilte ein Rote-Bete-Häufchen sorgsam in der Mitte. »Aber wie lange noch?« fragte sie.

Ihre beiden betagten Schwestern blickten sie neugierig an. Hatte Bertha etwas läuten hören? Und wenn, wo? Und warum hatte sie ihnen das nicht mitgeteilt?

Bertha bemühte sich um eine nonchalante Miene, während sie gemustert wurde. Ohne großen Erfolg jedoch.

»Ach, Mrs. Bull hat etwas in der Art fallenlassen, als ich sie gestern im Textilgeschäft getroffen habe. Sie wollte Hutgummi kaufen.«

»Bertha, heutzutage kauft kein Mensch mehr Hutgummi!« rief Violet.

»Dann vielleicht auch nicht, aber ich glaube, sie brauchte es für Unterwäsche, und nach Schlüpfergummi kann man in der Öffentlichkeit ja wohl kaum fragen.«

»Egal ob Schlüpfer oder Hut«, verkündete Ada, »darum geht es nicht. Was hat sie also gesagt?«

»Ach, daß Veränderungen in der Luft liegen und daß sich Anthony wegen einiger Entscheidungen, die getroffen werden müssen, sehr beunruhigt.«

Die beiden Schwestern sahen enttäuscht aus.

»Das kann doch alles sein, vom Versetzen des Komposthaufens auf dem Friedhof bis zum Ersetzen der furchbar schäbigen Betkissen in der Marienkapelle«, sagte Ada.

»Oder eine kleine Änderung der Liturgie«, setzte Violet hinzu und legte Messer und Gabel manierlich auf den leeren Teller.

»Kann sein, kann sein!« bestätigte Bertha fröhlich. »Kommt Zeit, kommt Rat.«

Sie stand auf und räumte die Teller ab. Dann kam sie mit einer Schüssel voller glänzender, schwarzer Kirschen zurück.

»Ein Geschenk von Colonel Fisher«, sagte sie, »von gestern abend, als ihr beide im Garten wart. Ich habe gedacht, sie sollen eine Überraschung als heutiger Nachtisch sein.«

»Wißt ihr noch, wie wir uns die über die Ohren gehängt

haben?« fragte Violet und hob ein Pärchen aus der Schale. »Wir haben so getan, als ob die schwarzen Jettohrringe wären und die roten Rubinohrringe.«

Bei dieser Erinnerung strahlten die drei alten Gesichter, und vor Freude über diese köstliche Überraschung waren Anthony Bull und seine Angelegenheiten vergessen.

»Mir ist, als ob es gestern gewesen wäre«, verkündete Ada. »Du, Violet, mit deinem blonden Haar, bist immer die Hübscheste gewesen. Dir haben die roten Kirschen am besten gestanden.«

»Wir sind allesamt hübsche Kinder gewesen«, sagte Bertha bestimmt, »obwohl man, wenn man uns heute so sieht, nicht darauf kommen würde. Aber wir sind noch immer sauber und gesund, und darauf können wir uns in unserem Alter etwas einbilden.«

Sie genossen ihre Kirschen und holten die Steine hinter zierlich vorgehaltener Hand aus dem Mund.

Danach stapelten sie Porzellan und Silber in der Küche für den späteren Abwasch und gingen hinaus in den Sonnenschein, um Mittagsruhe zu halten.

Die Sonne wärmte ihre alten Knochen, und Bertha gähnte. Violet mußte kichern.

»O Bertha, liebe Bertha, deine Zunge ist so dunkelblau wie die eines Chow-Chows!«

»Ehrlich? Deine sicherlich auch nach all den schwarzen Kirschen.«

Die drei alten Damen streckten sich die Zunge heraus und musterten die der anderen. Drei gebrechliche Körper schüttelten sich vor Lachen, und für einen kurzen Augenblick waren sie wieder die drei kleinen Mädchen, die vor mehr als siebzig Jahren in ebendiesem sonnenbeschienenen Garten mit gestärkten Schürzen und Kirschenohrringen gespielt hatten.

Ein, zwei Wochen später stand man vor dem Problem, was man mit einer Dotty Harmer machen sollte, die noch nicht ganz wiederhergestellt war. Ella Bembridge hatte angeboten, sie in ihrem Cottage aufzunehmen, doch Winnie Bailey, die insgeheim fürchtete, Ellas Haus böte nicht die richtige Ruhe, die Dotty noch für ein, zwei Wochen brauchte, schlug ihrer alten Freundin vor, die Kranke bei sich aufzunehmen.

»Das Gästezimmer steht nämlich leer, liebe Ella, und Jenny ist ganz wild darauf, jemanden zu verwöhnen. Da wir beide kerngesund sind, würden wir uns wirklich freuen, wenn wir Dotty bei uns haben könnten. Du hast mit Flossie und den anderen Tieren schon mehr als genug auf dich genommen.«

Ella fügte sich anstandslos.

»Ehrlich gesagt, ich bin mit meiner Weberei arg zurück, und der Garten ist auch verkommen. Nicht etwa, daß mir das was ausmacht, es gibt Wichtigers, aber wenn du willst, dann meinetwegen gern.«

Man verabredete, daß Dotty von Harold Shoosmith und Isobel abgeholt und mit Flossie bei Winnie wiedervereint würde.

Und so machten sich Harold und Isobel eines schönen Augustnachmittags im Wagen auf, der zur Feier des Tages poliert worden war, und holten ihre gute Freundin ab.

Sie sah noch immer recht gebrechlich aus und ging mit kleinen Schrittchen am Arm der Oberschwester zum Auto – eine hohe Ehre, die nicht jedem zuteil wurde. Aber sie war guter Dinge und plauderte munter, während sie die High Street von Lulling und den Hügel hochfuhren, vorbei an Ellas Cottage und der Baulücke, wo das Pfarrhaus gestanden hatte, und vorbei am Dorfplatz.

Winnie begrüßte sie mit einem Kuß, und Flossie mit ekstatischem Gebell. Harold und Isobel versprachen, am nächsten Morgen wiederzukommen, verabschiedeten sich und überließen das Wohnzimmer Winnie und Dotty.

Dottys magere Hände liebkosten Flossies lange Ohren, während sie sich glücklich umsah.

»Ich kann dir gar nicht sagen, wie ich mich freue, hier zu sein. Im Krankenhaus sind ja alle sehr nett zu mir gewesen, aber hoffentlich muß ich da nie wieder hin.«

»Und ich hoffe, daß du solange hierbleibst, wie du

magst«, sagte Winnie. »Du mußt nämlich erst wieder zu Kräften kommen.«

»Zu Kräften kommen?« rutschte es Dotty erstaunt heraus. »Aber Winnie, ich bin doch schon ganz kräftig. Ich bleibe wirklich gern über Nacht, aber natürlich muß ich morgen früh zu den Tieren zurück.«

»Darüber reden wir später«, sagte Winnie diplomatisch. »Jetzt werde ich Jenny bitten, uns Tee zu machen.«

»Wie geht es ihr?« fragte Jenny, als Winnie in die Küche kam.

»Sie hat sich überhaupt nicht verändert«, sagte Winnie und lächelte.

»Oje!« rief Jenny. »Das heißt, wir bekommen Ärger!«

Dottys Nichte, Connie Harmer, hatte während Dottys Krankheit mit deren Freunden in Thrush Green Kontakt gehalten und war die mehr als fünfzig Meilen von ihrem Haus in Friarscombe im Auto gekommen, um die alte Dame im Krankenhaus zu besuchen.

Sie war eine stämmige Vierzigerin mit kastanienbraunem Haar und silbrigen Strähnen und kantigem, wettergegerbtem Gesicht. Sie hing genauso an Tieren wie ihre Tante und hatte sich aus diesem Grund vielleicht nicht verheiratet, denn sie hielt die menschliche Rasse, und hier insbesondere die männliche Spezies, ihren eigenen Schützlingen für weit unterlegen.

Sie zählte die Henstocks, Ella Bembridge und Winnie Bailey zu ihren Freunden, und die freuten sich über ihren Besuch, als sie Dotty im Krankenhaus aufsuchte. Doch sie machte aus ihrem Herzen keine Mördergrube.

»Die Sache ist die: Ich würde die liebe, alte Tante Dot gern bei mir aufnehmen, aber ob sie kommt? Wenn sie zu alt ist, um noch allein in Lulling-Forst klarzukommen, dann könnte ich meins auch verkaufen und bei ihr einziehen, falls es das Richtige ist, aber gern tu ich's nicht, und das ist die reine Wahrheit. Auf alle Fälle brauche ich ein, zwei Monate, weil ich ein paar Tiere unterbringen muß, und auch der Verkauf des Hauses dauert seine Zeit.«

»Warten wir ab, wie sich alles ergibt«, sagte Winnie, in deren Haus diese Unterhaltung stattfand. »Das beste ist, sie erholt sich hier, wo Doktor Lovell zur Hand ist, und wir halten Kontakt. Aber irgendwie glaube ich nicht, daß einer von uns Dotty überreden kann, ihr Haus zu verlassen.«

»Ich auch nicht. Na ja, sie hat Glück, daß sie überall so gute Freunde hat, und Sie wissen, daß ich bereit bin, auf Dauer die Verantwortung zu übernehmen, wenn es soweit ist. Ich hab Tante Dot immer liebgehabt, auch wenn sie manchmal einen Schatten weghat.«

»Wir haben sie auch alle lieb«, sagte Winnie.

Glücklicherweise ließ sich Dotty rasch überzeugen, noch für wenigstens eine Woche bei Winnie zu bleiben. Ihr Entschluß, gleich am nächsten Morgen zu ihren Tieren zurückzueilen, schien vergessen.

Es gehörte zu den Dingen, die Winnie augenblicklich so an ihr beunruhigten. Sie war zeitlich desorientiert. »Sagen wir, noch desorientierter als üblich«, korrigierte Charles Henstock. Doktor Lovell war zwar optimistisch, daß seine Patientin sich wieder völlig erholen würde, doch selbst er gab zu, daß Dotty besser auf Dauer jemanden Verläßliches wie ihre Nichte um sich haben sollte.

Und während sie sich weiter erholte, sperrte ganz Lulling Ohren und Mund auf, als sich herumsprach, daß die Misses Lovelock zur heimischen Polizeiwache gebeten wurden, um sich Silbergegenstände anzusehen, die der Polizei in die Hände gefallen waren.

Voller Hoffnung trippelten die drei Schwestern eines schönen Morgens die Straße entlang und blieben nur beim Fernmeldeamt stehen, um ein paar ungewöhnliche Botschaften zu lesen, die mit Kreide auf die Mauer dieses Gebäudes geschrieben waren. Die Wörter waren den drei Damen nicht vertraut, aber sie verstanden. Der Schreiber schien weder etwas vom Premierminister noch von Englands Polizei zu halten.

»Aber, Violet«, sagte Ada bestürzt, »schreibt man dieses Wort so?«

»Meine liebe Ada«, sagte Violet etwas von oben herab, »dieses Wort pflege ich nicht zu schreiben.«

Bertha übernahm wie gewohnt die Führung.

»Wir müssen den wachhabenden Beamten auf diese Verunstaltung hinweisen, wenn wir auf der Wache sind. Sicherlich wird er sich der Sache annehmen, wie es sich gehört, ganz gleich ob die Rechtschreibung stimmt oder nicht. Das gehört nicht zu den Dingen, mit denen sich Damen beschäftigen.«

»Darf man einen Satz mit einer Aufforderung beenden?« fragte Violet unschuldig.

Aber man überhörte sie, und dann stiegen die drei die Treppe zur Polizeiwache hoch.

Bedauerlicherweise befand sich unter den Gegenständen auf einem Klapptisch in einem hinteren Raum nur einer der den Lovelocks geraubten Gegenstände. Vor der Tür schob Police Constable Darwin Wache.

»Vaters Rosenschale!« rief Ada.

»Ein Wunder!« rief Violet.

»Das Geschenk zu seiner Pensionierung!« rief Bertha. »Wie überaus nett, daß Sie die für uns zurückgeholt haben.«

Langsam gingen sie um den Tisch herum und musterten gierig die schönen, ausgestellten Stücke.

»Und wo haben Sie all diese wunderschönen Dinge gefunden, Herr Wachtmeister? Wie schlau von Ihnen.«

»Na ja, Miss Lovelock«, sagte Police Constable Darwin, »das darf ich Ihnen nicht verraten, aber das waren nicht wir. Hier in der Gegend sind verschiedene Leute beraubt worden, und jetzt müssen wir ihnen das hier zeigen.«

»Und haben die anderen Leute ihre Sachen gefunden?«

»Sie haben wir zuerst hergebeten«, sagte der Wachtmeister.

»Wie ungemein zuvorkommend. Wie nett von Ihnen. Sie können uns glauben, wir wissen die Ehre zu schätzen. Und dürfen wir jetzt Vaters Rosenschale mit nach Hause nehmen?«

»Leider nicht, Miss. Die muß nämlich mit vor Gericht, wenn wir die Diebe geschnappt haben. Es fehlt noch eine ganze Menge. Ihnen ist sicher aufgefallen, daß alles hier große Sachen sind, Präsentierteller, Schalen und so.«

Dabei überging er mit löblichem Takt die Waschgarnitur aus dem siebzehnten Jahrhundert mit zwei dazu passenden silbernen Nachttöpfen und lenkte die Aufmerksamkeit der Misses Lovelock auf Tabletts, Teekannen und anderes Geschirr, die Rosenschale inbegriffen, die hinten auf dem Tisch standen.

»Wir schätzen das hier auf ungefähr ein Viertel von dem, was fehlt. Die kleineren Sachen sind wahrscheinlich verscherbelt. Sicherlich schon eingeschmolzen.«

Die Damen stießen Entsetzensschreie aus, und Police Constable Darwin bemühte sich eiligst, seinen Schnitzer wieder gutzumachen.

»Hoffentlich nicht. Schließlich hat man das hier auch gefunden. Drücken Sie die Daumen, meine Damen. Jedenfalls notiere ich, daß diese Rosenschale Ihnen gehört. Möchten Sie sich zu Ihrer eigenen Sicherheit alles nochmal ansehen?«

»Danke, nein, Herr Wachtmeister. Sie haben uns sehr geholfen. Da ist allerdings noch eine Kleinigkeit«, setzte Bertha als Sprecherin für alle drei hinzu.

»Ja, Miss?«

»Sind Sie heute morgen schon draußen gewesen? Haben Sie Ihre Runde gemacht, denn das ist, glaube ich, der richtige Ausdruck?«

»Nein, Miss. Sergeant Brown hat mich abgeordnet, daß ich hier Wache schiebe. Ist doch sehr wertvolles Zeugs. Aber ich gebe Ihre Nachricht weiter.«

Bertha überlegte, ob dieser junge Mann mit der frischen Gesichtsfarbe für die widerlichen Schmierereien am Fernmeldeamt erfahren genug war, meinte dann aber bei sich, daß er wahrscheinlich dementsprechend ausgebildet war und so etwas wie die Wörter auf der Mauer häufig zu sehen – oder vielleicht sogar zu hören – bekam.

»Wir wollten Sie nur darauf aufmerksam machen, daß man auf ein öffentliches Gebäude hier in der Nähe dick und fett ein paar ziemlich häßliche Sprüche geschrieben hat.«

»Ach, die Kritzeleien am Fernmeldeamt«, antwortete der

Wachtmeister erleichtert. Er war nämlich schon am Überlegen, was ihm diese alten Klatschmäuler wohl mitzuteilen hätten. »Da machen Sie sich mal keine Sorgen. Wahrscheinlich einer der Cooke-Jungs. Jedenfalls hat der junge Armstrong den Befehl, alles sauberzumachen, wir haben die Sache voll im Griff.«

»Freut mich zu hören«, sagte Bertha hoheitsvoll.

»Wie ungemein geschmacklos, ein Gebäude mit solchen Wörtern zu verunstalten«, steuerte Ada bei.

»Und noch nicht einmal richtig geschrieben«, gab Violet ihren Senf dazu.

»Ich glaube«, sagte Bertha unheilverkündend, »wir sollten lieber gehen.«

17. Haussuche

Miss Watson und Miss Fogerty brachten die ersten beiden Wochen der Sommerferien mit Erholung von den Strapazen des Schulhalbjahrs zu.

Sie erledigten auch noch eine Reihe privater Angelegenheiten, die sie während der Schulzeit aufgeschoben hatten. Miss Watson ließ sich eine Dauerwelle machen, einen schmerzenden Zahn ziehen und zwei füllen und unternahm mehrere Einkaufsbummel wegen neuer Korsetts und anderer Unterwäsche.

Miss Fogerty, die aalglattes Haar hatte, wie sie sagte, frisierte es zu einem adretten Knoten und wusch es selbst. Jedoch mußte auch sie den Zahnarzt aufsuchen, der glücklicherweise nur ein Loch fand, das eine Füllung erforderte. Ihre bescheidenen Einkäufe beliefen sich auf eine neue, geblümte Kittelschürze für die Schule, ein Paar leichte Sandalen und einen Unterrock. Sie kam sehr in Versuchung, ein marineblaues Strickkostüm zu erstehen, das im Sommerschlußverkauf herabgesetzt worden war, aber weil ihr der Kauf eines gemeinsamen Hauses vor Augen stand, hielt sie es für angebracht, nicht mit Geld um sich zu werfen.

Die Freundinnen hatten ab Mitte August für zwei Wochen Zimmer in ihrer Lieblingspension in Barton-on-Sea bestellt, und beide freuten sich auf den Urlaub. Erst ein, zwei Tage vor ihrem Aufbruch kam die Rede wieder auf geldliche Angelegenheiten für den Kauf eines Hauses. Dorothy Watson hatte offensichtlich lange darüber nachgedacht.

»Ich weiß, daß du gern auf eigenen Füßen stehst, meine liebe Agnes, und ich weiß dein Angebot, mir beim Kauf eines gemeinsamen Hauses zu helfen, sehr zu schätzen, aber ich habe mich dagegen entschieden.«

»Aber, Dorothy –« begehrte Agnes auf, doch ihr wurde das Wort abgeschnitten. Miss Watson war überaus energisch und durch und durch Lehrerin.

»Die Sache ist die: Ich würde das Haus gern allein kaufen, dann kann ich nämlich mein Testament ändern und es mit anderen kleinen Wertsachen meinen drei Neffen vermachen. Ich habe nicht vor, Ray und Kathleen etwas zu vererben, abgesehen vom Teeservice meiner Mutter, das Ray meines Wissens gern haben würde. Sie haben sowieso genug, und was mich angeht, so haben sie sich so häßlich benommen, daß damit jeder Anspruch auf meinen Besitz verwirkt ist. Doch die drei Jungen mag ich, und ich glaube, sie werden es trotz ihrer Eltern im Leben zu etwas bringen.«

»Ja, das sehe ich ein, Dorothy, aber trotzdem –«

Miss Watson ließ sich nicht vom Thema abbringen.

»Natürlich sollst du nicht ohne ein Dach über dem Kopf sein, meine liebe Agnes, falls ich als erste gehen muß. Du bekommst lebenslanges Wohnrecht, und erst wenn du ausziehst, bekommen die drei Jungen das Haus.«

»Ach, Dorothy, du bist so gut! Hoffentlich darf ich als erste gehen.«

»Egal ob als erste oder als zweite, Agnes, hör mir zu. Ich habe lange über diese Sache nachgedacht. Wenn du allerdings darauf bestehst, etwas dazu beizutragen –«

»O ja. Wirklich!«

»– dann schlage ich vor, daß du dich beim Kauf der Möbel beteiligst, die wir mit Sicherheit brauchen werden. Alte Teppiche oder Vorhänge passen nie in eine neue Wohnung, und dann werden wir noch verschiedene andere Sachen benötigen und möglicherweise renovieren müssen, obwohl ich finde, diese Kosten sollten wir uns gerecht teilen.«

»Ich bin voll und ganz mit allem einverstanden, was du vorschlägst, Dorothy, aber ich zahle wirklich nicht genug. Dann laß mich wenigstens Miete zahlen.«

»Dazu komme ich noch. Wenn du den gleichen Betrag wie hier zahlen möchtest, Agnes, so wäre das, offen gestanden, eine große Hilfe. Nun, was meinst du dazu?«

»Ich finde, du bist wie immer ungewöhnlich großzügig, Dorothy.«

»Mir scheint, so ist die Sache am einfachsten und gerechtesten geregelt. Ich habe schon daran gedacht, Justin Venables einzuschalten. Der kann sich dann um alles kümmern, wenn wir etwas Passendes gefunden haben, und da sollte er auch wissen, wie wir planen. Kommst du mit? Hoffentlich geht er nicht in den Ruhestand, solange wir ihn brauchen. Man muß sich doch fragen, ob diese Jünglinge in seiner Firma genauso weise sind wie der gute Justin.«

»Selbstverständlich komme ich mit. Und du mußt, glaube ich, auch keine Angst wegen der Juniorpartner haben. Die hat Justin mit Sicherheit sehr gut ausgebildet.«

»Das wollen wir doch hoffen«, sagte Dorothy. »Und nachdem wir das hinter uns gebracht haben, will ich meine Kleider für den Urlaub zusammensuchen.«

»Ich auch«, antwortete die kleine Miss Fogerty.

Die beiden Damen zogen sich in ihre Schlafzimmer zurück, die eine heilfroh, daß die heikle Sache erfolgreich abgewickelt war, die andere in Gedanken daran, wie unendlich großmütig ihre Freundin doch war.

Das jähe Ende von Percy Hodges Brautschau bei Jenny hatte seinerzeit viel Stoff für Klatsch und Tratsch geboten, doch im Verlauf der Wochen waren andere Themen an die Stelle getreten, bis Percys Werbung beinahe in Vergessenheit geraten war, wenn auch nicht bei Jenny, so doch bei den meisten Leuten in Thrush Green.

Daher staunte Harold Shoosmith nicht schlecht, als Betty Bell, die sein Arbeitszimmer lautstark mit dem Staubsauger bearbeitete, ihm über dem Lärm zurief, daß sich Percy woanders nach einer Frau umsah.

Offen gestanden hatte Harold das wegen des Krachs gar nicht richtig mitbekommen und wollte gerade in friedlichere Gefilde entfliehen.

Als Betty merkte, daß ihre Beute ihr entschlüpfen wollte, stellte sie den Apparat ab und wickelte die Schnur auf.

»Percy! Na, Sie kennen doch Percy Hodge, der hinter der Jenny von Mrs. Bailey her war«, erläuterte sie.

»Was ist mit ihm?«

»Hab ich Ihnen doch gerade erzählt. Der schwänzelt jetzt um eine andere rum.«

»Na dann viel Glück. Warum sollte er nicht woanders angeln, wenn ihm der erste Fisch nicht ins Netz gegangen ist.«

»Ich weiß nicht, ob Jenny gern als Fisch bezeichnet wird«, sagte Betty, bückte sich und schlang die Schnur zu einer Acht um den Staubsaugergriff.

Harold sah ergeben zu. Hatte er Betty nicht x-mal gebeten, das nicht zu tun, weil dabei die Ummantelung der Schnur riß? Vergebens. Im Lauf ihres Berufslebens hatte Betty beschlossen, daß man eine Schnur zu einer Acht aufrollte, und dabei war es geblieben.

»Und, wer ist es, Betty? Na, heraus damit. Ich weiß doch, es brennt Ihnen auf der Zunge. Jemand, den wir kennen?«

»Kann sein, kann auch nicht sein. Sind Sie schon mal im *Wappen von Lulling* gewesen?«

»Hinter Lulling-Forst? Nein, ich glaube nicht. Wohnt die Dame dort?«

»Die arbeitet da. Heißt Doris. Sie macht sauber und hilft samstags im Ausschank. Sie soll aus dem Ausland sein.«

»Ehrlich? Woher denn, Spanien, Frankreich oder noch weiter weg?«

Betty blickte entsetzt.

»O nein, so ausländisch nun auch wieder nicht. Ich meine, Englisch spricht sie schon und geht auch in unsere Kirche.

Nein, sie ist aus Devon, glaub ich, oder vielleicht auch aus Cornwall. Ganz schön weit weg jedenfalls, aber reden tut sie ganz manierlich.«

»Und Sie meinen, daß Percy sie besucht? Vielleicht haben sie auch nur ein Bier, das ihm gut schmeckt?«

»Percy Hodge«, sagte Betty, stemmte die Arme in die Hüften und sprach mit Nachdruck, »war immer mit einem Bierchen in den *Zwei Fasanen* zufrieden. Wieso muß der jetzt den ganzen Weg zum *Wappen von Lulling* machen, wenn er nicht hinter ihr her ist? Und außerdem hat er einen großen Blumenstrauß dabei, und den kriegt diese Doris.«

»Aha!« sagte Harold, »das hört sich ganz danach an, als ob er es ernst meint. Hoffentlich sind alle in Lulling-Forst damit einverstanden?«

»Er hätte es viel schlimmer treffen können. Sie ist ganz schön kräftig, da kann sie ihm in der Landwirtschaft helfen. Und sauber ist sie, und kochen kann sie auch. So gut wie Percys Gertie wohl nicht. Die war berühmt für ihren Blätterteig und ihren Biskuit. Aber einen einfachen Braten soll Doris hinkriegen, und anständige Marmelade kocht sie auch. Wir finden, sie paßt sehr gut zu ihm.«

»Freut mich, daß alle einverstanden sind«, sagte Harold ernst, »und hoffentlich wird Percy bald glücklich.«

Er deutete mit dem Kopf auf den Staubsauger.

»Fertig?«

»Ob ich bei Ihnen noch die Fenster putzen soll? Die sehen mir ganz schön schmutzig aus, von Ihrem Tabakrauch nämlich.«

»Das lassen Sie lieber«, sagte Harold, der den Seitenhieb auf seine Pfeife lieber überhörte. »Mrs. Shoosmith wird Ihnen sicherlich sagen, was am dringendsten getan werden muß.«

»Jetzt fällt mir ein«, sagte Betty, während sie den Staubsauger zur Tür zerrte, »daß ich ihr bei den Betten helfen soll. Hab ich ganz vergessen gehabt. Das kommt davon, wenn Sie so viel mit mir schwatzen.«

Sie entschwand, ehe Harold eine passende Entgegnung eingefallen war.

An ebendiesem Nachmittag ging Ella zum Briefkasten an der Ecke des Dorfplatzes, um einen Brief einzustecken.

Es war noch immer warm und still, und als sie noch am Überlegen war, ob sie auf dem Feldweg einen Spaziergang zu Charles und Dimity machen sollte, sah sie ihre alte Freundin durch die Kastanienallee auf sich zukommen.

Dimity war in ähnlichen Geschäften unterwegs und trug ein halbes Dutzend Briefe in der Hand.

»Kommst du noch zu mir?« fragte Ella, nachdem sie sich begrüßt hatten.

»Ich kann nicht, Ella. Ich habe einen leckeren Schinken im Ofen, ich darf also nicht trödeln. Charles macht einen Krankenbesuch in Nidden.«

»Dann wollen wir uns zwei Minuten hier hinsetzen«, antwortete Ella und ging zu den Bänken, die Thrush Green großzügigerweise für müde Wanderer aufgestellt hatte. »Hast du schon was über euer Haus gehört?«

Dimity wirkte besorgt.

»Nicht richtig, aber Charles hat heute morgen einen Brief bekommen, der die Gerüchte über eine Zusammenlegung der Pfarrbezirke bestätigt.«

»Das erste, was ich höre«, verkündete Ella. »Worum geht es überhaupt?«

»Also, die beiden Gemeinden von Anthony Bull in Lulling und Lulling-Forst sollen mit Charles Gemeinden in Thrush Green und Nidden zusammengelegt werden.«

»Du lieber Himmel! Da kriegt Anthony ja eine Riesenpfarrei, was?«

»Sieht so aus.«

Auf einmal merkte Ella, wie durcheinander Dimity war.

»Und was wird aus Charles?«

»Das weiß keiner. In dem Brief hat nur gestanden, daß die vier Pfarrbezirke zusammengelegt werden sollen.«

»Ist das etwa der Grund, warum ihr nichts darüber hört, ob das Pfarrhaus wieder aufgebaut wird?«

»Sieht mir ganz danach aus. Ich bekomme Charles einfach nicht dazu, daß er etwas unternimmt, obwohl ich ihn so bekniet habe, er soll sich erkundigen. Wir müssen doch wissen, woran wir sind. Das Ganze ist so furchtbar beunruhigend. Ich habe solche Angst, daß er versetzt wird. Wenn das weit weg von Lulling und Thrush Green ist – und das ist durchaus denkbar –, dann bin ich ohne meine lieben, alten Freunde verloren und verlassen.«

Dimity kämpfte mit den Tränen, und Ella tätschelte ihr tröstend die Hand.

»Laß den Kopf nicht hängen, Dim! Es gibt Schlimmeres! Wahrscheinlich hört ihr in ein paar Tagen, daß mit der Bauerei auf dem alten Fleck da drüben angefangen wird, und schwupps kriegst du ein funkelnagelneues Haus.«

»Irgendwie glaube ich nicht daran. Ich habe Angst, daß jedes funkelnagelneue Haus meilenweit von hier entfernt sein wird.«

Sie putzte sich heftig die Nase und stand auf.

»Es hat mir wie immer gutgetan, daß ich dir mein Herz ausschütten konnte, Ella, aber jetzt muß ich zurück zu meinem Schinken. Du bist die erste, die es erfährt, wenn wir genauer Bescheid wissen.«

Damit enteilte sie über den Dorfplatz, und Ella kehrte langsamer und nachdenklich nach Hause zurück.

Zufällig hörte ausgerechnet Edward Young Näheres über die Baulücke in Thrush Green.

Das Gerücht wurde ihm von einem Bekannten zugetragen, der zum Planungskomitee gehörte.

»Ungefähr aus achtzehnter Hand«, erzählte Edward Joan, »also cum grano salis, aber ich glaube, die hecken tatsächlich etwas aus. Augenscheinlich will die Kirche das Grundstück auf den Markt werfen, und die Gemeinde möchte es gern kaufen.«

»Aber wofür?«

»Tja, es ist nicht groß, aber dieser Typ meinte, man könne dort etwas Einstöckiges bauen, vier oder sechs Häuser für alte Leute. In Wirklichkeit hat er gesagt, es gäbe genügend Tattergreise in Thrush Green, die so was gebrauchen könnten.«

»Damit hat er nicht ganz unrecht«, meinte Joan.

»Oder vielleicht ein Ärztehaus. Ich halte das für die bessere Idee. Das in Lulling hat seine beste Zeit hinter sich, und von hier aus ist es ein langer Fußmarsch. Besonders wenn man wie unsere Molly schwanger ist.«

»Das wäre sicherlich gut«, sagte Joan. »Was, glaubst du, wird es?«

»Mein liebes Mädchen, woher soll ich das wissen? Du weißt doch, wie Gerüchte sind. Aber ich bin mir ziemlich sicher, daß das Grundstück verkauft wird. Und wir werden aufpassen, was sie uns da hinsetzen. Wir sind lange genug mit diesem viktorianischen Greueldings gestraft gewesen. Hoffentlich sehen unsere Kinder eines Tages an der Stelle etwas weniger Scheußliches.«

Dorothys und Agnes' Reisetag dämmerte strahlend und klar herauf. Das Taxi, das sie zum Bahnhof von Lulling bringen sollte, war für zehn Uhr bestellt, daher waren die beiden früh auf den Beinen.

Harold und Isobel kamen vorbei, holten den Schlüssel ab und bekamen letzte Anweisungen, denn sie hatten sich erboten, das Nachbarhaus zu hüten.

Sie wußten auch von der geplanten Haussuche und hatten viele gute Ratschläge parat. Beide, Isobel und Harold, hatten diese anstrengende Erfahrung innerhalb der letzten Jahre hinter sich gebracht und beneideten die beiden Damen nicht darum. Doch sie waren ganz dafür, daß Miss Watson mit sechzig in Pension ging, auch wenn sie sich fragten, ob ihr Nachfolger ein ebenso guter Nachbar sein würde. Abwarten.

Unterdessen aber wünschten sie ihnen einen schönen Urlaub, versprachen, sich um das Haus zu kümmern, und winkten ihnen zum Abschied nach.

»Agnes wird mir schrecklich fehlen«, sagte Isobel, als sie in ihren Garten zurückkehrten. »Sie bedeutet mir viel.«

»Bis Barton ist es nur eine Stunde mit dem Auto«, erwiderte Harold. »Wir nehmen uns fest vor, sie so oft wie möglich zu besuchen.«

Natürlich erzählten die Shoosmiths nichts von Miss Watsons Zukunftsplänen, dennoch hatte es sich überall in Thrush Green herumgesprochen, daß sie sich pensionieren lassen und wegziehen wollte.

»Die beiden werden uns fehlen«, sagte Winnie Bailey zu Frank und Phil Hurst. »Miss Watson ist eine ausgezeichnete Schulleiterin gewesen, und die liebe kleine Agnes ist eine wahre Institution. Zwei so engagierte Frauen zu ersetzen wird nicht leicht sein.«

»Aber«, so sagte Frank, »sie machen es richtig, sie gehen, solange sie noch kräftig und gesund sind.«

»Und klar im Kopf«, witzelte Phil. »Jeremy bringt mich manchmal zum Wahnsinn. Wie sie Dutzende von der Sorte einen ganzen Tag lang ertragen können, geht über mein Begriffsvermögen.«

»Sie haben um vier Uhr Schluß«, sagte Frank. »Und dann die vielen Ferien!«

»Die haben ganz sicher nicht um vier Uhr Schluß«, beharrte Winnie. »Ich habe oft noch Licht in der Schule gesehen, und das hieß, die beiden mußten etwas für den nächsten Tag vorbereiten. Ich möchte ihren Beruf nicht für alles Geld der Welt haben.«

Die Bemerkungen in den *Zwei Fasanen* fielen weniger schmeichelhaft aus.

»Wird auch Zeit, daß die olle Aggie in den Sack haut«, sagte einer. »Also, die hab nicht nur ich, sondern sogar schon meine Mum gehabt! Die ist doch glatt siebzig.«

»Aber danach sieht Miss Watson nicht aus! Na ja, ne Schönheit isse nicht gerade, aber noch kein graues Haar und humpelt mit ihrem kaputten Bein ganz schön flott durch die Gegend.«

»Wollen in Bournemouth leben, wie man so hört.«

»Ich denke Barton.«

»Also irgendwo, wo alle Tattergreise hinziehen. Wetten, es kostet sie ein Vermögen, dort ein Haus aufzutreiben.«

Und diese düstere Vorhersage bot ihnen ein angenehmes Thema für den Rest des Abends.

Mittlerweile fanden auch die beiden Urlauberinnen die Immobilien tatsächlich teuer, vor allem die Sorte, die ihnen vorschwebte.

Die Makler, bei denen sie sich erkundigten, sahen allesamt schwarz, weil fast alle Ruheständler genau das gleiche suchten, nämlich klein, leicht zu bewirtschaften und mit wenig Garten.

»Naturgemäß wollen Leute aus ganz England und besonders aus dem Norden herziehen, wegen des milden Klimas«, sagte ein nobel gekleideter junger Mann. »Wir haben eine große Zahl von Klienten – in aller Regel reiferen Alters – die auf etwas Passendes warten. Es wird nicht leicht werden, genau das zu finden, was Ihnen vorschwebt.«

Das war der fünfte Makler, den sie an diesem Tag aufsuchten. Dorothy taten die Füße weh, und allmählich riß ihr der Geduldsfaden.

»Klienten reiferen Alters dürften Ihnen doch recht häufig wegsterben«, sagte sie barsch.

Der junge Mann blickte erschrocken.

»Ja, natürlich, zu gegebener Zeit – gehen sie, ehem, heim.«

»Und in dem Fall bekommen Sie neue Angebote«, meinte Miss Watson betont. »Sie wissen, was wir suchen. Bitte, halten Sie uns auf dem laufenden.«

Sie rauschte hinaus, ehe der junge Mann etwas erwidern konnte, gefolgt von ihrer ebenso erschöpften Freundin.

»Schluß für heute, Agnes«, sagte sie. »Laß uns ins Hotel zurückgehen und eine Tasse Tee trinken, und wenn wir uns ausgeruht haben, schreibe ich ein paar Ansichtskarten. Isobel und Harold haben vollkommen recht gehabt. Haussuche verschlingt ganz schön Energie.«

Nach dem Tee setzten sich die beiden auf die Veranda und legten die müden Beine hoch. Agnes strickte eifrig an einem Kleidchen für Molly Curdles ungeborenes Baby, und Dorothy schrieb emsig Ansichtskarten.

»Eine schicke ich auch an Ray und Kathleen«, sagte sie, während sie das halbe Dutzend auf ihrem Schoß durchsah. »Ist viel einfacher als ein Brief, den sie sowieso nicht verdienen. Aber trotzdem sollte ich sie über unsere Pläne informieren. Was hältst du von dieser mit dem Sonnenuntergang? Oder findest du, die mit dem Kieferngehölz würde ihnen besser gefallen?«

Agnes lutschte am Ende ihrer Stricknadel und überlegte ernsthaft.

»Ich bin für den Sonnenuntergang«, entschied sie sich.

Dorothy nickte und machte sich an die Arbeit, während Agnes weiter Maschen zählte. Dorothy schrieb:

Wir genießen die paar Tage hier sehr. Wetter gut, das Hotel behaglich.

Suchen auch nach einem Haus, weil ich nächstes Jahr in Pension gehen will. Agnes läßt grüßen.

Herzlichst,
Dorothy

»So«, sagte sie und klebte eine Briefmarke drauf, »das sollte ihnen zu denken geben. Ich muß noch zwei schreiben, und wenn du nicht zu müde bist, können wir sie noch zum Kasten bringen.«

»Aber gern«, sagte Agnes zuvorkommend wie immer. »Ich muß nur noch zu Ende abnehmen, dann können wir gehen.«

Die beiden Damen widmeten sich wieder ihrer Arbeit, während über ihren Köpfen die Möwen kreisten und kreischten und eine erfrischende Brise vom Meer ihre gute Laune wiederherstellte.

18. Dotty braucht Hilfe

Nach zehn Tagen bei Winnie Bailey kehrte Dotty in ihr Cottage zurück.

Alle waren erleichtert, daß Connie jede Woche zum Lulling-Forst kam, die Nacht über blieb und dafür sorgte, daß die Speisekammer gut gefüllt, die Wäsche gewaschen und Dotty mit Tabletten versorgt war.

Albert Piggott hatte sich aus freien Stücken angeboten, Dulcie zu melken. Die beiden hatten sich angefreundet, und ob die kostenlose Milch, an der sich Albert und seine immer rundlicher werdende Katze erfreuten, den Ausschlag gab, wußte niemand zu sagen, aber es war für alle Teile eine gute Lösung.

Betty Bell schaute jeden Morgen auf dem Weg zur Arbeit vorbei, oft auch noch auf dem Rückweg, und Ella und die Henstocks besuchten sie häufig.

Es war keine ideale Lösung, denn es wurde offensichtlich, daß Dotty ständig jemanden um sich haben mußte, aber es war das Beste, was man für einen so selbständigen und halsstarrigen Menschen wie Dotty tun konnte. Alle wußten, daß Connie gut aufpaßte und, falls erforderlich, zu Hilfe kommen würde.

Mittlerweile setzte Dotty ein paar gute Vorsätze aus dem Krankenhaus in die Tat um. Binnen eines Monats nach ihrer Rückkehr waren die Enten tot und ruhten in der Tiefkühltruhe des Schlachters in Lulling. Jeremy war liebevoller Besitzer von zwei Kaninchen. (»Bitte vom gleichen Geschlecht«, hatte Phyllida gebeten), und obwohl Paul Young keine weiteren Haustiere haben durfte, da er im Internat war, kannte er jemanden in Lulling, der für zwei weitere Kaninchen einen lieben Besitzer abgab. Einige der älteren Hühner fanden einen gnädigen Tod und landeten im Suppentopf von Dottys Freundinnen, und so hatte sich Dottys Menagerie schon bald halbiert.

Sie nahm diese Veränderungen gelassen hin und tat ihr Bestes, sich angemessen zu ernähren. Sie hatte Doktor Lovell versprechen müssen, daß sie sich jeden Mittag hinsetzte und eine vollständige Mahlzeit zu sich nahm.

»Auch wenn es nur ein gekochtes Ei und Milchkaffee ist«, sagte er zu ihr. »Wenn Sie sich weiter so vernachlässigen, sind Sie schwups wieder im Krankenhaus. Und nach dem Essen legen Sie sich eine geschlagene Stunde hin.«

Die Drohung mit dem Krankenhaus hielt Dotty bei der Stange, obwohl sie das Ganze für eine furchtbare Zeitverschwendung hielt. Aber die Zeiten, als sie zum Lunch schnell einen Apfel gegessen hatte, während sie am Herd stand und das Hühnerfutter umrührte, die waren vorbei, und sie wußte es.

Sich ins Bett zu legen kam ihr noch schlimmer vor – eindeutig sündig, diese Faulheit. Sie stellte jedoch fest, daß sie während ihrer erzwungenen Ruhe häufig einschlief, und mußte zugeben, daß der junge Doktor Lovell wohl recht hatte mit seiner Meinung, daß sie in der nächsten Zeit noch rascher ermüden würde.

Sie redete sich ein, daß sie im Verlauf der Zeit von Tag zu Tag kräftiger werden würde, denn Albert molk Dulcie und alle lieben Freunde halfen mit. Da mußte sie eigentlich im Nu wieder auf die Beine kommen.

Albert Piggotts Tochter Molly Curdle freute sich ungemein über den besseren Gesundheitszustand ihres Vaters.

»Weißt du«, sagte sie eines Abends zu Ben, »das kommt nicht nur von der Milch, daß er gesünder wird. Es ist die Arbeit, die ihm Spaß macht.«

»Auf alle Fälle bekommt sie dem alten Knaben gut«, bestätigte Ben. »Und ich denke mal, es würde ihm noch besser gehen, wenn er sich in der Umgebung um Tiere kümmern würde, statt daß er die Kirche in Schuß hält.«

»Das wäre toll. Ich weiß, daß er als Küster nur mit halbem Herz arbeitet, hat er schon immer, um die Wahrheit zu sagen. Aber jetzt ist die Arbeit für den armen Kerl zu schwer geworden. Ob wir mal mit Mr. Henstock darüber reden sollten? Was meinst du?«

Ben blickte nachdenklich.

»Lieber zuerst mit deinem Dad, falls er sich querlegt. Denkt möglicherweise, du willst dich einmischen. Aber wenn er nichts dagegen hat, rede ich mit dem Pfarrer. Kann doch sein, daß er sich freut, wenn er endlich jemanden bekommt, der sich ordentlich um Kirche und Friedhof kümmert. Im Augenblick sieht beides fürchterlich aus. Überall in der Kirche knirscht man auf Kohlen rum, und auf den Gräbern wuchert das Unkraut kniehoch. Das muß doch auch den Pfarrer ärgern, der hätte echt Grund sich zu beschweren, aber du kennst ja Mr. Henstock! Viel zu gut für diese Welt!«

»Ich rede noch diese Woche mit Dad«, versprach Molly.

Zu ihrer Erleichterung bestätigte Albert ungewohnt friedfertig, daß ihm die Arbeit über den Kopf wuchs und er sich über Hilfe freuen würde. Aber so wild, wie Molly gedacht hatte, war er denn doch nicht, als sie vorschlug, er könne sich doch um Tiere kümmern.

»Hängt von der Sorte Tier ab«, sagte er. »Zu Percy Hodge geh ich beispielsweise nicht, dem miste ich nicht den Kuhstall aus. Das ist ja vom Regen in die Traufe. Aber bei kleinen Tieren wie denen von Miss Harmer, da helf ich gern aus.«

»Sicher fällt Mr. Henstock dazu etwas ein«, meinte Molly rasch. »Ben könnte das ansprechen, wenn er ihn besucht.«

Charles Henstock war über diese Wendung der Dinge genauso froh wie Molly. Er hatte schon vor längerer Zeit gemerkt, daß sein mürrischer Küster nicht mehr zufriedenstellend arbeitete. Aus zwei Gründen jedoch hatte er gezögert, ihn zur Rede zu stellen. Erstens hatte er niemanden, der die Arbeit übernehmen konnte, und zweitens würde Albert gekränkt sein, daß man dachte, er wäre der Arbeit nicht gewachsen.

Nach dem, was Ben ihm erzählte, war das zweite Problem gegenstandslos. Falls Albert die leichteren Arbeiten wie Fegen, Staubwischen und Silber- und Messingputzen übernehmen würde, könnte man die Arbeit draußen auf dem Friedhof und die schwere Arbeit wie Kohlenschaufeln einem Jüngeren und Kräftigeren anbieten.

»Der Haken ist«, sagte Ben und sprach damit offen aus, was dem Pfarrer zu schaffen machte, »mir fällt kein geeigneterer Mann ein. Natürlich ist Bobby Cooke unserem Dad letztens hier und da zur Hand gegangen – aber diese Cookes –« Er schwieg.

Der Pfarrer reagierte fröhlich.

»Ich kenne die Cookes als eine Familie, die ein wenig

schlampig ist, aber Bobby ist der Älteste und daher etwas verläßlicher. Die arme Mrs. Cooke hat so schnell so viele Kinder bekommen, daß sie die später Geborenen etwas vernachlässigen mußte.«

Kein Mensch, so dachte Ben, hätte den Fall Cooke so nett dargestellt wie der Pfarrer. Alles in allem galt die Sippe als verdreckt, unehrlich und als eine Schande für Nidden und Thrush Green.

»Zufällig weiß ich«, fuhr der gute Pfarrer fort, »daß der arme Bobby beim Getreidehändler seit letzter Woche nicht mehr gebraucht wird – falls das der richtige Ausdruck ist. Möglicherweise ist er froh, wenn er einige von Albert Pflichten übernehmen kann. Ich werde mich sofort erkundigen.«

»Sie werden das schon richtig machen, Sir«, sagte Ben. »Uns würden Steine vom Herzen fallen, wenn der alte Mann seine Ruhe hätte.«

»Ich tue mein bestes«, sagte Charles. »Und wie geht es Molly? Wann kommt das Baby?«

»Zu Weihnachten«, sagte Ben.

»Aha! Dann kann ich mich ja auf eine Taufe im neuen Jahr freuen. Ein weiterer kleiner Curdle auf dieser Welt! Ihre prächtige Großmutter ist hier unvergessen.«

»Bei mir auch. Ich denk jeden Tag an sie«, sagte Ben schlicht.

Und Charles Henstock wußte, daß dieser ernste junge Mann die Wahrheit sagte.

Nach einem Bilderbuchsommer wurde es in der zweiten Augusthälfte kalt und regnerisch.

Glücklicherweise war der Großteil der Getreideernte eingefahren, und obwohl die einheimischen Bauern das Gegenteil behaupteten, war es eine gute Ernte gewesen.

Aber das stimmte Bauern naturgemäß nicht froh. Eine gute Ernte bedeutete, daß die Preise in den Keller gingen und sie vor dem Ruin standen. Eine schlechte Ernte bedeutete, daß sie wenig zu verkaufen hatten und genauso vor dem Ruin standen. Für die Bauern war das Leben immer hart.

»Denen kann es keiner recht machen«, verkündete Albert Piggott in den *Zwei Fasanen.* »Wenn das Wetter für Rüben richtig ist, ist es für den Weizen verkehrt. Und wenn die Sonne bei der Heuernte scheint, ist es für den Grünkohl zu trocken. Bauern sind mal hü, mal hott, find ich. Und ewig dieses Gejammer.«

»Der hat gut reden«, meinte sein Nachbar, aber hinter der vorgehaltenen Hand. »Das tut also Percy Hodge?« wollte er etwas lauter wissen. »Jammern, mein ich?«

Allgemeines Gelächter.

»Percy ist zu verknallt in diese Doris im *Wappen von Lulling*, der hat keine Zeit, sich wegen der diesjährigen Ernte Sorgen zu machen. Wetten, daß er im Oktober heiratet wie alle Jungbauern.«

»Aber seine Gertie ist doch noch nicht mal kalt«, rief jemand.

»Die ist jetzt schon über ein Jahr tot«, sagte sein Zechkumpan. »Wetten, daß Percys Haus inzwischen einen Frühjahrsputz braucht.«

»Seine Kusine, Mrs. Jenner, soll ja ab und an hingehen. Das tut die für ihn. Schade, daß Jenny ihn nicht gewollt hat, aber warum sollte sie?«

»Wenn ihr mich fragt«, sagte Albert, obwohl das niemand getan hatte, »die jungen Mädels heutzutage sind viel zu wählerisch. Kommt alles davon, daß man sie genauso viel lernen läßt wie die Jungs. Dann wollen sie gutes Geld verdienen und vergessen ganz, daß sie froh sein können, wenn sie auch ohne Geld einen guten Ehemann versorgen dürfen.«

Nach Alberts kleiner Rede herrschte kurzes Schweigen. Die meisten dachten insgeheim an Alberts Frau Nelley. Die hatte ganz sicher keinen guten Ehemann gehabt, daher konnte man es ihr kaum verdenken, wenn sie Albert verlassen hatte und zu einem Heizölkutscher gezogen war, der zwar bei den Männern von Thrush Green auffallend unbeliebt gewesen war, bei den Frauen jedoch ein Stein im Brett gehabt hatte.

Und das war etwas, darin waren sich beide Geschlechter einig, was Albert Piggott völlig abging.

»Na«, sagte einer und stellte seinen Bierkrug hin, »dann will ich mal wieder.«

Er machte die Tür auf, und Wind und Regen fegten in den Raum.

»Sieht so aus, als hätten wir den Sommer gehabt«, meinte er, als er ins Nasse hinaustrat.

Regen pladderte an den Fenstern des Schulhauses hinunter, als Miss Watson und Miss Fogerty nach ihrem Urlaub die Koffer auspackten.

Sie waren gut erholt zurückgekehrt, auch wenn ihre Haussuche nicht gerade erfolgreich gewesen war. Sie hatten jedoch mehrere Makler aufgesucht, die ihnen versprochen hatten, sie bezüglich geeigneter Gebäude auf dem laufenden zu halten, und alles, was die beiden Damen gesehen hatten, hatte sie noch in ihrem Entschluß bestärkt, daß Barton und seine unmittelbare Umgebung genau das Richtige für sie war. Ihre Mühe war also nicht umsonst gewesen.

»Was haben wir doch für ein Glück mit dem Wetter gehabt«, bemerkte Agnes, während sie den herabströmenden Regen betrachtete, der die Häuser auf der gegenüberliegenden Seite des Dorfplatzes verschleierte. »Irgendwie stört mich das bißchen Regen jetzt gar nicht. Er ist so beschaulich, nicht wahr?«

»Das kommt daher, daß wir noch immer Ferien haben, liebe Agnes. Aber wenn das bis zum Schulanfang nächste Woche so weitergeht, ist das etwas ganz anderes. Du weißt ja, wie aufsässig Kinder werden, wenn man sie im Haus einsperrt.«

»Und ob«, sagte die kleine Miss Fogerty mit Nachdruck. »Übrigens habe ich die Post durchgesehen, deine Briefe liegen auf der Kredenz. Viel ist nicht für mich dabei, Gott sei Dank, aber eine hübsche Ansichtskarte von Isobels Tochter, die Urlaub auf Ceylon macht. Sie denkt immer an mich.«

»Du meinst Sri Lanka«, verbesserte Dorothy und widmete sich ihrem Stapel Post.

»Für mich bleibt es Ceylon«, sagte Agnes sanft und bestimmt. »Überleg mal, würdest du Freunde fragen, ob sie lieber China oder Sri Lanka trinken!«

Ungefähr eine Stunde später, während die Damen letzteren genossen, öffnete Dorothy einen Brief von ihrem Bruder Ray.

»Also!« platzte sie heraus und stellte die Tasse ab, daß es schepperte. »Das ist doch die Höhe! Wirklich, Agnes, Ray und Kathleen können einen Heiligen zur Raserei bringen! Weißt du, um was Ray bittet?«

Sie pochte mit dem Teelöffel auf den Brief.

»Hör dir das an: ›Falls du Möbel loswerden willst, wenn du umziehst, so möchten wir unsere Anrechte auf folgendes anmelden.‹ Und dann, meine Liebe, listet er sage und schreibe zwanzig meiner besten Möbelstücke auf! So was von dreist! So was von unverschämt! Ich hätte nicht übel Lust, ihn anzurufen – nach sechs natürlich – und ihm zu sagen, was ich von seiner Habgier halte.«

Agnes kannte die hitzige Gesichtsfarbe und den wallenden Busen als Gefahrensignale und versuchte, Dorothy nach besten Kräften zu beschwichtigen.

»Darüber solltest du dich nicht aufregen. Ich würde auf den Brief nicht reagieren, und wenn er noch einmal schreibt oder anruft, kannst du ihm die richtige Antwort geben.«

»Vermutlich hast du recht«, gab Miss Watson nach und stopfte die empörende Botschaft wieder in den Umschlag. »Außerdem wäre es bei den schon wieder gestiegenen Telefonpreisen ein schrecklich teurer Anruf.«

»Möchtest du noch eine Tasse Tee haben?« fragte Miss Fogerty diplomatisch und schenkte ihr nach.

Auf der anderen Seite des Dorfplatzes tranken Phyllida Hurst und Winnie Bailey auch Tee. Phil hatte hereingeschaut und das Gemeindeblatt vorbeigebracht, und Winnie hatte sie von ihrem tropfenden Regenmantel befreit und sie überredet, ein Weilchen zu bleiben.

»Hast du auch das Gerücht gehört, daß Albert mit der Kirche Hilfe bekommen soll?« fragte Phil.

»Dimity hat gesagt, es ist ziemlich sicher, daß Bobby

Cooke die schwere Arbeit übernimmt. Albert ist in dem Alter, in dem man keine Gräber mehr ausschaufelt und Kohlen schleppt.«

»War er das nicht schon immer?«

Winnie lachte.

»Na ja, er hat sich nicht gerade kaputtgearbeitet, solange ich ihn kenne, aber jetzt braucht er wirklich Hilfe. Der junge Cooke ist stark wie ein Ochse.«

»Und genauso helle, habe ich läuten hören.«

»Zumindest ist er ehrlich«, erwiderte Winnie, »und das ist mehr, als man von der restlichen Familie sagen kann.«

»Und da wir gerade bei der Kirche sind, stimmt es, daß Anthony Bull St. John verläßt?«

»Ich habe nichts weiter darüber gehört, nur von Bertha Lovelock, und ich glaube, die muß sich verhört haben. Nicht etwa, daß seine Beförderung eine Überraschung wäre. Bedauerlicherweise ist er viel zu repräsentierbar und ehrgeizig, als daß er lange hier bleiben würde. Er erinnert mich immer an den lieben Owen Nares.«

»Den kenne ich nicht«, bekannte Phil.

»Da merke ich einmal mehr, wie alt ich werde«, sagte Winnie. »Aber was hast du Neues? Gibt es weitere Vortragsreisen?«

»Ja, tatsächlich. Wir sollen nächstes Jahr wiederkommen. Ich weiß nicht recht, ob ich mitfahre. Jedenfalls vermieten wir das Haus nicht wieder. Das war wohl ein ziemlicher Reinfall.«

»Nein, ist ja nichts passiert«, versicherte Winnie ihr. »Und du weißt ja, daß ich sehr gern darauf aufpasse. Und Jenny hilft gern mit. Ich bin sehr erleichtert, daß sie noch immer bei mir ist.«

»Und hoffentlich wohl auch bleiben wird«, sagte Phil und stand auf. »Ich muß los, Regen hin, Regen her. Manchmal sehen wir Percy mit einem Rosenstrauß für Jennys Nachfolgerin vorbeitraben. Was meinst du, macht es ihr etwas aus?«

»Ehrlich gesagt, ich glaube, sie ist erleichtert. Es war ihr so peinlich, daß der arme Kerl so oft gekommen ist, und sie ist sicherlich aufrichtig, wenn sie sagt, daß sie ohne ihn glücklicher ist.«

»Es hat sich also gut gefügt«, erwiderte Phil. »Lieber allein als unglücklich verheiratet«, setzte sie noch im Hinausgehen hinzu.

Winnie sah ihr nach, als sie den Gartenweg entlangquatschte.

»Die arme Phil«, dachte sie. »Sie kennt sich mit unglücklichen Ehen aus. Gott sei Dank läuft die zweite so zufriedenstellend.«

Als es dämmerte, regnete es noch stärker, und um zehn Uhr kam auch noch ein Wind auf, der den Abend noch unangenehmer machte.

Er zerrte an den Blättern der Roßkastanien auf dem Dorfplatz und tobte um Nathaniel Patten herum, der ungerührt auf seinem Sockel stand und stumm auf seinen windgepeitschten Geburtsort herabsah. Der Wind heulte um die Grabsteine auf dem Friedhof von St. Andrew's und pfiff durch die Gasse neben Albert Piggotts Häuschen.

Das Wirtshausschild der *Zwei Fasanen* schaukelte und quietschte, und nur ganz wenige Einwohner wagten angesichts solchen Tobens, das Fenster mehr als einen Spalt zu öffnen.

In Nidden lag Charles Henstock wach und lauschte auf das Pochen der Pflaumenbaumäste an den Fensterscheiben. Ab und an knarrte das alte Haus, und gelegentlich erzitterte es, wenn es direkt von einem Windstoß getroffen wurde, aber es stand fest und sicher wie seit Jahrhunderten, und es war tröstlich, sich in einem so soliden Gebäude zu befinden.

Ich darf mir nichts vormachen, sagte sich Charles, ich habe dieses ehrwürdige Bauernhaus ungewöhnlich liebgewonnen, und seine sanfte Schönheit wird mir fehlen, wenn wir ausziehen müssen. Natürlich hat ein neues Haus seine Vorzüge, aber so ein altes, geliebtes Haus, in dem schon Generationen gewohnt haben, das hat etwas und vermittelt einem ein tröstliches Gefühl von Kontinuität.

Er war sich klar, daß ihm sein altes Pfarrhaus diesen See-lentrost nie geboten hatte. Das kam nicht nur daher, daß es nach der falschen Himmelsrichtung lag, es war auch schlecht entworfen gewesen. Dieses alte Haus, in dem er jetzt neben seiner schlafenden Frau darauf wartete, daß der Schlaf kam, vermittelte ein Gefühl von Glück. Vielleicht hatten die Maurer in der Zeit von King George mehr Freude an ihrer Arbeit gehabt als ihre viktorianischen Nachfahren. Vielleicht waren die Familien, die hier gewohnt hatten, mit ihrem Los zufrieden gewesen, und diese Zufriedenheit durchzog das Haus. Was es auch immer war, Charles dankte Gott für diese angenehme Wohnung, in der er sich von dem Schreck über den Brand erholen durfte.

Er hoffte auf ein ebenso angenehmes Haus, war aber zu bescheiden, um darum zu beten, legte jedoch sein Schicksal in Gottes Hand, der alles zum besten richten würde. Dimity tat ihm leid, weil sie sich wegen der Verzögerung so sorgte. Er wußte, daß die meisten Männer in seiner Lage sich unbedingt Informationen über eventuelle Planungen verschaffen und ihre Rechte einfordern würden.

Charles war wie Dimity klar, daß er das nicht schaffte. Nicht mehr lange, und er würde etwas hören. Gott würde ihn nicht verlassen.

Die Geschichte von dem Sperling in Gottes Hand fiel ihm ein, und er drückte die Wange ins Kissen, hörte nicht mehr auf die draußen tobende Windsbraut und schlief getröstet ein.

Am nächsten Morgen war der Garten mit nassen Blättern und Zweigen übersät. Willie Marchant kam Mrs. Jenners Gartenweg entlanggequatscht und schob einen Brief in den Briefkasten.

Vorsichtig öffnete ihn der Pfarrer am Frühstückstisch. Es war ein schöner, schwerer, cremefarbener Umschlag mit einem Wappen auf der Rückseite.

Der Brief war kurz, und Dimity, die merkte, welche Wirkung er auf ihren Mann hatte, war beunruhigt.

»Meine Liebe«, sagte Charles, »der Bischof hat mich für

nächsten Donnerstagnachmittag zu sich bestellt. Er schreibt nicht viel, aber ich vermute, daß es mit der Neuaufteilung der Pfarrbezirke zu tun hat.«

»Um welche Zeit?« fragte Dimity.

»Halb drei, sagt er.«

»Dann komme ich mit, und du kannst mich auf dem Marktplatz absetzen. Ich habe viel einzukaufen, damit bin ich ausreichend beschäftigt, während du dich mit dem Bischof amüsierst.«

»Amüsieren werden wir uns wohl kaum«, sagte Charles und lächelte. »Aber du kannst zweifellos in aller Ruhe zwei Stunden lang einkaufen.«

Und dabei beließen sie es.

19. Charles trifft seinen Bischof

Der Beginn des neuen Schuljahrs fiel auf den folgenden Dienstag, und wie die beiden Freundinnen schon befürchtet hatten, hielt das schlechte Wetter an, und Regenschleier verhüllten Thrush Green.

Die bei Miss Fogerty neu Eingeschulten weinten ungewöhnlich heftig, und ein, zwei nervende Mütter wollten bei ihren Sprößlingen bleiben, bis sich diese gefaßt hatten. Die kleine Miss Fogerty, die die Schulanfänger schon mehr Jahre betreute, als sie sich zurückerinnern mochte, hatte große Mühe, die Mütter abzuwimmeln. Sie wußte sehr gut, daß die Brüller aufhörten, sowie ihre Mütter verschwunden waren, und sich nach kräftigem Naseputzen, wozu Miss Fogerty anleitete, in ihr Schicksal ergaben, Perlen auffädelten, Hörnchen aus Knete herstellten oder eine Runde auf dem Schaukelpferd ritten.

Binnen einer Stunde herrschte im Klassenzimmer der Kleinen Ruhe, und Miss Fogerty hatte die Wetterkarte aufgehängt, zwei saubere Tongefäße für die Astern und Ringelblumen aufgetrieben, die ihr die Kinder mitgebracht hatten, und George Curdle zur Tafelaufsicht bestimmt.

Der liebe George, für den Miss Fogerty eine Schwäche hatte, gab ziemlich mit der neuen Schwester an, die er sich für Weihnachten erhoffte, und kräftiges Tafelabwischen lenkte seine Energien vielleicht in richtige Bahnen, fand seine Lehrerin. Außerdem hatte das Amt den unschätzbaren Vorzug, daß man ab und zu mit dem Tafelschwamm nach draußen gehen und damit forsch auf die Wand einschlagen durfte, um ihn von einem Übermaß an Kreidestaub zu befreien. Zur Tafelaufsicht ernannt zu werden, war eine Ehre. George Curdle würde seinen Pflichten sicherlich mit dem gebotenen Eifer nachkommen.

Nebenan schrieben die älteren Kinder bei Miss Watson emsig ihre Namen auf die Deckel ihrer neuen Arbeitshefte und wurden von ihrer Lehrerin ermahnt, sich einer sauberen und deutlichen Schrift zu befleißigen.

Während sie tüchtig arbeiteten, betrachtete Miss Watson die verregnete Gegend durchs Fenster und überlegte, ob sie dem Schulamt bezüglich ihrer beider Pensionierung schreiben oder mit ihm telefonieren sollte. Natürlich mußte sie schriftlich um die Versetzung in den Ruhestand bitten, doch da sie sich bereits entschieden hatte, war es zweifellos eine Hilfe für das Schulamt, wenn es rechtzeitig von ihren Plänen erfuhr.

Sie drehte sich um und sah gebeugte Köpfe, sorgsam geführte Füller und hier und da eine vorwitzige Zunge ob der ganzen Mühe. Ihre letzte Klasse! Nach all den Jahren ihre allerletzte Klasse!

Sie sahen wirklich lieb aus, und sie würde ihr Bestes geben. Doch bei dem Gedanken, daß sie nächstes Jahr um diese Zeit wahrscheinlich durch das Fenster eines reizenden, kleinen Hauses in Barton schauen und das Meer in der Ferne bewundern würde, wurde ihr warm ums Herz.

Thrush Green war ein schöner Arbeitsplatz gewesen und hatte ihr das unaussprechliche Glück beschert, der lieben Agnes begegnet zu sein, aber sie verließ es gern. Ein völliger Tapetenwechsel würde ihnen beiden guttun, und schließlich lief ihnen Thrush Green ja nicht weg, wenn sie ihre alten Freunde besuchen wollten.

»Ich sehe, daß einige von euch sehr schön schreiben«, sagte Miss Watson und humpelte durch den Mittelgang zu ihrem Lehrerpult. »Wir werden, glaube ich, ein Jahr lang tüchtig miteinander arbeiten.«

Molly Curdle wischte in ihrer schönen Wohnung oben im Haus der Youngs Staub und fragte sich, ob der Regen rechtzeitig aufhören würde, damit George und die anderen Kinder während der Pause auf den Hof konnten.

An diesem Morgen war er allein zur Schule gerannt, so sehr freute er sich, seine Freunde und Miss Fogerty wiederzusehen. Jetzt belemmert er sicherlich alle und jeden mit dem neuen Baby, dachte Molly resigniert. Nicht etwa, daß ihr das übermäßige Sorgen gemacht hätte. Die meisten wußten sowieso schon, daß ein zweites Kind unterwegs war. Sie hoffte nur, daß es so umgänglich und fröhlich wie George wurde.

Es war schon ein seltsamer Gedanke, daß in fünf Jahren wieder ein Curdle zur Schule in Thrush Green rennen würde! Wer würde dann unterrichten? Nach allem, was man so hörte, nicht Miss Watson und Miss Fogerty.

Aber eines stand fest. Sie und Ben würden noch immer in Thrush Green leben, komme, was da wolle. In all den Jahren, die er mit dem Jahrmarkt seiner Großmutter durchs Land gezogen war, hatte ihm der Ort hier gewissermaßen Heimat bedeutet. Jetzt lag die alte Mrs. Curdle auf dem Friedhof, und ihr Enkel und Urenkel wohnten ganz in der Nähe. Molly hoffte inständig, daß sie nie wieder umziehen müßten.

Sie bückte sich mühsam, da die fortschreitende Schwangerschaft sie behinderte, und wischte die Stuhlbeine. An diesem Nachmittag mußte sie, Regen hin, Regen her, zu ihrem Vater, seine Wäsche abholen und sich anhören, was es Neues gab.

Manchmal wünschte sie sich, daß Nelly, das Flittchen, zurückkommen und sich wieder um ihren Mann kümmern würde, aber da besteht wohl wenig Hoffnung, dachte Molly, und wer kann es ihr verdenken.

Na ja, es hätte viel schlimmer kommen können. Sie war gesund und kräftig, und Ben war glücklich mit seiner Arbeit.

Wenn dieses neue Baby ein Junge war, wollte sie ihn Benjamin nach seinem Vater nennen. Ben hatte gesagt, es gäbe nur Durcheinander, wenn beide gleich hießen, aber Molly ließ sich nicht erweichen.

»Von einer guten Sache kann man nie genug haben«, hatte sie zu ihm gesagt. »Es wird ein Ben – noch ein Ben.«

»Mit ein bißchen Glück«, hatte er zurückgegeben, »wird es ein Mädchen.«

Albert war gerade von den *Zwei Fasanen* gekommen, als seine Tochter am frühen Nachmittag hereinschaute.

»Wollte just ein Nickerchen machen«, brummte er. »Willste die Wäsche abholen?«

»Stimmt, Dad. Wie steht's mit der Arbeit? Hast du den jungen Cooke schon gesehen?«

Albert knurrte.

»Ach! Der kommt diese Woche einen Abend vorbei, sagt er, und guckt, was getan werden muß, und dann regeln wir das unter uns.«

»Und was ist mit der Bezahlung? Mußt du jetzt mit Bobby Cooke teilen?«

»Scheint so, als ob ich ein bißchen weniger krieg, aber das ist nur gerecht, wenn ich weniger arbeite. Übrigens zahlt die olle Dotty gut fürs Melken, und der Pfarrer wollte auch schon wissen, ob ich ab und an mal bei Leuten die Hühner und Katzen füttere, wenn die in Urlaub sind. Ich hab gesagt, ich kümmere mich um die Kaninchen von dem kleinen Jeremy, wenn sie zu Weihnachten nach Wales fahren – solche Sachen eben. Kommt mir gut zupaß. Am Ende krieg ich wohl genauso viel, wie wenn ich in diesem Lehmboden vermuckte Gräber ausbuddel.«

Das bezweifelte Molly, aber sie behielt es lieber für sich. Jedenfalls war der alte Mann besser gelaunt als früher, und das allein zählte.

»Und Jones von nebenan hat gesagt, er könnte zur Polizeistunde immer jemanden für die leeren Bierkisten gebrauchen, ich krieg also genug zu tun.«

»Bekommst du dafür etwa Geld?« fragte Molly argwöhnisch.

»Nee, kein Bares«, gestand Albert. »Mehr so in Naturalien.«

»Genau das habe ich befürchtet«, sagte Molly und schnappte sich sein Wäschebündel.

Nach dem Tee hörte es auf zu regnen. Wolken jagten von Westen heran und hinterließen am Horizont einen Streifen klaren Himmel. Deutlich und dunkelblau zeichnete sich Lulling-Forst vor dem goldenen Band ab, und als Jenny aus dem Fenster blickte, dachte sie, daß morgen schätzungsweise gutes Wetter sein würde. Vielleicht konnte sie die Vorhänge im oberen Flur abnehmen? Der Sommer geht so rasch zu Ende, dachte sie betrübt, es wird Zeit, daß wir die Samtvorhänge aufhängen, die sollen uns die bitterkalten Cotswold-Winde vom Leib halten.

Während sie das Schauspiel noch genoß, kam eine bekannte Gestalt auf dem Feldweg von Nidden herangetrabt.

Früher wäre Jenny das Herz schwer geworden, denn zweifellos wäre der Mann bei der Kastanienallee nach links abgebogen und auf ihr Haus zugekommen.

Aufatmend stellte sie fest, daß Percy Hodge schnurstracks geradeaus ging, an den *Zwei Fasanen* vorbei. Der war mit Sicherheit unterwegs zu seiner neuen Liebsten Doris.

An diesem Abend trug er einen Korb. Welches leckere Geschenk er wohl dieses Mal darin hat, überlegte Jenny. Kann sein, ein Huhn? Ein Dutzend perlfarbene Eier? Frühe Pflaumen? Was es auch immer ist, Doris kann es gern haben, dachte Jenny fröhlich. Hoffentlich hat Percys zweite Brautschau ein glückliches Ende.

Belustigt dachte sie an das, was Bessie vorhergesagt hatte. »Der findet bald wieder eine«, hatte sie prophezeit, »wenn er so nett ist, wie du sagst.«

Gott sei Dank hat er jemanden gefunden, freute sich Jenny. Ob er nun noch vor Jahresende heiratete, wie ihre alte Freundin geweissagt hatte, das mochten die Götter wissen, aber wenigstens mußte sie kein schlechtes Gewissen mehr haben, denn der gute, alte Percy war unter der Haube.

Sie sah ihn den Feldweg neben Albert Piggotts Häuschen entlanggehen, der nach Lulling-Forst und zu Doris führte.

Mit einem Seufzer der Erleichterung kehrte Jenny ohne jedes Bedauern in ihre glückliche Einsamkeit zurück.

Ihre Wettervorhersage erwies sich als richtig. Der Regen hatte aufgehört und hatte eine triefende Landschaft und tropfende Bäume und Dachrinnen hinterlassen, doch der Himmel war klar und blau, und die Luft war so kühl, daß man bereits den Herbst ahnte.

»Ganz schön frisch heute«, rief Betty Bell, als sie in die Küche platzte, wo Harold und Isobel Shoosmith noch am Frühstückstisch saßen. »Sind Sie so spät dran oder ich so früh?«

»Wir haben uns Zeit gelassen«, erwiderte Isobel. »Viel Post heute Morgen. Aber jetzt sind wir fertig und kommen Ihnen nicht in die Quere.«

»Machen Sie halblang«, sagte Betty. »Ich hab auf dem Hinweg bei Miss Harmer vorbeigeguckt. Ja, und gestern abend bin ich nach der Schule auch dortgewesen. Sie kommt mir nicht ganz richtig vor.«

»Oje! Ißt sie denn ordentlich?«

»Scheint so. Ich mein, heute morgen hat sie sich ein Schälchen Cornflakes mit braunem Zucker und Dulcies Milch gemacht. Nahrhaft würde ich sagen, wenn man auf Ziegenmilch mit braunem Zucker steht. Ich für mein Teil nicht.«

»Sollte ich hingehen, Betty?«

»Heute wohl besser nicht. Sie würde bloß denken, daß ich Schauergeschichten erzähl, ja? Jedenfalls kommt Miss Connie heute nachmittag und bleibt über Nacht, sie ist also nicht allein.«

Betty zog sich den Mantel aus und hing ihn auf den Haken an der Küchentür.

»Wenn nichts Besonderes anliegt«, sagte sie, »wollte ich mir den Porzellankrams im Wohnzimmer vornehmen. Der sieht mir ein bißchen schmuddelig aus.«

Da es sich bei dem Porzellankrams um chinesisches Porzellan handelte, das sehr alt, schön und extrem wertvoll war, nahm es kaum Wunder, daß Harold zusammenzuckte, ›Sich etwas vornehmen‹ war genau die Methode, mit der Betty die Arbeit anging.

Isobel schmetterte dieses freundliche Angebot mit gewohnter Gelassenheit ab.

»Heute wollen wir lieber das Gästezimmer gründlich saubermachen, Betty. Ich komme und helfe Ihnen beim Umdrehen der Matratzen, und dann beziehen wir die Betten frisch.«

»Wird gemacht«, sagte Betty und kramte aus dem Schrank Teppichkehrer, Handfeger, Kehrblech, Möbelpolitur, Staubtücher und weitere Gegenstände hervor, mit denen sie dem Gästezimmer zu Leibe rücken wollte. »Bis nachher dann.«

Sie schleppte ihre Kampfausrüstung auf die Diele und kam zurück.

»Wissen Sie schon, daß die beiden von nebenan nächstes Jahr aufhören?«

»Ja«, sagte Harold und faltete seine Zeitung zusammen.

»Und das Albert Piggott eine halbe Stelle abgibt?«

»Ja«, sagte Harold.

»Und daß die Hursts wieder nach Amerika fahren?«

Harold nickte.

»Und daß man kein neues Haus für den armen Mr. Henstock baut? Wenn das nicht gemein ist! Da soll jetzt so'n häßliches Ärztezentrum hin. Schon was darüber gehört?«

»Kein Sterbenswörtchen«, sagte Harold und erhob sich vom Frühstückstisch. »Und Sie, Betty, sollten auch nicht alles glauben, was Ihnen zu Ohren kommt.«

»Tut mir leid, daß ich überhaupt was gesagt hab«, antwortete Betty und rauschte aus dem Zimmer.

Ehemann und Ehefrau blickten sich zerknirscht an.

Charles Henstock polierte den ganzen Morgen an seinem alten Auto herum, damit er Punkt halb drei beim Bischof vorfahren konnte.

Der Bischof verabscheute Unpünktlichkeit und hielt sich mit seinem Tadel auch nicht zurück. Charles respektierte die

Prinzipien des hohen Herrn und hatte sich fest vorgenommen, ihn nicht zu brüskieren.

»Laß mal sehen, wie du aussiehst, mein Lieber«, sagte Dimity, ehe sie aufbrachen.

Sie musterte ihren Mann vom rosigen, kahlen Schädel bis zu den alten, aber tüchtig gewienerten Schuhen.

»Sehr nett, Charles, aber vergiß nicht, die Socken hochzuziehen, bevor du hineingehst. Der Bischof ist immer tipptopp angezogen. Genauso in Schale wie Anthony Bull, und das will etwas heißen.«

»Aber Anthony sieht von Natur aus gut aus. An dem sitzt alles. Als ich ihn das letzte Mal gesehen habe, hat er ein Gartenfeuer geschürt und dabei noch immer wie aus dem Ei gepellt ausgesehen.«

Dimity dachte im stillen, daß Anthonys Gehalt ihm erlaubte, teure, maßgeschneiderte Anzüge zu erstehen, während ihr lieber Charles von der Stange kaufen mußte. Diesen unwürdigen Gedanken äußerte sie jedoch nicht laut.

»Du siehst auch sehr gut aus«, tröstete sie Charles, »aber jetzt müssen wir los.«

Der Regen hatte die Landschaft erfrischt, und an den durchsichtigen, spätsommerlichen Hecken funkelten die Tropfen. Die Pflüge waren bereits unterwegs und gruben die hellen Stoppel zu langen, feuchten, schokoladebraunen Furchen um.

Dimity bemerkte, daß die Buchen und die wilden Pflaumen schon hellgelbe Blätter hatten. Der Herbst stand vor der Tür, und obwohl sie seine sanften Tage und die herrlichen Farben mochte und Freude am Einbringen von Obst und Gemüse hatte, schauderte sie es wenig, wenn sie an das bevorstehende kalte Wetter dachte.

Das Pfarrhaus war immer so trostlos gewesen. Wo auch immer man sie hinschickte, sie würden es mit Sicherheit behaglicher haben als in ihrem letzten Heim! Vielleicht würde der Bischof Charles klar und deutlich sagen, welche Pläne man für ein neues Haus hatte. Es war wirklich sehr beunruhigend, daß man sie so lange hinhielt.

Charles kannte ihre Ansicht in dieser Sache jedoch gut, es

war also zwecklos, ihn dazu zu bewegen, daß er mit der Faust auf den Tisch schlug. Charles war eben Charles – lieb, viel zu bescheiden und ein leibhaftiger Heiliger. Sie hätte ihn auch nie anders gewollt.

»Wenn du mich auf der Rückseite von Debenham's absetzt«, sagte sie, »kann ich durch die Bettwäscheabteilung gehen, denn wenn du versuchst, am Haupteingang anzuhalten, gibt es einen Verkehrsstau.«

Charles tat, was man ihm sagte, versprach, sie um vier Uhr abzuholen, und fuhr ein wenig beklommen zu seiner Verabredung.

Der Bischof wohnte in einem schönen, roten Backsteingebäude am Ende einer langen, von Linden gesäumten Auffahrt.

Charles stellte seinen Wagen so unauffällig wie möglich neben einem üppigen Prunus ab und zog an der schmiedeeisernen Glocke neben der weißen Haustür.

Ein ausnehmend schmuckes Hausmädchen öffnete ihm und führte ihn in den bischöflichen Salon.

»Ich richte dem Bischof aus, daß Sie da sind«, sagte sie. »Im Augenblick telefoniert er gerade.«

Sie entschwand, und Charles durfte die silbernen Pokale auf einem Beistelltisch und das Ruder über dem Kamin bewundern. Der Bischof war ein hervorragender Ruderer gewesen, wie Charles einfiel, ein richtiger, durchtrainierter Christ. Vielleicht sieht er deshalb so gut aus, dachte Charles, bückte sich und zog die faltenschlagenden Socken hoch, wie Dimity ihn angewiesen hatte.

Die feierlich tickende Standuhr neben der Tür zeigte zwei Minuten vor halb, als Charles den Bischof kommen hörte.

Er stand auf, als sich die Tür öffnete.

»Lieber Bruder! Hoffentlich habe ich Sie nicht warten lassen. Sie sind so wunderbar pünktlich. Bitte, kommen Sie in mein Arbeitszimmer. Dort wird man uns nicht stören.«

Damit ging er raschen Schrittes über die Diele, gefolgt von dem guten Pfarrer, der das geistliche Habit bewunderte, das breite Schultern und eine schmale Taille umfing.

Wenn das nicht ein schöner Mann war.

Aber wenigstens habe ich nicht vergessen, die Socken hochzuziehen, dachte Charles.

Ungefähr zur gleichen Zeit, als der Bischof Charles in sein Arbeitszimmer bat, traf Connie Harmer in Thrush Green ein.

Sie fand ihre Tante artig im Bett ruhen, gab ihr einen liebevollen Kuß und erkundigte sich nach ihrem Befinden.

Connie trug die gelassene und tüchtige Miene wie eh und je zur Schau, doch insgeheim war sie sehr bestürzt. Dotty wirkte alt und eingefallen. Lippen und Wangen waren bläulich verfärbt. Sie war endeutig verwirrter als bei ihrem letzten Besuch.

»Ein Königreich für eine Tasse Kaffee«, sagte Connie und zog die Autohandschuhe aus. »Und dir bringe ich auch eine.«

Dotty nickte zustimmend, und Conny ging nach unten.

Zunächst aber rief sie Doktor Lovell an. Seine Sprechstundenhilfe versprach, ihm alles auszurichten, sowie er von seinen Krankenbesuchen zurück wäre. Dann setzte Connie den Wasserkessel auf und dachte, bis das Wasser kochte, gründlich nach.

Die Zeit war gekommen. Sie hatte vorgeplant. Freunde hatten ihr ein gutes Angebot für Haus und Land gemacht. Tante Dot war immer nett zu ihr gewesen, und in ihrem Haus ließ es sich gut leben, und ein paar ihrer liebsten Tiere durfte sie mitbringen, die konnten das Gnadenbrot mit Dottys Tieren teilen.

Sie trug das Tablett nach oben und stellte es auf den Nachttisch.

»Da bin ich, Tante Dot. Und wenn du ausgetrunken hast, müssen wir uns mal über die Zukunft unterhalten.«

Um vier Uhr wartete Dimity umgeben von Päckchen am Hintereingang von Debenham's.

Charles kam fast pünktlich, und sie stapelten alles in großer Eile auf dem Rücksitz, denn ein Lieferwagen hielt so, daß er praktisch auf Charles hintere Stoßstange auffuhr. Der Fahrer steckte den Kopf durchs Fenster und schimpfte.

Nach seinem Akzent zu schließen scheint er aus Glasgow

zu sein, dachte Charles, und daher – vielleicht glücklicherweise – blieb seine Botschaft unverständlich für südenglische Ohren. Sein Benehmen jedoch war bedrohlich und beleidigend, und so waren Charles und Dimity froh, daß sie losfahren konnten.

»Ich wollte gerade vorschlagen, daß wir bei Debenham's eine Tasse Tee trinken«, sagte Charles, »aber anscheinend war der Parkplatz ungeeignet. Laß uns statt dessen in den Oak Tearoom gehen. Da gibt es sowieso den besten getoasteten Teekuchen der ganzen Gegend.«

Dimity wußte, es war besser, ihren Mann nicht auszufragen, solange er im dichten Verkehr fuhr, und erst als sie wohlbehalten zwischen den Eichenpaneelen und Chintzvorhängen der berühmten Teestube saßen, fing sie an zu fragen.

»Und wie geht es dem Bischof?«

»So kernig wie eh und je. Er hat sich ausnehmend liebenswürdig nach dir erkundigt. Aha! Da kommt das Mädchen!«

Das Mädchen war ungefähr im gleichen Alter wie der Pfarrer, wog an die hundert Kilo und war in einen recht enganliegenden, geblümten Kittel gesteckt worden.

»Könnten wir etwas von Ihrem köstlichen, getoasteten Teekuchen bekommen? Und eine Kanne Chinatee für zwei?«

Die Kellnerin notierte emsig auf einem kleinen Block.

»Orangenmarmelade, Honig oder Konfitüre? Wir haben selbstgemachte Aprikose, Maulbeere und Quitte.«

»Das hört sich aber gut an!« freute sich Dimity. »Wie eine Marmeladenliste von Culpeper!«

»Wir führen nur selbstgemachte, Madam«, sagte das Mädchen etwas von oben herab.

»Ob wir Maulbeere probieren sollten, lieber Charles?« fragte Dimity. »Ich glaube nicht, daß ich die schon mal gegessen habe.«

Die Kellnerin notierte MB auf ihrem Zettel und entschwand.

»Charles, jetzt sag aber, was los ist.«

Der Pfarrer machte seine schüchterne Miene.

»Hast du gewußt, daß Anthony Bull Lulling verläßt?«

»Ehrlich? Jetzt, wo du es sagst, fällt mir ein, daß Bertha Lovelock etwas Ähnliches angedeutet hat.«

Nun sah der Pfarrer nicht mehr schüchtern aus, sondern erschrocken und verwirrt.

»Aber woher kann sie das gewußt haben? Es ist doch noch gar nicht bekannt!«

»Du weißt doch, wie schnell die Buschtrommel in einer kleinen Gemeinde arbeitet«, sagte Dimity beschwichtigend. »Übrigens, wohin geht er denn? Doch sicher noch nicht in den Ruhestand?«

»Weit gefehlt. Er hat eine prächtige Pfründe in einer Gemeinde von Kensington erhalten. Soviel ich weiß, eine ziemlich große Gemeinde und ein ungemein schönes Gebäude. Anthony ist dafür genau der Richtige, hat der Bischof gesagt. Ich bin so froh über seine Beförderung, es war ja schon immer klar, daß Lulling nur eine Stufe auf Anthonys Karriereleiter ist.«

Die Kellnerin tauchte mit dem Tablett auf und stellte Milchkännchen, ein Gefäß mit heißem Wasser und eine große Schale ab, die mit einem silbernen Deckel zugedeckt war.

Ein Schälchen enthielt eine weinfarbene Konfitüre, die Dimitys Interesse fand.

»Das ist also die Maulbeermarmelade? Was für eine schöne Farbe.«

»Wir machen alles selbst«, antwortete die Kellnerin, die bei Dimitys Begeisterung sichtlich auftaute. »Wir haben einen Baum im Garten. Der soll schon hundertfünfzig Jahre alt sein.«

»Ach, wie nett!«

Die Kellnerin entfernte sich wieder, und Dimity schenkte beflissen Tee ein.

»Aber was wird aus uns, liebster Charles? Hat er nichts wegen eines neuen Hauses gesagt?«

»Doch, er hat. Bitte zwei Zuckerstückchen. Sie kommen mir ziemlich klein vor.«

»Sie heißen, glaube ich, Feenzucker«, sagte Dimity. »Bitte fahre doch fort.«

»Leider bekommen wir kein neues Haus, liebe Dimity.«
Dimity ließ vor Schreck die Zuckerzange fallen.

»Kein neues Haus? Du liebe Zeit, wohin schickt man uns dann?«

Ihr Mann hatte sich gebückt und holte die Zuckerzange unter dem Tisch hervor. Als er wieder auftauchte, war sein Gesicht sehr rosig.

»In ein altes, Dimity. Man hat mir die Pfründe für die vier zusammengelegten Pfarrbezirke gegeben, und wir werden im Pfarrhaus von Lulling wohnen.«

Dimity starrte ihn mit offenem Mund an.

»Charles!« brachte sie schließlich heraus. »Das glaube ich einfach nicht! In diesem wunderschönen Haus?«

»Nicht weinen, Dimity! Bitte, so weine doch nicht«, bat Charles. »Freust du dich denn nicht?«

Dimity entfaltete ein schneeweißes Taschentuch und wischte sich die Augen.

»Natürlich freue ich mich. Ich bin nur völlig überwältigt, das ist alles. O Charles, lieber Charles, das ist eine Ehre, die du wirklich verdient hast. Ist es nicht herrlich, daß wir zu guter Letzt doch noch ein eigenes Heim bekommen?«

»Freut mich, daß du dich so freust. Das bedeutet, wir verlieren unsere Freunde nicht, und ich kann noch immer Gottesdienst in St. Andrew's halten.«

»Und wann übernimmst du in Lulling?«

»Wahrscheinlich vor Weihnachten. Anthony wird im Oktober oder November eingeführt.«

»Und dann können wir auch einziehen«, sagte Dimity glücklich. Sie nahm tüchtig von der Maulbeermarmelade und verstrich sie auf ihrem Teekuchen. »Was für ein Segen, daß ich heute nachmittag nicht bei einem Rest Vorhangstoff schwach geworden bin. Er hätte nie vor die Pfarrhausfenster gepaßt.«

Sie blickte überrascht auf das Marmeladenschälchen.

»O lieber Charles! Anscheinend habe ich mir die ganze Marmelade genommen.«

»Ich glaube, wir können uns auch noch Quitte leisten«, sagte Charles. »Zur Feier des Tages.«

Und er hob die mollige Hand und winkte das Mädchen herbei.

20. Vorfreude

Nach einem langen, trockenen Sommer zog der Herbst früh in Trush Green ein.

Die großen Blätter der Kastanienallee färbten sich golden, und schon bald würden die Schuljungen Roßkastanien sammeln.

In den Gärten blühten wilde Astern und Goldrute, und Mr. Jones fragte sich bereits, ob seine Hängekörbe bis zum ersten Frost durchhalten würden.

Das Pflügen und die Aussaat waren beendet, die Felder lagen braun und kahl. Emsige Hausfrauen kochten das letzte Obst ein, Brombeeren, Apfelspelten und geviertelte Birnen, alles wurde im Vorratskeller zu dem üppigen Vorrat an frühem Sommerobst gestellt.

Ella Bembridge legte zwei weitere Schals zu ihrem Weihnachtsvorrat und stellte fest, daß sie ihr Tweedkostüm ersetzen mußte, das zehn Jahre gehalten hatte, ganz zu schweigen davon, daß sie ein Paar kräftige Halbschuhe für den kommenden Winter brauchte.

Miss Fogerty und Miss Watson entschlossen sich, in den Herbstferien in ihre Lieblingspension nach Barton zu fahren. Wenigstens drei Häuser sahen erfolgversprechend aus, wenn man den Informationen der Makler trauen durfte. Natürlich übertrieben sie ein wenig, wie Dorothy gegenüber ihrer vertrauensseligeren Gefährtin äußerte, aber dennoch sah alles wirklich vielversprechend aus. Wie schön wäre es doch, wenn man die Sache perfekt machen könnte, und Gott sei Dank besaßen sie kein eigenes Haus, das sie losschlagen mußten, fügte Dorothy noch hinzu. Mit ein wenig Glück würden sie ein eigenes Heim haben, noch ehe der Winter vorbei war.

Die Nachricht von Charles' Beförderung hatte alle sehr gefreut.

»Der ideale Mann!« sagte Harold. »Der Bischof hat den Richtigen gewählt.«

»Und wir verlieren euch nicht wirklich«, sagte Ella zu den beiden. »Ich meine, du kommst auf einen Sprung vorbei, wenn du wie üblich den Frühgottesdienst machst, und du, Dimity, kannst zu Weihnachten noch immer die Krippe in St. Andrew's mit aufbauen.«

Connie Harmer traf im November ein, um nun bei ihrer Tante zu wohnen. Die alte Dame schien sich über die Regelung zu freuen, und ihr Arzt und ihre Freunde, die schon befürchtet hatten, sie würde sich weigern, ihr verändertes Leben zu akzeptieren, atmeten erleichtert auf und nahmen Connie freundlich in ihrer Mitte auf. Dotty selbst war so fasziniert von dem halben Dutzend neuer Tiere, die Connie gehörten, daß sie gesundheitlich gute Fortschritte machte, obwohl auch Connies Kochkünste, die erstklassig waren, wie Betty Bell herumerzählte, zweifellos zur Gesundung der alten Dame beitrugen.

Doris im *Wappen von Lulling* trug einen Verlobungsring, und Percy Hodge bestellte für Ende November das Aufgebot.

»Dem Himmel sei Dank!« sagte Jenny zu Winnie. »Ich muß Bessie schreiben, daß sie goldrichtig gelegen hat.«

Albert Piggott half Dotty und allen, die Hilfe brauchten, weiterhin und fand auch noch die Zeit, Bobby Cooke bei seiner Arbeit in der Kirche zu beaufsichtigen. Der junge Mann bekam mehr Schelte als Geld, aber seine Erziehung hatte ihn gegen solche Behandlung abgehärtet, anscheinend war er dabei recht zufrieden.

Die froheste Botschaft aber sprach sich eines Nachmittags Anfang Dezember in Thrush Green und Lulling herum, als eine Bekanntmachung an der Tür des *Fuchsienbusches* auf der High Street von Lulling angebracht wurde.

»Dieses Lokal ist künftig von 9.30 bis 18.00 Uhr geöffnet«, lasen die staunenden Passanten.

»Ich habe läuten hören, daß sie noch das Weihnachtsgeschäft mitnehmen wollen«, sagte Miss Bertha.

»Und ich habe gehört, daß es mit dem Abendgeschäft nie so richtig geklappt hat«, setzte Miss Violet hinzu.

»Haben ja auch lange genug gebraucht, bis sie gemerkt haben, daß die Leute Tee haben wollen«, sagte Miss Ada und sprach damit für alle.

Während der letzten, hektischen Tage des Weihnachtsgeschäfts, als im *Fuchsienbusch* die Kasse von vier Uhr an nur noch klingelte, wurde Molly Curdles Baby geboren.

»Nicht auszudenken«, sagte Winnie Bailey zu Jenny, »es hat über acht Pfund gewogen!«

»Die Ärmste!« sagte Jenny. »Aber wenigstens ist es ein Mädchen. Ich weiß, daß Ben darauf gehofft hat. Wie sie es wohl nennen? Es sollte noch ein Ben werden, wenn es ein Junge geworden wäre.«

»Ich könnte mir denken, daß es ›Anne‹ nach Bens lieber, alter Großmutter heißen wird«, sagte Winnie. »Und das kann nicht schaden, falls sie sich so prächtig entwickelt wie ihre Namensvetterin.«

Eines milden Januarnachmittags kam eine kleine Prozession aus der Gartenpforte der Youngs.

Allen voran hüpfte der kleine George Curdle widernatürlich sauber und ordentlich von dem mit Wasser glatt gekämmten Haar bis zu den blank gewienerten Schuhspitzen.

Hinter ihm ging seine Mutter mit dem neuen Baby im Arm, das sie gut in ein schönes, altes Umschlagtuch gehüllt hatte, in dem Ben als erster eingewickelt worden war. Dahinter kamen Joan und Edward Young und Mrs. Bassett, Joans Mutter. Ihr Vater hatte zugesagt, zum Tauftee zu kommen, fühlte sich jedoch nicht kräftig genug für den Taufgottesdienst.

Die Luft war weich und milde mit einem Hauch von Frühling, und frühe Schneeglöckchen und Eisenhut bei der Friedhofspforte hoben die Stimmung. An der Kirchenmauer schäumte der Winterjasmin in gelber Blüte.

Als Ben am Grabstein seiner Großmutter vorbeikam, fuhr

seine Hand liebkosend darüber, und Name und Datum fielen ihm wieder ins Auge.

»Schade, daß sie die Kleine nicht sehen kann, die nach ihr genannt wird«, sagte er zu seiner Frau.

»Kann doch sein, daß sie es sowieso weiß«, antwortete diese, während der Zug durch das Portal schritt.

SERIE PIPER

Miss Read

Winter auf dem Lande

Roman. Aus dem Englischen von Dorothee Asendorf. 218 Seiten.
SP 2075

Winter in einem verschlafenen Dorf in der englischen Provinz: Die etwas skurrilen Dorfbewohner von Thrush Green sind mit Klatsch und Weihnachtsvorbereitungen beschäftigt, als ein Neuankömmling ihre Idylle stört und gar ein Denkmal errichten will. Turbulenzen sind angesagt!

Im Mittelpunkt dieses heiteren Romans steht das idyllische Dorf Thrush Green irgendwo in England, ein Mikrokosmos der englischen Provinz. Menschen aller Schichten der Gesellschaft leben in dem verschlafenen Dorf friedlich zusammen. Diese Idylle wird durch die überraschende Ankunft eines Fremden empfindlich gestört. Harold Shoosmith, der, aus Afrika heimgekehrt, in Conor House seinen Lebensabend verbringen will, wird sofort Mittelpunkt des Dorftratsches und weckt neugierige Spekulationen. Harold integriert sich schnell in die etwas skurrile Dorfgemeinschaft. Doch seine Idee, ein Denkmal für einen berühmt gewordenen Missionar errichten zu lassen, stößt nicht bei allen Bewohnern auf Gegenliebe. Ein luftig-amüsantes Stilleben einer beschaulich-konservativen Welt wird hier erzählt, bei der es einem warm ums Herz wird.

»Die Autorin ist Synonym für ein England, in dem die Werte wie Nachbarschaftshilfe, gegenseitige Rücksichtsnahme, Verständnis und Hilfsbereitschaft noch Geltung haben.«
Buchreport

Harold auf Freiersfüßen

Roman. Aus dem Englische von Dorothee Asendorf. 256 Seiten.
SP 2474

Sommer in dem verschlafenen Dorf Thrush Green in der englischen Provinz: Die liebenswürdigen Dorfbewohner gehen ihren Beschäftigungen nach, werkeln im Garten und klatschen mit Leidenschaft. In diese etwas trügerische Idylle platzt eine äußerst attraktive Witwe, die sogar den eingefleischten Junggesellen Harold Shoosmith völlig aus dem Gleichgewicht bringt